Группировка «Братья мусульмане»

Условия создания и становления

Предисловие (краткая информация)
«Центр исследований и консалтинга Trend»

Является независимым исследовательским учреждением, созданным в 2014 году и занимающимся анализом глобальных проблем будущего человечества в стратегических, политических и экономических аспектах. Деятельность направлена на анализ проблем на различных уровнях современной геополитики, а также возможных изменениях, которые они несут за собой. Выявляя потенциально объективные и научные ответы и интерпретации с учетом аспектов анализа, критики и предвидения происходящих тенденций в мире и обществе.

В интересах достижения своих научных целей Центр проводит дискретные изучение будущих перспектив, а также найлучшие альтернативы, в помощь лицам, принимающим важные решения, глубже узнать региональные и международные события. Воспользуйтесь предоставленными возможностями центра, отслеживает и прогнозирует будущие тенденции на региональном и международном уровне в соответствии с контролем международно признанными научно-исследовательскими нормами.

Краткое вступление-пояснение

- «Мусульманское братство» было основано в 1928 году Хасаном Аль-Банной, который являлся учителем в начальной школе в города Исмаилия в то время, когда Египет был под колониальным правлением Британии.

- Появление Братьев-мусульман стало результатом ряда социальных демографических, городских, экономических преобразований в Египте в первой трети двадцатого века. Что явилось толчком к формированию появления некоторых Общественных и религиозных движений, стремившиеся изменить социальные условия из-за неспособности правящей элиты найти эффективные решения проблем, преобладавшие в обществе того времени.

- «Братьям-мусульманам» удалось использовать социально-экономический контекст и политическую ситуацию в Египте в первой трети двадцатого века в создания фундамента общества состоявших из маргинальных и бедных классов, поддерживаемых идеями ориентациями группировки и ее направлениями.

- Плохое экономическое положение и отсутствие социальной справедливости и неравенства остро отражались на социальном положении большинства слоев египетских общества, которые жили в Состояние маргинализации и бедности в течение первой трети двадцатого века. Это среда очень благоприятно проложила дорогу для развития Братьев-мусульман.

- распространение миссионерских движений в Египте в течение первой трети двадцатого века явилась одной из причин возникновения группировки Братьев-мусульман, с помощью которой, ее основатель Хасан аль-Банна - решил противостоять всем миссионерским течениям.

- Образование было одной из самых важных отправных точек в видении Хасана Аль-Банны и изменении видения его группировки. Он заставил их вкладывать большие средства в его дела, и они часто требовали улучшения плохих условий возникших при оккупации и колонизации Египта Британией. Образование - было и остается излюбленным средством Братьев-мусульман для распространения своих идей и идеологии.

- Исторический контекст, в котором возникла группировка Братья-мусульмане, был отмечен активной интеллектуальной, политической и коллективной деятельностью воплощенный в борьбу между различными направлениями по вопросам идентичность и модернизации систем государственного управления. А также сама идея модернизации, открытая на Запад, явилась важным фактором в возникновении религиозных группировок, которые отвергают их тенденции модернизации, противоречащих исламским идеалам. В противовес навязанной идеологии выдвинутых идеи, предлагают альтернативные исламские учения без преследования политических целей.

- Корни видений и идей, принятых Братьями-мусульманами, основаны на учении идей хариджитов и Ибн Таймия и близкие - Джамалуддин Аль Афтани и Мухаммед Абдо, Мухаммед Рашид Рида, Абу Аль Аля Аль Маудуди, относящиеся к пионерам исламского ренессанса.

- Со времени своего основания Мусульманское братство организовало жесткую административную структуру Основанное на иерархической организации ячеек, центральных учреждений, административных и региональных единиц. Одно из этих учреждений сформировало военное крыло под названием «Специальная система». У Братьев-мусульман есть сеть активные социальных, образовательные и экономических проектов, а так же образовательная программа для новых членов группировки, опирающихся на дисциплину и взаимозависимость. Эта центральная секретная структура и иерархия имеют   место быть и на сегодняшний день.

- На этапе основания с 1928 года и до революции 1952 года, Братья Мусульмане находились под влиянием старых классических идеи основателя группировки Хасана Аль Банна, который сосредоточил их на стороне распространения и попытки исламизации общества и построить многоступенчатую и постепенную модель исламского управления.

- Сейид Котб, идеолог группировки «Братьев-мусульман», выдвинул жесткую и антинационалистическую идеологию зарождающийся секуляризм в Египте того времени являлся первым исламистом, объявившим культурную войну против Запад, не говоря уже о его вере в то, что мирные общества вернулись к доисламскому государству который существовал на Аравийском полуострове до наступления ислама. Это отображается в его трудах – «дефекты» («Аль-Айю») Несправедливость, моральная бедность и господство власти над человеком, позволило им издавать законы и определять принципы справедливости и права в соответствии со своими взглядами и интересами.

- Хотя в какой-то степени участвовало много ключевых фигур, которые внесли определенный вклад в генезис «Мусульманское братство» и его общие направления, Хасан Аль-Банна и Сейид Кутб - Их можно считать наиболее главными из этих личностей. Хасан Аль Банна - заложил фундамент в организационной и идеологической структуры группировки и ее общие цели, Сейид Кутб -   составляли основу, которой придерживаются большинство экстремистских и террористических организаций, они оправдывают практику терроризма и подстрекательства к свержению правящих режимов.

- - Идеи и идеология, разработанные Хасаном Аль-Банна, представляют собой основы организационно-административной структуры группировки Братьев-мусульман. Он стремился перевести эти идеи на почву реальности и особенно реализовать их для доступа к политическим проектам и стать мировым лидером.

Содержание

«Братья-мусульмане»: условия возникновения и формирования

1. Введение

С первых десятилетий двадцатого века арабский мир претерпел фундаментальные политические и социально экономические преобразования. Это затронуло разные аспекты арабской мысли, которая видоизменилась и привела к пересмотру идеологии. Кульминацией, которой в последние десятилетия стало доминирование исламского фундаментализма и отступление влияние либерализма, социализма, национализма стало меньше.

Таким образом, политический ислам с его различными движениями и течениями стал неотъемлемой частью истории региона. Как со стороны оппозиции, так и в государственных структурах и правительстве. Как это и показал опыт Египта и Туниса после событий так называемой «арабской весны».

Несмотря на большое количество научно-академических пресс-публикаций по теме политический ислам, на арабском или иностранных языках - все еще есть острая необходимость изучить более субъективные и объективные условия, в которых возникли исламские движения, его основание и развитие на региональном и глобальном уровнях. Все это вызвало ограниченный интерес академических кругов к оценке социальных и политических разновидность исламских движений[1]

В этом контексте группировка «Братья-мусульмане» являются основным ведущим движением всех политических организаций в мире, ссылающихся на ислам как яркая модель его лидеров и высший

---

1. Смотреть: Масуд, Тарек, Подсчет ислама: религия, класс и выборы в Египте. Cambridge University Press, 2014. стр. 5.

эталон ее идеологии. Группировка «Братья-мусульмане» широко распространенное политическое, религиозное и социальное явление с множеством задач и функций. Создана в Египте в 1928 году Хасаном Аль Банна и широко в географии[2] исламского мира на востоке и западе[3] и глубоко влияло на политическое развитие и формы власти ряде стран.

Поэтому исследовательский и академический интерес к группировке «Братья-мусульмане» будет постоянно обновляться. Это связано с его возрастающей ролью в формировании национальных систем управления и влияния на баланс в регионах, а так же возможность последствий всего этого для будущего коллективной безопасности региона. События так называемой «арабской весны», которая потрясла ряд режимов за последнее десятилетие, дало силам политического ислама редкую возможность позиционировать себя в политическом ландшафте своих стран. Выросли амбиции к свержению режима как это произошло в Тунисе после революции 17 декабря 2010 года, и в Египте, с приходом к власти группировки «Братьев-мусульман». Именно на волне итогов революции 25 января 2011 года, пришла к власти группировка «Братья - мусульмане» воспользовались результатом революции, не участвуя в ней. Как и движение Аль-Нахда в Тунисе. Тем не менее, египетское уличное восстание снова восстало против ее тоталитарного правления, 30 июня 2013 года и

---

2. По проведенному исследованию существует разница в подсчете численности Братьев -мусульман в Египте, колеблется от 500 тысяч до 2,5 миллионов. Преподаватель Диа Рашван из Центра стратегических исследований Аль-Ахрам указывает, что число членов «Братьев-мусульман» в Египте В настоящее время варьируется «от двух миллионов человек до 2,5 миллионов человек», в то время как другой отчет, в египетской газете «Аль-ахрам» опубликованный от 8 октября 2005 года -указывает численность сторонников «Братья-мусульман» 750 тысяч членов.смотреть: https://bit.ly/3nxFWF8

3. О распространении «Братьев-мусульман» в арабских странах см. «Братья-мусульмане в 22 арабских странах»: Захра Маджи, «Братья-мусульмане в 22 арабских странах»:сайт «Саса пост» 11 апреля 2015 года,-« они достигают власти в Египте, в то же время марокканская группировка поздравляют Сиси и требуют чтоб Америка осталась в Ираке» https://bit.ly/2IrCKHs

---

уступило возможность для вооруженных сил захватить инициативу в свои руки, чтобы избежать в стране трагедии, с которой столкнулась Ливия, Сирия и Йемен.

Опасность политических исламских движений заключается в их оппортунизме, поскольку они используют законные требования в той части общества, которое является приверженцами духовных законов в пользу своих интересов захвата к власти в государстве. Ее опасность в целом эксклюзивном проекте, который она навязывает обществу, и развитие ее навыков в общественно-массовой коммуникации и диверсификации методов мобилизации и набора различные социальные группы для своих интересов и реализации планов.

Опасность группировки «Братьев-мусульман» не ограничивается арабским и исламским миром, а превосходит их с целью включить другие регионы мира, особенно Европу, где есть активные мусульманские меньшинства. Террористические инциденты, пережитые группой западных стран, являются лишь свидетельством того, какая угроза исходит от этих группировок и тех, кто встает на их путь следования. Мусульманское Братство имеет исторические связи с насильственной деятельностью, которым способствовал Сейид Кутб, один из самых важных идеологов «Братья мусульмане» в распространении идеи такфир (неверующего) общества для инвертизации существующих режимов. Теория «конвейерной ленты» указывает на то, что «Братья мусульмане» заставили много иных движений на путь экстремизма. Следовательно, увеличили число потенциальных террористов, тем не менее, до сегодняшнего дня члены и последователи «Братьев-мусульман» читают наследие Сейида Кутба.

Для более глубокого понимания предмета политического islama-центр специализированных исследований(TRENDS Research & Advisory and Consulting) просвещает серию исследований о «Братьях

– мусульманах», начиная с данного исследования, в котором говорится об обстоятельствах возникновения и основания группировки «Братья - мусульмане», которое началось с этой работы. Показать изменения формирований на различных уровнях в восприятии их основы.

1- Важность исследования:

Важность исследования заключается в его общем представлении возникновения группировки «Братья мусульмане» в контексте исторических, социальных и культурных рамках, опираясь на его интеллектуальные корни, факторы, ответственные за их возникновение и расширение, исходя из твердых убеждении в важности прошлого. Цель этого исследования заключается в признании, контроле и правильном направлении точки зрения общества для взаимодействия в настоящем времени. Отсюда читатель, будь то специалист-исследователь, должностное лицо или просто заинтересованное лицо, получает информацию для формирования реалистичной картины об организационной активности группировки, факторов ее успеха и взаимодействия с обществом. Данные сообщества и факторы его успеха.

2- Цель исследования:

Предлагаемое исследование направлено на активный вклад в безопасность и стабильность, исходя из научных знаний и трезвого анализа о разрушающем кодексе экстремизма и насилия, влияющим на организационное и идеологическое рождение группировки Братья-мусульмане. Эта работа должна обеспечить правильное прочтение эволюции явления политического ислама в целом и предвидеть его будущее на основе опыта, через который он прошел.

3- вопросы исследования:

Это исследование пытается ответить на два основных вопроса:

- При каких обстоятельствах возникли «Братья-мусульмане»?

- Как изначально сформировалась группировка организационно и интеллектуально?

4- Гипотезы исследования и его доводы:

Это исследование основано на ряде оснований и гипотез, которые мы приводим ниже:

- Группировка Братья-мусульмане возникла в результате ряда преобразований, затрагивающих социальную структуру в Египте в период, предшествующий второй мировой войне, поверх которой формируются новые социальные слои вступившие в политическую жизнь того времени, а затем и переросло в Экономическую активность, сопровождаемая крупным городским движением и внутренней миграцией из сельской местности в город.

- Появление «Братьев-мусульман» является лишь результатом постоянного провала государственной, политических и культурных элит в Египте. Так же и в остальных арабских и исламских странах в процессе модернизации и развитие их обществ в целом.

- Политический, экономический и социальный контекст, в котором Египет жил в первой трети двадцатого века, предоставил много возможностей для Хасана Аль Банна, преуспевшим в инвестировании для продвижение своей группы среди остальных слоев общества. Особенно среди бедных и маргинальных слоев.

- Региональные и международные события, которые произошли в

первой трети двадцатого века, обеспечили почву для возникновения ряда религиозных группировок с политическими целями, таких как «Братья-Мусульмане», которые воспользовались отменой

- исламского Халифата, и рекламируют себя как несущие знамя защитника религии Ислам.

- Неспособность арабского национального государства как современного политического института обрести легитимность, произошла из законодательного управления в решении вопросов власти и отношений с обществом. Это и поспособствовало возникновению чувства несправедливости в общественных кругах, именно оттуда появилась речь протеста от основных религиозных источников.

- Неспособность арабской исламской мысли сдерживать феномен политического ислама и неспособность преодолеть кризис арабо-исламской культуры, предложил пути выхода из современной проблемы и отношений наследия с современностью, а так же статус религии в контексте современного государства.

- Разделение элит и их различное восприятие проблем индивидуальной и коллективной идентичности, включая их различия в пути достижения прогресса и развития социальной сплоченности. Элиты, которые контролировали процесс модернизации в течение девятнадцатого века до середины двадцатого века, были либералы, культурно открытые Европе, в то время как традиционные элиты остались вне процесса модернизации. Скорее, их позиция была критической и противоречила некоторым аспектам модернизации и открытости к западному миру. Религиозное просветительское движение было элитарным и возникло в середине XIX века. Во главе с Джамаладдин аль-Афагани и Мухаммедом Абдо, но им не удалось это широко распространить в египетском обществе в связи, с чем они осталисб в рамках культурного и интеллектуального движения, которое не превратилось в народное движение, пока их проект не стал принят другими группировками и партиями, такими как группировка «Братья-мусульмане».

- Братьям-мусульманам удалось использовать врожденную религиозность египетского народа в создании широкой народной базы из разных слоев социума, которая позже сформировала основную поддержкой этой группировки, которую использовали для достижения своих политических целей .

5- Методология исследования:

Социологический \ исторический подход, который обсуждает исламские движения такие как: группировка «Братья-мусульмане», путем определения социального, культурного и исторического контекста благодаря которому они появились. Так же пытается понять отношения между политическими и религиозными арабскими обществами, учитывая, что «Братья-мусульмане» являются лишь одним из проявлений отношений между политикой и религией в арабско-исламской культуре, идеологии и практике.

Этот подход также рассматривает возникновение Братьев-мусульман с исторической и социологической точки зрения. Чтобы представить общее изучение группировки, с точки зрения основателя, Хасан Аль Банна, это как «всестороннюю идею» включающую в себя все корректирующие значения призывая салафитов, суннитов, спортивные группы и научные, культурные ассоциация, а так же экономические компании»[4]. Именно поэтому эта группировка должна быть изучена во всех ее измерениях: интеллектуальная, политическая и культурная.

---

4. Смотреть веб-сайт: https://bit.ly/3jSwavg

У этого подхода есть три аспекта: социальная структура, история и биография. Социальная структура определяет характер социальных отношений, которые в свою очередь влияют на восприятие и практику людей. В то время как историческое измерение информирует нас о том, что социальные структуры могут меняться со временем и местом. В то время как

биографическое изменение (биография личности) определяется социальными структурами и процессами, а так же историческими изменениями и их влиянием.

Этот подход также поясняет и комментирует происхождение группировки надлежащем социальном контексте. Особенно это касается характера роли религии в обществе, которое является центральной опорой для нее. Другим столпом является религиозная власть. То есть нам очень необходимо понимание и объяснения этой группировки Братья-мусульмане исходя из социологии и ее понятий.

6- План исследования:

Ознакомимся с предметом исследования и его содержанием: оно было разделено на введение и пять глав с заключением. Первая глава посвящена «Мои подходы к явлению политического ислама». Это презентация методологий и подходов, связанных с явлением политического ислама и группировки «Братья Мусульмане».

Вторая глава под названием «Социально-экономическая среда создания Братья-мусульмане» чтобы дать представление о том, какова была общая ситуация в Египте и его переменные на разных уровнях, в попытке узнать корни недавнего прошлого и его влияние на ход События которые сопровождали появление Братьев-мусульман.

Третья глава, озаглавленная «Интеллектуальное происхождение

Братьев-мусульман», Корни интеллектуального эталона группировки, где он был разделен на секции и воплощены в ортодоксальном суннизме и хариджитская мысль, а также близкие источники сосредоточены главным образом на пионерах эпохи исламского ренессанса -Джамалуддин Аль-Афгани, Мухаммед Абдо и Мухаммед Рашид Рида.   Группировка Братья-мусульмане

считала Абу Аль-Аля аль Маудуди самым влиятельным современным писателем в формировании системы.

Продолжается четвертая глава, озаглавленная «Основатели: Хасан Аль-Банна, Ахмед Аль-Сукари и Сейид Кутб». Тезисы основателя «Братьев-мусульман», Сейида Кутба и их роль в направлении Группировки по отношению вооруженного насилия и сделала их структурным компонентом в своей речи. Это так же дает нам возможность пересмотреть их интеллектуальные и теоретические подходы, которые во всех отношениях охватываются идеологическими рамками «Братьев-мусульман», такой как кинетическая и когнитивная.

Что касается пятой главы, озаглавленной «Братья-мусульмане... Интеллектуальные стереотипы». В ней рассматривается важнейшие опоры интеллектуальной мысли «Братьев мусульман», так как она рассматривает основные понятия и терминологию самой группировки Братья-мусульмане, характеризуясь своей общностью и неясностью, но при этом утверждают, что именно они являются подлинными в законной среде и исламская юриспруденция.

Первая Глава

Рамки моих подходов к явлению политического ислама

В этой главе рассматриваются, с критической точки зрения, наиболее важная литература и академический вклад, используемый в изучении феномена политического ислама в целом и Братьев-мусульман в частности. Стремится изучить теории и методологии, которые бы анализировали и объясняли различные аспекты их идеологии, речи и практики

В течение пятидесяти лет с момента ее существования и до конца -1970х, группировке «Братья мусульмане» не уделяли достаточного количеством исследований, чтобы отразить степень его распространения и влияние на политическую и социальную арену в Египте и за его пределами. Исламизм как религиозное явление в целом остались не изученным явлением, и получил лишь незначительное внимание со стороны исследователей.* Это связано с доминированием модернистского подхода как концептуального и теоретического аспекта, так и его функциональных, структурных и марксистских аспектов над западными общественными науками и их распространением в арабском мире. Один из исследователей описывает первую версию теории модернизации в -1950х / -1960х годах, она была разработана как программа, явно ориентированная на незападный мир, т. е.

---

* Стоит здесь отметить, что до того, как теории современности доминировали на социологическом направлени и ими было уделено внимание изучению религиозного явления и ислмаских движений, религиозное явление было предметом изучения для различниых школ востоковедения, которые старались изучать ислам с точки зрения исламских или востоковедческих исследований. Это началось со второй половины XIX века. Отметим, что это востоковедческое направление восстановилось также после событий 11 сентября.

посвящен «экспорту» западных институтов и ценностей. Пример трудов Даниэль Лернер Классик «Пройдя через традиционное общество»[5].

Эти теории давно считаются религиозными явлениями прошлого в Западном и в арабском исламском мире. Один из основных фундаментальных постулатов теорий современности в социальных изменениях - это неизбежность секуляризации общества, в котором религия разделена от общественной сферы и политике в частности. Западное общество прошло Долгий путь секуляризации, и это только вопрос времени, когда арабские общества наверстают упущенное. Это предположение было поддержано принятием многими арабскими странами (Египет, Алжир, Ирак, Сирия, Южный Йемен (ранее), Тунис...) после политической независимости от господства Запада. Модернизированный подход в первую очередь к экономическому, социальному и культурному развитию, а религии и ее институтам отводилась только второстепенная роль.

Важные события произошли в арабском исламском мире в конце -1970х годов, которые поставили перед ведущими исследователями задачи, для понимания и разгадывания тайны этих событий, такие как - мирная революция в Иране в 1979 году и война в Афганистане против Советского Союза. Восстановление и создание религиозного государства талибов, а также рост насильственных политических исламских движений в Алжире, Египте и Саудовской Аравии, события 11 сентября, революция арабская весна и вытекающие из этого политические и религиозные движения, пришедшие к власти. Все эта череда событийности поспособствовала множеству исследований

---

5. Смотреть: Вольфганг Цапф, «Теория модернизации и незападный мир», доклад, представленный на конференции «Сравнение процессов модернизации», Потсдамский университет, 15-21 декабря 2003 г., 2004 г. https://www.econstor.eu/bitstream/10419 / 50239/1 / 393840433.pdf, стр. 5.

и изучений феномена политического ислама, включая группировку «Братья-мусульмане»[6]. Эти исследования и

дисциплины социальных и гуманитарных наук захватывали отрасль социологии и религии, которая пыталась использовать классические теоретические модели своих основателей, такие как: Доркайн[7], Фейбар[8] и Маркс, объясняют религиозный явления в целом и исламизма в частности. Их труды были использованы в отраслях антропологии, психологии, обществознанию и политологии.

Академики отличаются в классификации подходов и теоретических моделей феномена исламизма и группировки Братья-мусульмане, некоторые из них делят его на два основных направления: материальное и культурное[9]. Первое содержит группу предложений и школ, среди которых наиболее важными являются: Неомарксисты, контекстуалы, историки и теоретики общественного движения, которые поясняют суть движения со стороны исторических, экономических, материальных и институциональных в соответствии с этими факторами; Вторая группа подчеркивает первоначальную идею, культурные компоненты и значение культурных подходов к материальным переменным[10]. Оба подхода разделяются на частичные тезисы и теории. Так же марксистская теория, включают часть

---

6. Возвращение религиозного явления не ограничилось исламскими обществами. Оно появилось на Западе и в других уголках мира. Для получения более подробной информации, смотреть: Казанова Хосе, «Общественная религия в современном мире», Чикаго: University of Chicago Press, 1994.

7. Эмиль Дюркгейм, «Элементарные формы религиозной жизни: тотемная система в Австралии», Париж, Феликс Алкан, колл. «Библиотека современной философии, 1912 г.

8. Макс Вебер, «Социология религии», (Бостон: Beacon Press, 1993).

9. Д-р Хуснул Амин, «Осмысление исламистских социальных движений: критический обзор основных теоретических подходов», https://bit.ly/36uuBMA, стр. 7.

10. Смотреть: Майкл Дж. Томпсон, редактор, «Ислам и Запад: критические взгляды на современность» (Мэриленд: Rowman & Littlefield Pub Inc., 2003).

теоретического подхода модернизации, как и при культурном подходе, что аккумулирует в себе несколько теорий, в том числе теорию истории идеологии.

Другая группа исследователей представляет иную классификацию литературы, которая касается этого предмета изучения. В их рамках исследователь Халил Аль Аннани делит свою работу внутри группировки «Братья - Мусульмане»[11] на три основных направления: кризисный подход, культурный подход к эссенциализму и подход социальных движений[12]. Стоит отметить, что основная Академическая классификация характера исследований политического ислама и группировки «Братья мусульмане» пересекаются между собой и указывают одинаковые подходы с разными названиями.

На этом основании исследователи предлагают классификацию, которая является суммарным итогом упомянутых выше категорий с повторением. Соответственно мы предлагаем следующую классификацию далее: А- теоретическая модель (прагматизм) модернист, B- материальная модель, D- историческая модель институционная, e - контекстная модель, и - культурная модель, модель социальных движений и политические возможностей. Каждая из этих парадигм включает разные направления подходов и теории.

1-1 модернистическая модель

Эта модель является фундаментальным теоретическим течением в науке социологии (grand theory) возникшая после второй мировой войны в Соединенных Штатах, когда они стали ведущим международным

---

11. Смотреть: Халил Аль-Анани, ««Братья-мусульмане» изнутри», Oxford University Press, 2016. Стр. 19.

12. Куинтан Викторович, редактор, «Исламский активизм: подход к теории социального движения», Блумингтон, штат Индиана: Indiana University Press, 2004.

лидером наряду с Советским Союзом, когда возникла необходимость понимания и изучения новых независимых обществ. На основе западной централизации была сформулирована и сформирована теория модернизации (modernization theory) модель социальных изменений, которая позволяет помочь Новым независимым обществам (как тогда называли «третий мир») достигать эволюции модернизации[13].

Эта модель доминировала и окрашивала мировой интеллектуальный продукт в большинстве областей Знаний и в социальных науках. Он основан на базовом постулате о том, что общество движется линейный путем от слабого развития к прогрессу, от традиции к современности, от простого к сложному. Общества третьего мира экономически, технологически и научно отстают, а их социальные, Культурные и политические традиции преобладают в обществе (включая религию). Дабы выйти их такого положения, большинство новых и независимых стран, их элита и политические системы приняли общую политику комплексной модернизации, построенную на авторитарном режиме. Однако через два десятилетия (пятидесятые и шестидесятые) эта модель стала обнажаться. Серьезные кризисы в конце семидесятых и восьмидесятых годов привели к появлению общественных движений, политической оптимизации, революциям. Большинство из них носило религиозно-политический характер. Одним из наиболее важных таких движений является исламская революция в Иране, политические движения политического ислама в Алжире, Египте, Саудовской Аравии, Тунисе и Афганистане.

Теории модернизации относятся к возникновению движений за ислам многомерные кризисы в Процессе модернизации, сопровождаемые политическими режимами в этих странах. Под эгидой модернизации

---

13. Из классических работ, поредставляющих этого подхода: Дэвид Лернер, «Уход традиционного общества: модернизация Ближнего Востока», Free Press of Glencoe, Нью-Йорк, 1959.

появилось несколько подходов, каждый из которых пытается объяснить причины возникновения и проникновения исламских движений внутрь арабских мусульманских обществ. К сожалению, это что многих исследователей классифицировать этих подходы под названием кризисных подходов[14]

1-1-2- Кризисные подходы[15]

Эти подходы признают, что исламское движения являются результатом неудачных модернизационных испытаний: экономических, политических и социальных в арабских странах во второй половине -20го века. Каждый из этих подходов фокусируется на одном из аспектов кризиса.

- Подход к кризису политической легитимности: сторонники этого аргумента видят появление исламских политических движений результатом размывания политической легитимности политических режимов в арабском мире, особенно после поражение арабских войск против Израиля в 1967 году. Это в дополнение к авторитарному характеру, неконституционному для большинства этих режимов. [16]

- Арабский национальный идеологический кризис и его провал: конец

---

14. Смотрите, например: Моаддель, М., «Исследование исламской культуры и политики: обзор и оценка, Ежегодный обзор социологии» 28: 359-386,
а также: https://bit.ly/2GO59a9

15. Некоторые ученые применяют кризисный подход к пониманию феномена исламизма, наиболее важными из которых являются:
- Декмеджян Р.Х., «Ислам в революции: фундаментализм в арабском мире». Сиракузы, University Press, 1985.
- Диб MJ, «Воинствующий ислам и политика искупления». Ann.Am.Acad. полит. наук. (Ноябрь): стр. 52-65, 1992.

16. Для более подробной информации по этой теме см .: Майкл Хадсон, «Арабская политика: поиски легитимности», издательство Йельского университета, Нью-Хейвен и Лондон (10 сентября 1979 г.)

-60х и начало -1970х годов. Мобилизационный проект основан на национальной идеологии, принятой политической элитой в противовес колониализма и стран с внешним господством, что является серьезным препятствием, для сохранения независимости. И как было сказано, три арабские страны потеряли часть своих земель в пользу Израиля после войны 1967 года.

- Кризис государственного института: поражение арабских армий было не единственным грабежом в росте исламских движений, это было скорее связано с природой государства в арабском исламском регионе, которое характеризуется слабостью институциональной структуры[17], с одной стороны, и авторитарным характером, господствующим в обществе без посредников, вызывая политические недовольства. Как социальные, так и исламские движения используются для своего распространения и расширения.

- Цивилизованный социально-экономический кризис:

Большая группа исследователей считает, что кризис в экономической и социальной модернизации является причиной эскалации политического ислама в арабском мире. Имеются разные подходы и взгляды к этому кризису. Одна команда сосредотачивается на неудаче экономической модели с ее двумя сторонами либеральной и социалистической в достижении экономического развития и создании национального богатства. Другая команда подтверждает, что это несправедливое распределение национального богатства, поскольку существуют огромные различия в распределении национального

---

17. Смотреть:

- Зиад Мансон, «Исламская мобилизация. Теория социального движения и египетской группировке «Братья-мусульмане», готовится к публикации в The Sociological Quarterly 42 (4), январь 2002 г., стр. 12 https://bit.ly/31KqKde

- Лиза Андерсон, «Исполнение пророчеств: государственная политика и исламистский радикализм», в издании Джона Л. Эспозито, «Политический ислам: революция, радикализм или реформа?» (Боулдер, Колорадо: Линн Риннер, 1997), 25. (Цит. Халил Аль-Анани, (смотреть ранее)., Стр. 20).

дохода между социальными группами, что и привело к маргинализации

больших слоев населения, что поспособствовал процесс присоединения к исламским движениям, которые знали, как использовать тяжелые жизни условия обездоленных слоев общества, путем обеспечения жизненно необходимых потребностей через оказанную им поддержку в сфере обслуживания. Например, в Египте «Братья-мусульмане» воспользовались созданным им вакуумом. Государство отказалось от поддержки социального сектора после принятия политики экономической либерализации и реструктуризации, навязанной международными финансовыми институтами, в пользу создания параллельной экономике: Социальные, образовательные и здравоохранение. В связи с этим исследователь Марк Тесслер видит поддержку, которая относится к исламскому движению большим количеством экономических и политических факторов, нежели религиозные и культурные факторы.[18]

Несмотря на важность подходов, и методов, которые связывают увеличение движения за ислам, возник многомерный кризис, происходящий в арабских обществах, начиная с конца -60х годов до сегодняшнего дня. Надо отметить, что при таком подходе пренебрегают другими аспектами: такими как культурные, идеологические и религиозные, особенно как мы знаем, что появление Братьев-мусульман было прецедентом за период кризисов в -70х и последующих годах. Кризисные теории не могли доказать взаимосвязи и прямое влияние между экономическими и политическими факторами и эскалацией исламского движения. [19]

---

18. Смотреть: Марк Тесслер, «Истоки народной поддержки исламистского движения», в издании Джона Пьера Энтелиса,« Ислам, демократия и государство в Северной Африке »(Блумингтон: Indiana University Press, 1997), 93–95».

19. Смотреть: Мансур Моаддел, «Исследование исламской культуры и политики», (смотреть ранее). Стр.372

1-2 материалистичная / Марксистская модель

Марксизм, как теория современности, рассматривает религию, зависимую от переменных материальных факторов: производство и социальная структура - социальные классы (в обществе), следовательно, теория марксизма не имеет независимого подхода к религиозным явлениям в целом и исламскому движению в частности. Так как рассматривает религию как один из многих компонентов того, что она называет надстройкой, включающей в себя нематериальные элементы: общественные ценностей, закон, искусство и тому подобное. Религия по марксистской традиционной теории — это идеология ложного сознания. [20] Если классическая марксистская теория не уделяет особого внимание к изучению ислама, который видит в нем только идеологию для поддерживания интересов только руководящего класса. Новые марксистские течения обратили внимание на религиозный факт, чье присутствие стало особенно заметным в исламских обществах. Усматривая силу в мобилизации и политизации. Также считая, что успех исламистов является результатом их захвата религиозных деятелей их проповедей, они владеют косноязычной речью и языком, способным выражать несправедливость социальную и экономическую. Этот аспект позволил использовать его как инструмент для радикальных политических изменений [21]. В соответствие с этим политический ислам связан с классовыми понятиями и социально-экономическими

---

20. О термине религия как о ложном сознании см.: Лукас, Гьёрги, «История и классовое сознание; История и исследования классового сознания в марксистской диалектике», перевод Родни Ливингстона, MIT Press, 1999.

21. Смотреть:Брайан С. Тернер, «Класс, поколение и исламизм: на пути к глобальной социологии исламизма», Британский журнал социологии, 54, № 1, 2003 г., стр. 139 (цитируется по Хуснул Амин, «Осмысление исламских социальных движений: критический обзор основныхдвижений. Теоретические подходы», стр.8 Веб-сайт: https: //bit.ly/2xaEgZv.

силами внешнего господства. В частности, это является результатом следующих   факторов:

- Срочное вмешательство и доминирование во главе с Соединенными Штатами Америки, которые сыграли активную роль в Спонсирование исламских групп, как правило, является оплотом против светского империализма и против левых сил. Господство империализма продолжалось даже после окончания колонизации через существующие зависимые от нее политические режимы и Израиль, а также через прямые военные столкновения.

- Внутренние противоречия и провал светского национализма и левых сил, которые создали политический вакуум.

- Обострение экономических кризисов в большинстве арабских стран произошли результате провала капиталистических методов национального развития[22]. Исламисты через свою обширную сеть и предложили «исламские» решения, которые способствовали их росту в средних классах и классы

мелкой буржуазии[23]. Таким образом, исламизация составляет «мелкобуржуазную идеологию» Эта исламизация стремится к социальной мобильности и участию в политической власти. Новые марксисты очень поздно обратили внимание на религиозные явления и политический ислам, считая его особой моделью идеологии. Которая доказала свою эффективность в мобилизации и политических действиях при относительной независимости от экономической детерминации и социальных сил. Однако в итоге невозможно надеяться на эти объяснения социальных изменений в целом, а

---

22. Смотреть: Дипа Кумар, «Политический ислам: марксистский анализ», Международний социалисти-ческий обзор, № 76, март 2011 г., https://bit.ly/38iV2Gw

23. Смотреть :Хуснуль Амин, (смотреть ранее), стр. 8

также на расширении политического ислама в частности [24]. Этот метод важен для выявления социально-экономических сил и явления исламизма. Однако многие данные показывают, не классовую природу исламских движений, так как они включают в свои ряды множество общественных спектров, представляющих большую часть общества. Кроме того они не могут показать, как действуют исламские движения участвуя в мобилизации и политической практике.

1-3 Историческая модель

Этот подход основан на интерпретации явлений ислама, на основе исторической детерминации или обстоятельств в обществе, в которых возникает это явление. Соответственно, явление ислама, согласно исторического подходу, является продуктом политических и социально-экономических условий [25].

К этому относятся такие факторы, как безработица и коррупция, а также высокие и быстрые темпы роста населения, особенно оражалось на молодеже плохая система образования и другие проблемы, которые выявили недовольства у широкого круга ближневосточных обществ, подтолкнувших их к группировкам политического ислама по историческим причинам. Что и усилило тенденцию социальных групп, с численность которых необходимо считаться политическом исламе. С одной стороны, светская и патриотическая элиты не смогли

---

24. «В неомарксистской школе есть тенденция, которая придает идеям и идеологии вес и роль в общественных отношениях вместо того, чтобы считать их недостойными в той реальности и в активных силах». Для получения дополнительной информации см.:
Бурдье, Пьер, «Генезис и структура религиозного поля», Сравнительные социальные исследования, том 13, JAI Press, 1991, стр. 1-43.
А также:
Грамши, Антонио, «Выборки из тюремных тетрадей», Лондон: Lawrence and Wishart Ltd, 1998.

25. Смотреть: Сами Зубайда, «Ислам, народ и государство», (Нью-Йорк: I.B. Tauris & Co.Ltd., 2009). (Цит. По: Husnul Amin, смотреть ранее, Стр.9).

удовлетворить чаяния населения и с другой стороны - неспособность националистов, социалистов и других конкурирующих идеологий получить достаточную общественную поддержку отсутствия управления и авторитаризма. Ко всем этим факторам исследователь Сами Зубайда добавляет к вопросу о независимости по отношению к религиозным группировкам по сравнению с другими оппозиционными силами, пострадавшими от государственных репрессий

1-4 Контекстная модель

Это подход, который изучает явления в соответствии с социальными и культурными особенностями исламских обществ и не только в соответствии со стандартными текстами и речами, как это сделали эссенциалисты запада и фундаменталисты из мусульманских общин. Эссенциалистыразделилиисламотсоциальнокультурныхособенностей исламских обществ, которые применили это на современной практике. Ислам, практикуемый среди мирных народов, не может быть сведен к единому образцу жестокости. Например, Ислам в Саудовской Аравии совершенно иной, чем среди населения Индонезии или Западной Африке. Ряд выдающихся исследователей в области изучения ислама и исламских обществ   развеяли стереотип восточной ориентации ислама и попытались связать ислам с реальностью настоящего времени, в котором мы живем[26]. Исследователи, связанные с таким подходом считают, что контексты, представленные социальными и культурными факторами несут ответственность за возникновение политического исламского движения, впервые возникшие в 19 веке

---

26. Группа исследователей в гуманитарных науках, которые представляют этот контекстный подход. В антропологии мы найдкм:

Клиффорд Гирц, обозреватель ислама. «Религиозные изменения в Марокко и Индонезии», Париж, изд. la Découverte, 1992.

В политологии мы найдем-

- Жиль Кепель,» Джихад: след политического ислама». (I.B. Tauris, 2006)

- Оливье Рой, «Провал политического ислама», пороговое издание 1992 г.

как «исламское реформаторское движение» («Харакат аль ислах»), которые выступило против внешней западной угрозы и внутреннего традиционного ислама.

Позже были представлены как «Братья-мусульмане» в тридцатых и сороковых годах прошлого века. Третья волна политического ислама пришла после поражения Египта в 1967 году, а затем исламской революции в Иране в 1979 году, и четвертый момент наступил после войны в Персидском заливе в 1990 году и События сентября 2001 года. Исследователь Хассун Амин, описал моменты политического ислама, который опубликовал упомянутый выше Брайан Тернер[27]. Пятый момент он называет Периодом после политического ислама, который где он характеризуется упадком и истощением сил политического ислама.[28]

Другой подход не уделяет особого внимания исламу в том, что происходит, так как он рассматривает подъем ислама в образе группировки «Братья-мусульмане» как один из факторов геостратегический борьбы, который происходит между странами с противоречивыми интересами. Таким образом, подъем «Братья мусульмане» или его сокращение является результатом конфликта интересов между странами региона и вмешательства западных держав во главе с Соединенными Штатами Америки. Как результат этой борьбы, происходит много межрелигиозных конфликтов на Ближнем Востоке среди крупных стран региона и Арабском заливе. Геополитика — это то, что является основной причиной конфликта на Ближнем востоке. Соединенные Штаты часто использовали исламские силы против своих врагов, например (период афганской

---

27. Брайан С. Тернер. (смотреть ранее).

28. Хуснуль Амин, (смотреть ранее), стр. 10.

войны против СССР). Однако, несмотря на важность геополитических явления исламизации и «Братьев-мусульман» в частности, только геополитические явления не могут уменьшить огромный импульс социальных изменений, происходящих в регионе.

1-5 Культурный / эссенциальный (Аль-Джавхарйя) подход

Эссенциализм - это интеллектуальный и философский термин, основанный на идее, что люди и вещи обладают своими особенными свойствами. Неотъемлемое и неизменное «естественное». Культурный фундаментализм - практика групповой классификации людей внутри одной культуре или иных культурах, в соответствии с основной спецификой политики. Сложные социальные процессы некоторых основных элементов и функций, которые не меняются.

Эссенциалисты отвергают представление о том, что исламу присуща неотъемлемая природа, которая не может быть затронута изменениями, и считают исламские общества однородными и статичными образованиями, укорененными в традициях и цепляющимися за прошлое. Соответственно, ислам во всех его политических, законодательных и идеологических измерениях является антитезой современности. Исследования востоковедов снова вернулись к изучению ислама после событий 11 сентября 2001 года из-за сильной методологической критики, которой она подвергалась. Именно благодаря работе Эдварда Саида общество перестало исследовать Ислам до момента случившегося 11 сентября, [29] которое привело новую волну исследователей востоковедов, из них три самых

---

29. Для получения более подробной информации об эссенциальном подходе в Исламе, смотреть:
   Бернард Льюис, «Что пошло не так?» Atlantic Monthly, ЯНВАРЬ 2002 г., https://bit.ly/2xNBdce.
   Бассам Тиби, «Ислам между культурой и политикой», Нью-Йорк: Palgrave Macmillan, 2001.
   Сэмюэл Хьютингтон, «Столкновение цивилизаций и переделка мирового порядка», SIMON & SCHUSTER, 2011.

известных американских мыслителей: Бертран Льюис, Сэмюэль Хантингтон, Дэниэл Пэйп, которые рассматривают ислам не в состоянии идти в ногу с требованиями современной эпохи, которые включают в себя демократические стандарты, либеральные ценности, изобразительное искусство и современные культурные нормы. По их мнению, существует четкое разделение между Современными исламскими обществами и исламом, пока ислам оставался пленником своего времени, мусульманское общество претерпевало большие социальные изменения и развитие. Это и привело смертельной конфронтации ислама против западной цивилизации.[30]

Востоковеды - лучшие, кто представлял эту тенденцию, и понимали, кто несет ответственность за основное изучение экстремального и жесткого ислама. По словам одного из самых известных критиков направления Эдварда Саида, считает, что востоковедение это совокупность теорий о «востоке» и об исламе, отражающие расхождение силы убеждения между европейскими учеными и их трудами. Эта точка зрения, которая отражает взаимосвязь господства и культурной неполноценностью. Его функция как оправдание проекта гегемонии Запада над Востоком. Анализ Эдварда Саида основан на теории Мишеля Фуко[31], согласно которой дискурс и знания тесно связаны с властью и силой. Эдвард Саид превращает этот общий тезис в специальный тезис, который относится конкретно к востоковедению. Согласно с этой точки зрения.

Ислам противоречит образу современной жизни. По иронии судьбы теоретически и идеологически политический ислам придерживается той же точки зрения, что и мнение востоковедов. То есть, ислам это

---

30. Смотрет: Эдвард Саид, Востоковедение, перевод Мохамеда Энани, (Каир: Дар Аль-Руя, 2017).

31. Смотреть: Мишель Фуко, Основные работы Фуко, 1954–1984 Джеймс Д. Фобион (редактор), New Press, 2001.

система идей, верований и ценностей, подводящихся каждому месту и времени без изменений. По этой причине он вступает в конфликт с образом жизни и мышлением.

1-6 Цивилизованный / культурный подход

Культурное объяснение и относительный успех явления «Братьев мусульман» основан на их доминировании в обществе, базируясь на своих интеллектуальных ценностях, лозунгах, практиках, которые совпадают с взглядами большей части общества. Культурный подход включает в себя несколько тезисов:

* культурный дискурс фокусируется на цивилизационном конфликте между исламом и идеологией Запада. Существующий рост исламских организаций, особенно группировки «Братьев-мусульман», является результатом реакции против западной гегемонии и западной глобализации во всех ее измерениях, военных, экономических и культурных.

* Другие исследования рассматривали Братьев-мусульман как идеологический феномен, который сосредоточен на их интеллектуальном содержание. Те, кто принял этот подход, следовали историческим путем развития группировки. Эта группировка сосредоточилась на своей системе идей в течение прошлого столетия. Исламские аналитики смогли найти интеллектуальную связь между современными течениями Ислама.

1-7 Подход общественного движения

подход общественного движения - древняя теория о социальных науках*. Ее цель, пояснить причины и характер поведения оппозиционных масс в основном против государства. В -1960х и

-1970х годах в Европе развивались и разрастались общественные движения. С развитием общественных и социальных движений развивалась теория, которая интерпретируются как рациональное субъективное поведение с учетом рассчитанных стратегий. Теории нового общественного движения включали два основных подхода: Первый это структурный и социальный конструктивизм (social constructivism). Первое направление зависит от мобилизации ресурсов, представленных в организационных аспектах, а так же политических процессах представленных в пропорциональных аспектах коллективных действий. Второй аспект сосредоточен на том, как люди воспринимают и интерпретируют общественное действие основанное на интеллектуальных и эмоциональных аспектах конфликта [32*]. Что отличает новые теории общественного движения

и представляют интерес к механизмам формирования идентичности движения и его отношений с гражданским обществом больше чем заинтересованность в роли общественного движения в политической борьбе.[33]33. Считается этот переход от конфронтации публичной силы посредством коллективных политических действий к воспитанию новых поколений в понимания исламских движений и создание их идентичных направлений.

Эта теория принимает методологию, в которой основное внимание сосредоточено на повседневном взаимодействии и влиянии между социальными субъектами и их влияния на культурные, политические и идеологические аспекты и формирование коллективной идентичности.

32*   Первую версию этой теории написал французский психолог Ле Бон в конце девятнадцатого века, чтобы объяснить беспорядки и массовые демонстрации, которые он считал отклонением и называл «теорией толпы». (crowd theory)

.   Смотреть: Жаклин ван Стекеленбург и Берт Кландерманс «Теория социальных движений: прошлое, настоящее и перспективы», 2009, стр.2. Виб сайт: https://bit.ly/3jyR6a5

33. Смотреть: Альберто Мелуччи, «Кочевники современности: социальные движения и индивидуальные потребности в современном обществе» (Филадельфия: Temple University Press, 1989).

Общественное движение предоставляется Его участниками иметь возможность уточнить и закрепить свои принципы. Академическая работа, выходящая из группировки, Братья-мусульмане освоила новые теории движения [34]

1-8 подход к структуре политической возможности

Структура политических возможностей выступает как доминирующее понятие при изучении общественных движений в Современной социологии, высказывание о структуре политических возможностей фокусируется на отношениях между определенным общественным движением и ее среды в целом, сложившейся политической среде в частности. И эта модель означает, что мобилизация Масс может быть достигнута только в благоприятных политических условиях, и фокусируется на отношениях между общественными движениями и политическими организациями. Труды, которые были написаны о политическом исламе, не дали четкий ответ на вопрос о том, как братству мусульман удалось заручиться общественной поддержкой в тридцатых годах двадцатого века. Подход структуры политической, который представлен в теории социального движения – смог дать возможное альтернативное объяснение.

Аргументы для структурирования политической возможности были основаны на четырех основных измерениях[35], а именно: отступление, репрессии со стороны государства, расширение доступа к политической сцене и разногласия внутри элиты, а так же влиятельных союзников. Но в случае Братьев-мусульман, это четыре

---

34. Смотреть :АСЕФ БАЯТ, «Исламизм и теория социального движения в Третьем мире», том 26, № 6, стр. 891-908, 2005.

35. Смотреть: Сидни Тарроу, «Власть в движении: общественные движения и спорная политика» (Cambridge: Cambridge University Press, 1994).

измерения недоступно. Репрессии государства усиливались в период массового роста « Братьев-мусульман». У них не было возможности участвовать в политической системе в течение этого периода, за исключением нескольких месяцев из-за ограничений, введенных президентом Джамалем Абдель Насером, после их участия во многих актах насилия. Мусульманское Братство было массовым движением с небольшой поддержкой подразумеваемой и явной со стороны элиты, а также из-за границы и изнутри Египта.

Учитывая, что обстоятельства, окружающие Братьев-мусульман, отличаются от тех, которые говорили большинство исследователей, интересующихся общественными движениями, что не следует отказываться от модели Структуры политических возможностей, основанных на вышеупомянутых наблюдениях. Например, Зияд Монсун[36], видит, что основные аспекты структуры политических возможностей соответствуют положению группировки Братья-Мусульмане. В период истории, о котором говорилось в исследовании, есть три основных направления в политической истории Египта. В исследовании говорится об этом: (1) роль Великобритании в политической жизни Египта, (2) делегитимизация (не легитимность) популярной партии Аль-Вафд (3), идеологическая борьба за создание Израиля. Исходя из вышеизложенного, политические события, произошедшие в этот период, подтверждают структуру политической возможности для понимания роста группировки мусульманского братства.

---

36. Зияд Монсун. (смотреть ранее), стр. 13

Социальная, экономическая культурная среда для формирования группировки «Братья-мусульмане»

Знание экономического, социального и культурного контекстов, в котором Египет жил в первой трети двадцатого века, является одним из основных факторов, определяющих понимание причин возникновения, распространения и проникновения Братьев-мусульман в египетское общество, и даже его расширения в ряде арабских стран, особенно после событий в Египте, в регионе и в мире. Этот период времени был богатым, и его очевидное влияние на различных политических и религиозных сил и течений, появившиеся в этот период, включая «Братья-мусульмане», основателю которого Хасану аль-Банне удалось использовать эти события и извлечь выгоду из них в продвижении своей группировки, было оставлено в качестве решения проблем египетского общества, которые преобладали в то время. Эта выгода была как экономической, так и социальной и политической.

Хасан аль-Банна видел в политической, экономической и социальной среде этого периода идеальную возможность создать свою группировку которую он рассматривал, как необходимость спасти общество и воскресить снова, [37] приняв социальный и религиозный дискурс, который показывает его группировка в образе правозащитного движения, озабоченного проблемами своей родины и своих арабских исламских наций, который призывает к восстановлению исламского халифата, возглавляет перемены и защищает

бедных и маргинализированных слоев общества, а также защищает исламскую религию перед лицом оппозиционных движений и Евангелизации, которая в тот период распространилась.

---

37 - Послания Хасана аль-Банны. Виб сайт: «Википедии «Братьев-мусульман»», по ссылке: https://bit. ly/2UKiMzq

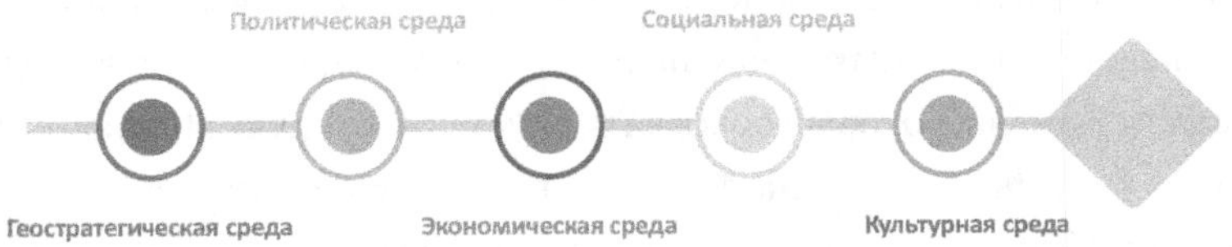

2-1 Внутренние переменные, стоящие за появлением Братьев-мусульман

Нет никаких сомнений в том, что условия, которые Египет наблюдал в течение первой трети двадцатого века на разных уровнях: политические, экономические, социальные и культурные, внесли большой вклад в обеспечение атмосферы, которая способствовала возникновению группировки «Братья-мусульмане», особенно то, что Хасан Аль Банна был в состоянии хорошо использовать эти ситуации для продвижения своей группировки, которая отличается от остальных политических течений и сил, преобладающих в этот период. Сама группировка привержена защите интересов и патриотизм независимости Египта, прав египетского народа и отрицание несправедливости которой коснулась большая часть социальные слоев египетского общества. Основные перемены заключаются в следующем:

2-1-1 Британская оккупация:

Египет подвергается британской оккупации с 1882 года, со всем, Негативным значением господства над экономическими ресурсами страны и процесс по ее обнищанию. Что касается политики, она которая привела к отсутствию социальной справедливости и увековечению классового неравенства среди египтян, которая привела к появлению феодального сектора богатых, которые захватили основную часть богатства Египетские.

Вот почему эта колонизация стала фактором, объединяющим
политические и общественные силы вокруг одного вопроса.
Это национальная независимость[38], где возникло национальное
антиколониальное движение против британской оккупации. Его
возглавлял ряд видных национальных деятелей, таких как лидер,
Мустафа Камель, который основал первую Египетскую национальную
партия, созданная с конкретной определенной программой, но
Мустафа Камель долго жил после образования его партии, и его
преемник стал Мухаммед Фариду, который призвал к возрождению
Египта. Он являлся одним из первых людей, призывавших к созданию
египетского университета, распространению культуры и вовлечению
египетского народа в процессе решения своей судьбы. [39]

Авария на Данешвай произошла в 1906 году между английскими
офицерами и крестьянами в селе Аль Меноуфия, как основа для начала
нового этапа национальной борьбы против британской оккупации [40].
Вместе с этим событием появились новые

политические силы, возглавляющие национальную борьбу в лице
партии Аль Вафд во главе с Саад Заглул, который держал знамя
освобождения и независимости, когда партия Вафда продвигалась к
правительству. В то время партия Аль Вафд попросило египетское
правительство поехать в Париж, чтобы представлять дело Египта на
конференции по примирению. Правительство согласилось, однако
королева Великобритании отклонила эту просьбу 8 марта 1919 года и

---

38 - . Ахмед Оуф, «Условия Египта от эпохи фараонов до наших дней», (Каир: Аль-Араби Издательское
дело и распространение, d. Т.), стр. 42

39 - Мухаммед Субри, «История Египта от Мухаммеда Али до современной эпохи», 2-е издание (Каир:
Библиотека Мадбули, 1990), стр. 237.

40 - - Для получения более подробной информации об обстоятельствах Деншавайского дела, смотреть:
Кимберли Алана Люк, «Смотря сквозь призму Диншоу: Британский империализм в Египте 1882-
1914 гг.», Https://bit.ly / 2HYpE, 2011 г., стр.113.

Саад Заглул был арестован с некоторыми членами партии Аль вафд. Они были сосланы на следующий день, на остров Мальта. В стране вспыхнула общая революция 1919 года как результат ссылки Саада Заглула на остров Мальта. По причине вспыхнувшей революции прибыл представитель Британии   Адам Уинд Генри Хейнем Алленби в Каир, чтобы заняться стабилизацией ситуации в Египте, и он был уверен нельзя решать проблему силовым методом. Считал необходимым освободить Саада Заглула и руководство партии аль вафд для нормализации положения. В связи с чем, 31 марта 1919 года посоветовал Британским властям освободить их и позволил им выехать в Европу, чтобы представлять Египетское дело. В итоге, Саад Заглул и члены его партии поехали в Лондон и Париж для представления проекта независимости Египта, в котором написано что право выбора в управлении Египта, монархии или республики должно принадлежать народу[41].

---

41 Фахри Абдель-Нур, «Мемуары Фахри Абдель Нура о революции 1919 года, роль Саада Заглула и партии «аль Вафд» в национальном движении», (Каир:Дар шарук 1992 (с. 16)

**Название видео по следующей ссылке
Европейское влияние на Ближний Восток**

https://www.youtube.com/watch?v=94-0R2Ufj2w

В восемнадцатом веке появилось европейское влияние в исламском мире, особенно в Египте в районе Суэцкого канала, где было большое количество европейцев (британцев и французов), работающих техниками и инженерами, которые принесли с собой свои обычаи и оказали влияние на египетское общество.

- Чтобы противостоять европейскому влиянию в Египте, Хасан аль-Банна, основатель Братьев-мусульман, на которого повлияли идеи Джамаль ад-Дина аль-Афгани призвал к Исламскому халифату.

- Идеи «Братьев-мусульман» быстро проникли в общество за короткий период времени, и для достижения своих целей группа создала военное подразделение и осуществила несколько убийств против египетского правительства.

Братья-мусульмане стали политически требовать применения исламской системы в правительстве Египта, хотя группировка Братья-мусульмане были гибкой группой, которая смогла изменить свою риторику в соответствии с обществом, и не получила возможности получить власть до 2012 года.

https://www.youtube.com/watch?v=94-0R2Ufj2w

Но Великобритания отклонила требования египетской делегации, и оказалось, что она маневрирует, с целью последствий революции 1919. Однако Саад Заглул и его сторонники продолжали представлять египетское дело, пока оно не принесло Плоды согласия Великобритании отменить колонизацию Египта 28 февраля 1922 года, а затем эвакуировать весь британский персонал и чиновников, но Великобритания придерживался некоторых требований, наиболее важными из которых являются: (обеспечение безопасности транспортных средств британской империи в Египте, защита Египта от любого иностранного вмешательства, а также защита прав меньшинств и интересов иностранцев, находящихся в Египте). Следовательно, Фуад Аль-Аваль был объявлен правителем Египта, и затем объявил декларацию о независимости, после чего и принял титул Короля [42]. Затем был сформирован конституционный комитет, который известен тем, что сформировал конституцию 1923 года. Саад Заглул и его сторонники были освобождены и провели выборы. Их партия Аль Вафд получила подавляющее большинство, и 15 марта 1924 года была открыта в парламенте. Саад Заглул – создал первое парламентское правительства. Но Король Фуад не был удовлетворен этим правительством.   Поэтому пытался ослабить делегацию, поддерживая новые партии, наиболее известной из которых была «Щаб» «Народная» партия, которая была создан в ноябре 1930 года во главе с Исмаилом Седки.[43] 28 апреля 1936 года умер король Фуад, и было объявлено, что Фарук был назначен королем Египта.

Конституция 1923 года представляет собой важный шаг в политической истории Египта, поскольку она представляет собой этап трансформации от абсолютной монархии до конституционной монархии. Относительно политическому балансу сил и партий, присутствовавших в то время, партия Вафда была самой влиятельной в политической жизни и сформировала большинство последовательных правительств в Египте до июльской революции 1952 года. Он верил в

---

42 - Мухаммед Сабри, предыдущий источник, стр. 499

43 Латифа Мохамед Салем, «Фарук и падение собственности в Египте 1936-1952гг.), второе издательство , библиотека Мадбули, , 1996), стр. 220

светский патриотизм, и его идеология была основана на ряде базовых принципов достижения независимости и защиты национального единства и конституционного правление, защищающее общую и индивидуальную свободы личности.[44]. Многие христиане-копты присоединились к нему и заняли там руководящие должности.[45]

Эти политические условия, которые оставила Британская оккупация, способствовали возникновению религиозных чувств. Тем более что этот период стал свидетелем многих проявлений морального разложения, которое он использовал в своих целях для продвижения своей группировки в -1920х годах прошлого века. Его группировка являлась лидером борьбы национальных сил, отвергающих продолжение британской оккупации. Освобождение страны от колонизации стало приоритетом группировки «Братья – мусульмане» и ее исламским проектом. Это стало четвертым этапом работы группировки, то есть, «освободить родину от всех иностранных «султанов»».[46] Хасан Аль Банна осознал, что Сосредоточение внимания на проблеме сопротивления иностранным оккупантом дает вызов большей части общества. В то время, когда египетский народ хотел избавиться от этой оккупации, которая была причиной политического, экономического, социального и научного разрушения.

2-1-2 Борьба между политическими силами

В то время Британская оккупация должна была объединить все политические силы и течения, поскольку они защищали национальное

---

44 - Фахри Абдель-Нур, предыдущий источник, стр. 51-55

45 - Смотреть : Хафез Ганем, «Трудный переходный период Египта: варианты для международного сообщества», https://brook.gs/2vYNqaS. стр.5-6

46 - Для получения более подробной информации о том, как Хасан Аль Банна использовал проблему
Британской оккупации см .: «Аль Маман Аль Банна и противостоя английской оккупации Египта».
Виб сайт: «википедия «Братье-мусульмане»», без даты по следующей ссылке: https://bit.ly/2ujC6IG

дело ухода оккупантов и достижения национального суверенитета. Этот период характеризовался возникновением разногласий между силами, партиями и политическими течениями которые отразились на египетской идентичности. В результате сформировались четыре основные интеллектуальные тенденции: во-первых, региональный национализм. Это требовало построения нового общества, основанного на понимания гражданских концепциях нации. А во-вторых, отечественный национализм принял призыв создать «Большой Египет». И, в-третьих, арабский национализм, который подчеркивал арабскую,

египетскую идентичность. И, в-четвертых, исламский национализм, который стремился примирить египетскою и исламскую идентичность[47].

В то же время доминирование личных интересов в партийной жизни за счет уделения внимания бедным слоям общества, как это случилось, в том числе у большинства партий: в их числе «Аль Вафд» и «аль ахрар», «аль Десториин» и Национальная освободительная партия выступили против предложения проекта по ограничению права собственности на сельскохозяйственные земли. Эти партии не предлагали решения проблем роста цен и денежной инфляции, а также административной и финансовой коррупции, которая существовала в тот период[48]. Группировка Братья-мусульмане воспользовались этой ситуацией и небыли заинтересованы в установлении социальной справедливости в интересах рабочих, их действия были направлены на поддержания

---

47 Для получения более подробной информации об этих событиях, смотреть: Пол Брыкчинский, «Радикальный ислам и нация: взаимосвязь между религией и национализмом в политической идее» Хасана аль-Банны и Сейида Кутб, https://bit.ly/2Mx69VR

48 Мохамед Метвалли, «Египет: парламентская и партийная жизнь до 1952 г.». Историко-документальное исследование (Каир: Дом культуры, печати и издательства, 1980 (с. 162)

богатых классов, в то время как они поднимали лозунги, борющиеся
с бедностью, пропагандировали ликвидацию несправедливости и
поддержанию бедных слоев общества. Использование группировкой
двойных стандартов продвигалось с целью распространения, и
расширяться в египетском обществе. Это явилось одна из причин
столкновения со многими партиями и политическими силами в -1930х
годах двадцатого века, особенно партия Аль Вафд. Действительно,
Хасан Аль-Банна написал много статей, критикующих курс и
направление работы, политические партии, он даже сказал в одной из
них: «Спросите любого политического лидера: главу партии Аль Фавд
или главу партии Аль-ахрар, или главу Народной партии Ашаб или
главу Союзной партии Аль Этихад-какие программы которые они
подготовил

для продвижения нации и к достижению его цели?! - А В результате
- Ничего и ничто [49], Почему он так написал? Это являлось только
попыткой показать, что группировка Аль-Банна единственная
группировка, заинтересованная в защите государства Египет и
решению всех возникающих и накопившихся проблем. Это также
указывает на то, что дискурс с начала создания группы выражал
политические амбиции для получения власти, что стало ясно и
очевидно позже.

2-1-3 Экономические перемены

Нет сомнений в том, что экономические условия, которые Египет
наблюдал в первой трети двадцатого века, во многом способствовало
появлению «Братьев-мусульман», особенно в условиях растущей

---

49 - Братья-мусульмане и партия Аль Вафд. Факты из истории. Виб сайт «Википедия Братстья-мусуль-
мане». без даты, по ссылке: https://bit.ly/37v38vr: по следующей ссылке

бедности общества, распространение безработицы среди молодежи и разрушение национальной промышленности. Это и привело к распространению недовольства среди широких слоев египетского народа, который жестко эксплуатировался Братьями - Мусульманами в этот период. Они, представляя себя в образе национальной группы, озабоченной страданиями Египтян и стремящиеся найти решения для них.

Возможно, быстрый взгляд на природу экономических условий, которые Египет, наблюдающийся в этот период, подтверждает, что группировка Братья-мусульмане с самого начала использует трудные социально экономические условия для проникновения в общество, путем предоставления социально-экономических

услуг и благотворительности.[50]. Действительно, социально экономические условия созрели для распространения группировки Братьев-мусульман в обществе и египетской экономики в течение второго десятилетия двадцатого века. Как описывает один исследователь, было создано направление на обслуживание кредиторов, так как Египет превратился в страну, которая экспортирует капитал, а не импортирует его, и стала одной из главных целей - Экономическое управление в свете Британской оккупации приносящей достаточный доход для оплаты долгов, в которые Египет был втянут. Именно это явилось первым аргументом, выдвинутым правительством для оправдания своей оккупации Египта, защита прав европейских кредиторов, поэтому этот период называют «эпохой долга без развития» [51]

---

50 - Для получения более подробной информации об обстоятельствах возникновения группировки «Братья – мусульмане» можете обратиться к: Джон,Л.Еспосито, «Угроза ислама: миф или реальность?» Перевод Абдо Кассема (Каир: Дар аль-Шерок, 2002) , Второе издание, стр. 43.

51 - Для получения более подробной информации об этапах развития египетской экономики можете обратиться к: Джалал Амин, «История египетской экономики от эпохи Мухаммеда Али до эпохи Мубарака», (Каир: Дар Эль-Шорук, 2012), стр.38-39

Центром египетской экономики в течение первых двух десятилетий
двадцатого века было сельское хозяйство, в этот период инвестиции
были ограничены только сельскохозяйственным сектором и
инфраструктурой в обслуживание экспорта хлопка. В то время
как рост в течение этого периода в области промышленности был
ограничен защитой хлопчатобумажного производства и прессование
хлопка, а также изготовлением масел, цемента и пива. Великобритания
не позволял любому сдвигу в структуре отрасли. За этот период
египетская экономика была под контролем иностранного капитала,
который помог создать многие филиалы европейских банков, а
иностранцы взяли торговлю под свой контроль. В тоже время
оккупационные власти расширили хлопковые плантации в пользу
британских фабрик, что привело к изменениям видов

экономической деятельности, и к краху старых моделей производства,
которые все еще преобладали до конца правления Мухаммеда Али и
некоторых его сыновей.[52]

Было интересно отметить, что Британское правление делало все, чтобы
прекратить любую возможность экономического развития в Египет,
ограничивая потенциал роста зависимостью и подчинением западному
капитализму [53], что и привело к падению промышленности в Египте,
путем закрытия государственных фабрик и продав хлопковые дома и
текстильные фабрики, существующие со времен Мухаммеда Али. А
так же Британские власти прекратили работу в области производства
оружия и боеприпасов. Остановили работу на Судоремонтном заводе.

---

52 - Предыдущий источник, стр. 40 – 45.

53 - Джалал Амин, «История египетской экономики от эпохи Мухммада Али до эпохи Мубарака». Предыдущий источник, стр. 60 – 77. Для получения более подробной информации об этой теме, можете
обратиться к: Махмуд Метвалли, «Исторические истоки египетского капитализма», (Общее управление дворцами культуры, Каир, 2011), стр. 83

Также были проданы заводы и фабрики, которые существовали, закрыли монетный двор. Британская оккупации была намерена освободить египетскую промышленность от их содержания и сделать Египет лишь одной из стран, поставляющих сырье или открытым рынком для своей продукции[54].

Именно в это время, завезли в Египет все европейские продукты в целом и Британские в частности. Египетские продукты были лишены какой-либо таможенной защиты, и Британские власти отменили отправку промышленных товаров за рубеж [55].

Египетский рынок превратился в место для рынка промышленного производства Европы, где египетское правительство не могло защитить местную промышленность, работая на экспорт хлопка в Европу при условии, что Европа заплатит цену хлопка за счет промышленного импорта Египта через Британию, и все хлопковые ткани облагаются налогом %8, что эквивалентно таможенным сборам, налагаемым на импорт этих текстильных изделий. В результате это привело к депрессии хлопковой пряжи и текстильной промышленности в целом [56]

Годы первой мировой войны открыли возможность для подъема промышленного сектора после приостановки импорта многих европейских товаров. В этот период возникло несколько отраслей промышленности. Но большинство из них являлись частными с

---

54 - Джалал Амин, История египетской экономики, ранее упомянутый источник, стр. 45

55- Предыдущий истчник, стр. 77 – 82. Для получения более подробной информации о развитии про-мышленного сектора в этот период, вы можете обратиться к Роберту Морроу и Самиру Радвану: «Ин-дустриализация Египта (1939 - 1973), политика и производительность». Clarendon press, Оксфорд, 1976, P.5.

56 - Ибрагим аль-Байуми Ганем, Политическая идея имама Хасана Аль-Банна (Каир: Орбиты для иссле-дований и публикаций, 2012), первое издание, стр. 55.

ограниченными ресурсами, работающими по старым техническим
методам производства, так как крупные заводы требовали большие
капиталы.[57]

В этот период Египет не знал никакой банковской деятельности,
но там были филиалы европейских банков, и некоторые кредитные
учреждения, целью которых было финансирование только внешней
торговли Египта, используя вложенные в них сбережения египтян.
Но при этом банки воздерживались от финансирования любой
промышленной деятельности в Египте[58].

Это то, что побудило многих национальных деятелей Египта
подумать о создании египетского банка, который стал бы базой для
финансирования национальных проектов[59]. Талаат Харб преуспел
в создании «Банка Египта» в 1920 году с капиталом в миллион
фунтов. Этот банк работал над созданием промышленных проектов,
независимых от Харба и его бюджета, но при его поддержке. Число
компаний, созданных этим банком в первое десятилетие своей жизни,
достигло 14. Среди этих компаний были те, которые были созданы по
самой современной европейской модели, существовавшей в то время. [60]

«Банк Египет» был символом национального тренда, который
работал, чтобы создать новый дух поощрения в использовании
египетских капиталов в коммерческих, промышленных, финансовых
проектах путем сотрудничества   с правительством того времени.

---

57 - Доктор Саид Исмаил Али . Египетское общество в эпоху Британской оккупации с 1882-
1923), Каир, Англо-египетская библиотека 1972 года. стр. 163-164

58 - предыдущий источник, стр 166

59 - Смотреть: Роберт Л. Тигнор, «Банк Египта и иностранный капитализм», Международный журнал
ближневосточных исследований, Том 8, № 1977, стр. 161.

60 - Д-р .. Ахмад Бади Блех редыдущий источник, стр. 84

Такая тенденция побудила к созданию специальной системы для финансирования малых промышленных национальных проектов в Египте. Банку удалось открыть новые поля для инвесторов, так как большой класс владельцев в Египте не был достаточно заинтересован в том, чтобы направить свои деньги на инвестиции в промышленные и коммерческие проекты. Поскольку банк расширил свою деятельность, он помог финансировать многие виды деятельности, приносившие пользу экономике Египта в этом периоде. [61]

Что касается основной рабочей силы, то иностранцы контролировали различные аспекты Экономическая деятельности, которая заставила египетских выпускников проиграть битву конкуренции за получение работы. Это явление было четко указано в отчете Комитета по торговле и промышленности Египетского правительства, которое показало, что увеличение населения в Египте привело к увеличению численности безработицы [62]. Увеличение числа безработных произошло не только в городах, но и распространилось на сельские районы, что резко привело к изобилию рабочей силы и увеличению спроса на потребление. Важно отметить, что уровень заработной платы в сельском хозяйстве значительно снизился, что затруднило дифференциация между безработными. Перепись 1907 года показала, что среди населения 11,190,000 человек - не менее 5,338,000 человек являлся, неизвестен рабочий статус.[63]. Такая ситуация сохранялась до начала первой мировой войны 1914 года, которая привела к появлению движения между иностранными бизнесменами и египтянами, особенно в промышленных профессиях. Те, которые пострадали от войны впервые годы своей жизни. Данное объединение привело к

---

61 - Саид Исмаил Али, предыдущий источник, стр. 174-175

62 - Отчет комитета по торговле и промышленности, правительство Египта, без даты, стр. 57

63 - Саид Исмаил Али, предыдущий источник, стр. 234-235

цели сокращения заработной платы и найма большей численности рабочих. Это движение вместе с другими факторами, такими как препятствие, движению внешней торговли, и отъезда некоторых иностранных бизнесменов, ликвидации их деятельности, прекращение строительных работ привело к увеличению безработицы.[64] Ситуация усугубилась как у египетских рабочих, так и у сторонников. И в 1920 году насчитывалось 000 250 профессиональных работников из 13 миллионов, а процент безработицы в сельском хозяйстве достигло %70 всего населения. Это связано с тем, что египетская экономика является аграрной экономикой [65]

В то же время частная собственность создала основу социальной структуры, как альтернатива государственной собственности на средства производства, и, в частности, сельскохозяйственных земель. Оккупационные власти зафиксировали частную собственность земель, и превратили новый слой собственников земель в слой, подчиняющийся им, для достижения своих целей. Таким образом, превращение этого слоя в экономически богатую элиту, по сравнению с египетским народом, было естественно.[66]

Эти сложные экономические условия оказали серьезное влияние на большой сектор египтян. Сформировавшиеся условия, привели к повсеместной бедности, безработице и снижению уровня социальных услуг египтян. Все эти условия явились одним из главных факторов возникновения группировки Братьев-мусульман, что заставило Хасана Аль-Банну задуматься, как использовать движение таким образом,

---

64 - Амин Эззадин, история египетского рабочего класса от его зарождения до революции 1919 года, Каир: Издательство Дар Аль-Катеб Аль-Араби для печати и распространения, без даты (стр. 137)

65 - Дэвид Джонсон, «Революция 1919 года в Египте», 3 апреля 2019 г., https://bit.ly/2MLEocz

66 - Роберт Тиджин и Д., «Политическая экономия распределения доходов в Египте» (Каир: Управление книги Египта, без даты Стр. 20

чтобы гарантировать его группе сильную социальную поддержку. Путем предоставления помощи бедным и маргинализированным классам. Позже эта группировка усилила свое проникновение в общество, сосредотачиваясь на проектах услуг, путем строительства школ, больниц, оптовых и розничных магазинов продуктов питания и готовой одежды [67]

Социальная глубина группировки Братьев-мусульман была основана не только на поддержке материальных вопросов, но и на производстве, религии, социальном и политическом дискурсе, а также для привлечения рабочих и крестьян к себе. Это вопрос, о котором заботился основатель группы Хасан Аль Банна, и он продолжалась с будущими лидерами группировки, которые пришли позднее. Они приняли различные формы, которые развивались с развитием средств коммуникации, так как Хасан Аль-Банна был заинтересован на распространяя своих и учений в письмах, и те, кто пришел за ним, были заинтересованы в распространении печатных изданий идеологии группировки. Группировка Братьев-мусульман, напечатала свою историю и распространяла ее среди людей, особенно студентов университетов. Таким же путем пошли и его последователи, как Мустафа Машхур, пятый по счету лидер группировки. Он был близок к направлению коптов и заинтересованности к написанию ряд работ под названием « лидеры и народ на дороге призыва к исламу», Омар Аль-Тилмисани являлся третьим лидером, более умеренным и адаптируемым с обществом и государством. Он уделял внимание, закреплению этого вопроса усиливая присутствие группировки в профессиональных профсоюзах.[68] Было ясно, что лидеры

---

67 - Аммар Али Хасан, «Глубокое общество братства и салафистов в Египте» (Александрия, Александрийская библиотека), серия Журналы (Обсерватории), № (29), стр. 27

68 - Аммар Али Хасан, предыдущий источник, стр. 32-33

группировки применяли социальный дискурс для привлечение бедных
и маргинализированных групп в обществе, а затем их использовали
для служения политических целей группировки, особенно в период
выборов.

2-1-4 Социальные условия

Социальные условия, которые Египет наблюдал в течение первой трети
двадцатого века, положили начало для возникновения политических
религиозных движений во главе с группировкой - Братья-мусульмане.
Все исламские движения возникали по причине отсутствия
социальной справедливости, серьезного классового неравенства и
распространения бедности среди широкой части египетского народа,
который в целом был отражением политики Британской оккупации
как это сказано выше.

Политика британской оккупации углубила классовое явление в Египте,
когда они (британцы) установили частную собственность на земли, с
целью усиления контроля над экономикой Египта путем превращения
новых владельцев земель в зависящий от британской оккупации, и,
в общем, от западных капиталистов слой.[69]. Эта политика углубила
неравенство между классами в Египте. В египетском обществе
появился класс влиятельных богачей, в результате распределения
оккупационной властью большей части земель между богачами и
влиятельными лицами за счет большинства египетского народа[70].
Лучшее доказательство этому то, что %0,4 владельцев земель
занимали около %35 от общей площади сельскохозяйственных

---

69 - . Роберт Тежноуд, «Политическая экономия распределения доходов в Египте» (Каир: Египетское
главное книжное управление, без даты), стр. 20-25

70 Более подробно об особенностях классовой борьбы в Египте см.: Махмуд Хуссейн, «Классовая борьба в Египте».перевод Ахмеда Василя, (Бейрут: Дар аль-Талия, 1971 г.

территорий. А около %0,076 владельцев владеют в среднем около %19,6 сельскохозяйственных земель, что в средним составляет 550 акров на каждого. В то время как подавляющее большинство египетского народа было среди безземельных[71].

В то же время началось формирование среднего класса в Египте, Но он вышел из-под контроля знати. Чуть позже, благодаря интеграции детей крестьян в египетскую армию, это привело к своеобразному социальному движению, где образованные кадры смогли занимать высшие административные должности в государственных институтах. Они смогли объединиться в гражданских, сельскохозяйственных и промышленных союзах.[72]. В дополнение к вышесказанному, политика британской оккупации учитывала интересы богатых за счет бедных и это подтверждается тарифной политикой обязывающей бедных оплачивать их в пользу состоятельного класса.[73] Существующие правительства в то время отстаивали интересы европейцев во всех областях за счет египтян.[74]

В свете этих социальных условий справедливость отсутствует и увеличивается классовое расслоение общества. Увеличивается уровень бедности среди египтян. Убеждения основателя группировки Братья-мусульмане и Хасана Аль-Банна, вступили во взаимодействие с Требования простых и маргинальных обществ, чтобы призвать к своей группировке и ее принципам и идеям   обхватывающих

---

71 -Махмуд Абд аль-Фадиль, «Экономические и социальные преобразования в сельской местности 1930-1970», (Каир, Египетское главное книжное управление. 1978), стр. 12

72 - Для получения более подробной информации об этой части, обратитесь к: Магда Барака, высший класс между двумя революциями (1919-1952) Каир: Национальный центр перевода, 2009

73 - . Для получения более подробной информации о развитии классовой борьбы в Египте, 1837-1952г. обратитесь к: Абдель-Азим Рамадан: Классовая борьба в Египте. (Каир, библиотека Аль –Усра, 1997)

74 - . Роберт Т. Тейжноуд, «Политическая экономия распределения доходов в Египте» (Каир: Управление книжной промышленности Египта. Без даты стр 20.

социально политический характер.79.Этому способствовала большая
часть египетского общества, состоявшая из крестьян и рабочих с
ограниченным доходом.

Хасан Аль-Банна использовал эти социальные условия для
проникновения в различные группы общества. Привлечение тысяч
бедных людей, которые нашли принципы исламской религии,
для улучшения их жизни и достижения полной социальной
справедливости. Это объясняет, почему Аль-Банна стремится
описать свой вызов как всеобъемлющее религиозное движение,
которое занимающееся различными аспектами общественной жизни:
экономической, политической, социальной. В то же время он работал
над тем, чтобы в его группировку присоединялась символика разных
сегментов общества, особенно очень бедные, маргинализированные
и страдающие от социальной несправедливости. Хасан Аль-Банна
считался лучшим для продвижения своей группировки в сообществе,
и именно поэтому он был одним из основателей группировки, когда
она была провозглашена в 1928 году. Плотники, парикмахеры,
водители и обслуживающий персонал, дворники, садовники, - это
группы которые наиболее поддались влиянию ислама, в то время как
феодальный и буржуазный класс были затронуты идеями запада и
западной культуры, потому что они могли больше почерпнуть знаний
с западной цивилизации и все больше поворачиваться к ней лицом. [75]

Одно исследование указывает на то, что начало создания группировки
Братья-мусульмане в городе Исмаилии не зря, так как в этом городе
находилось больше рабоче-крестьянского класса. Они страдали от
угнетения и несправедливости, которые обнаружили в речи Аль-

---

75 - Мохамед Амара, Полные рабочие Рафаа Рафеа Тахатави, часть вторая, политика, национализм и
образование (Каир: Фонд), Арабское исследовательское и издательское дело, 1973г (первое издание,)
стр. 95

Банны - возможность основания группировки освобождающей их из этого тяжелого положения. И действительно, группировка, которая начала работать, с первых дней после ее создания 1928 году поставила первоначальную цель - достижение социальной справедливости, а также была заинтересована в противостоянии угрозам, стоявшим перед обществом, таким как невежество, болезни и бедность, а также уделение внимания вопросам рабочих и крестьян создала в рамках своей организационно-административной структуры Отдел рабочих и крестьян.[76]

2-1-5 Аль-Банна и создание, и инвестирование в социальные вопросы (женщины - образование)

Положение женщин в Египте в первой трети двадцатого века было на очень плохом уровне, как и в других арабских странах. В результате социальных соображений им не дали защиту основных прав. Например, образование женщин

было редким, а во всем Египте существовало только три школы для девочек. Одна из них суннитская школа, созданная в начале XX века[77]. В этот период женщины не пользовались социальным статусом из-за унаследованной системы обычаев и традиций. Это создавало ограничения на передвижение женщин в пределах их общин и родины, и не позволяло им выполнять свою роль в полноценном развитии общества[78]

---

76 - Политическое просвещение среди Братьев-мусульман, сайт Википедия Братьев-мусульман, по следующей ссылке: https://bit.ly/36eOMhf

77 - Д-р Мухаммед Али Атта, «Будущее женщин в тени мусульманского братства», веб-сайт Братья Вики, без даты, по ссылке https://bit.ly/2TF2k2L

78 - Касим Амин, «Освобождение женщин», (Каир: Библиотека литературы печати, публикации и распространения, 2009), стр. 44-52

В результате в этот период в Египте появилось феминистское движение, призывающее к освобождению и равенству женщин и мужчина, как протест против трудных условий в которых они живут. Многие мыслители требовали равенства женщин с мужчинами по правам и обязанностям, особенно политическим правам. Включая Касима Амина и активистку-феминистку Муниру Сабет [79]. Это движение возглавляли выдающиеся женские фигуры, такие как Хода Шаарави, которая является одной из самых выдающихся женщин в современной истории Египта. Ее история борьбы за освобождение женщин после ее возвращения из Рима - одна из первых в истории и теории женского освобождения в Египте. Она призывала убрать платок и соответствовать западной культуре. После долгих лишений, до эпохи перемен она способствовала возрождению и роли египетских женщин как в сфере образования и работы, так и в их равенстве с мужчинами.[80]

Хасан Аль-Банна взаимодействовал с этим общественным движением, которое требовало эмансипацию женщин, и необходимость закрепления ее статуса в обществе, показывая убежденность его группировки в необходимости решения проблем женщин и необходимости их защиты, как ключевого партнера мужской части населения. Потому Хасан Аль-Банна стремился использовать эту проблему, чтобы достичь цели группировки по внедрению в общество. Он с самого начала осознавал, что эта группировка никак не может быть предназначена только для мужчин без женщин. Поэтому первые и наиболее заметные и актуальные шаги в его внимании к женщинам и их положению были сделаны с целью привлечь их к новой идее, путем создания

79 - Хамада Исмаил, *Хасан Аль-Банна и группировка Братство мусульман между религией и политикой 1928,1949 Каир , Восход, 2010* (первое издание, стр. 25

80 - Рахма Зия, *Арабские женщины: более столетия к освобождению, 8 марта 2019 г., следующая ссылки:* https://bit.ly/2NWJeSj

школы «Уммухат аль муменин» - (Матери верующих). Его выбор названия этой школы имел явное значение для важности образования и его качества. Позже он учредил школу «Дом раскаивающихся» для женщин, которые бросают занятие проституцией, чтобы учить друг друга достойным профессиям, выходить замуж и создавать семьи. [81] Истинные намерения группировки «Братья-мусульмане» стали ясны в объявлении группировки в апреле 1933 года в городе Исмаилия о создании первого отделения для сестёр, а также в решении бюро наставничества о создании отделений сестер-мусульман, подчиняющихся главному центру, курирующему все отделения сестер-мусульман в Египте [82].

Братья-мусульмане занимаются проблемой женщин с чисто прагматической точки зрения. В качестве одного из важных инструментов, с помощью которых можно помочь распространению и проникновению группировки в общество. В начале своего формирования в литературе группировки подчеркивали права Женщины в различных областях, но этот интерес явно снизился позже. И не только это, в итоге группировка не только начала налагать ограничения на работу женщин в публичной сфере, но и в политической. Поскольку Хасан Аль-Банна придерживался мнения, что публичная сфера и политическая битва нигде не соответствует положению женщины, что она противоречит ее женственности и что она не имеет права баллотироваться на выборах. Так как в его понимании это выглядело революцией против ислама, и что-то участие женщин в общественной сфере противоречит их природе.[83]

---

81 - Худаифа хамза - Женщина и группировка Братья-мусульмане. Сайт Нун Пост, 6 февраля 2016 года по следующей ссылке: https://bit.ly/360ImCk

82 - Тарик Абу Аль-Саад, какова правда о роли женщин в группировке и как возникла Секция сестер -мусульман?, сайт Хафриат, 14ноябрь 2018 года по следующей ссылке: https://bit.ly/38mhY7C

83 - Худхайфа Хамза, предыдущий источник.

Второй вопрос, который привлек внимание и мысль Хасана Аль-
Банна, использовать образование как предпосылки для создания соей
группировки, которое с самого начала было очень на низком уровне в
период Британской оккупации страны. Часто он требовал улучшение
системы образования.

Оккупационные британские власти контролировали сектор
образования, как и все другие сектора и двигали его в том направлении,
которое они хотел таким образом, чтобы это соответствовало
их интересах в управлении делами страны. Они знали, что
управлять неграмотной нацией в сотни раз легче, чем руководить
образованной нацией. Психологическая озабоченность британцев
всегда заключалась в том, что распространение образования среди
египтян может родиться в долгосрочной перспективе, поспособствует
образованию класса интеллигенции, которая осознает и поймет
однажды, что права на нацию принадлежат Египту. Первое право
на достижение независимости и вывод оккупации из страны может
быть реализован интеллигенцией и будет вести Египетскую нацию к
открытой конфронтации с оккупационными властями [84]

Поэтому оккупационные власти установили исключительные правила
управления образовательным процессом. Правила регулируются
узким, эгоистичным взглядом на ограниченные идеи образования
Египтян только в той мере, в которой это позволяет создать класс
сотрудников способных управлять административными делами
государства. Об этом прямо заявил лорд Кремер, генеральный консул
Великобритании в Египте. Когда он сказал в одном из своих посланий:
«Цель образовательной системы в Египте - создать класс персонала
для участия в управлении делами страны, и эта система не должна

---

84 - Египетскому университету 100 лет. Серия «Дни Египта», выпуск (30) 2007г стр 2

стремиться к другой цели кроме этой». [85]. Это ясно указывает на то, что Британские оккупанты связывают образование с политикой подготовки сотрудников для мелких профессий и переводом философии «Образование для меньшинства», или Образование в соответствии с потребностью правительства в работнике, а непотребностью людей в образовании. Этот ограниченный взгляд на образование имеет худшие последствия, как для личности, так и для общества. Негативность учащихся, окончивших школы, и их неспособность мыслить, внедряет инновации, полностью основанные на запоминание, они также помещали выпускников школ в жесткий шаблон ожидания работы и зарплаты. Это привело к безынициативности рабочих. Далее, отметим, что к этому аспекту привязана личная и семейная жизнь, в которой был убит дух инициативности и желание держаться подальше от политической работы [86] Британские оккупационные власти в Египте работали в нескольких направлениях, чтобы ограничить образование египтян. И они намеревалась достигнуть своей цели более чем одним способом, а так же небыли против одной из самых опасных идей - идея распространения примитивных религиозных учений. Образование в Египте в то время – это попытка оккупационных властей надеть маску и предложить образование для египтян, якобы стремясь лучше обучать людей. В то время они хорошо понимали, что вид примитивного образования не способствует эффективному повышению осознанности, культуры и знаний. Такое образование базировалось на ограничении знания среди детей египтян только запоминанием Корана и принципами его обучения. Что есть, в конце - концов, ограниченная культура, которая не развивает таланты учеников в достаточной степени необходимые им для продолжения развития личности на других этапах образования. Осознание

---

85 - Предыдущий источник, стр. 23

86 - Предыдущий источник, стр. 24

опасности заключалось в современных науках. Поэтому первый
период оккупации был отмечен пренебрежением образованием и
уменьшением бюджета на него.[87]. Политика оккупационных властей
не ограничивалась этим пунктом, но была также охарактеризована
англоязыщией и образованием египтян только с целью подготовки к
профессии. Распространение английской культуры путем обучения
предметов только на английском языке [88], и созданию учебной системы,
совпадающей с целью оккупантов. Доказательством этой провальной
политики в отношении образования после 40 лет Британской
оккупации, процентная доля миллионов в Египте составляла не менее
%92 населения мужчин   были не грамотными, женщины[89]%97-.

Что касается политики Британских оккупационных властей в
отношении обучения египтян на оставшихся этапах образования,
от первоначального до высшего, то здесь ситуация отличается.
Британские власти сознательно ограничили египтян и их возможности
во всех отношениях для получения образования путем ограничения
бюджета, который не мог соответствовать потребностям нации в
такой важной отрасли и его   влиятельной роли на развитие нации [90].

---

87 - предущий источник стр. 24-26

88 - Для получения более подробной информации о реальности образования в Египте в период Британской оккупационной деятельности, пожалуйста, обратитесь к: Мухаммед Абу - Аль-Саад, Политика
в области образования в Египте в условиях Британской оккупации 1882-1922г Каир Таиба 1993г

89 Египетскому университету 100 предыдущий источник, стр 42-45

90 - Предыдущий источник, стр. 26

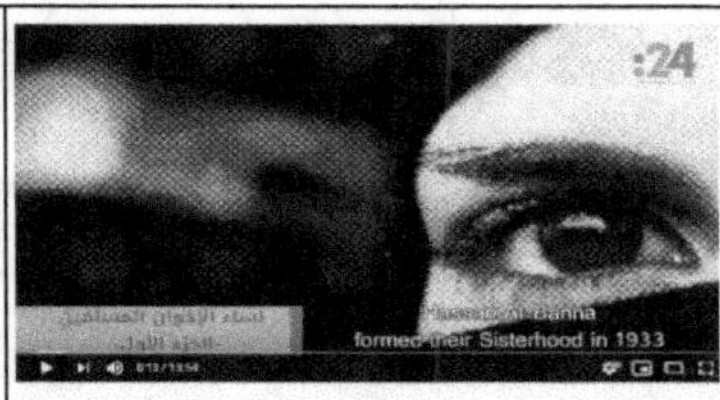

Название видео: Женщины из «Братьев-мусульман» (1): Начало вербовки и методы эксплуатации, по следующей ссылке

https://www.youtube.com/watch?v=jSgrTMrWELY

- «Женщины-мусульмане», документальный сериал, выпущенный новостным веб-сайтом 24, впервые представляет полную историю женской организации «Братья-мусульмане» и раскрывает секреты одной из самых опасных женских групп в регионе.

- В первой части этой серии рассказывается о том, как основатель организации «Братья-мусульмане» Хасан аль-Банна создал «Отдел сестер» и использовал его в своем проекте для достижения власти, как женщина «Братство» спасла организацию в -1950х годах и как Мохамед Морси пришел к власти после революции 25 января 2011 года. И как женщины из группировки «Братьев-мусульман» пытались подняться внутри организации из-за того, что они не занимали руководящие должности и подавляли женский голос.

https://www.youtube.com/watch?v=jSgrTMrWELY

Хотя оккупационные власти борются против идеи распространения высшего образования среди египтян и пытаются сделать его просто способом создать класс служащих, все равно, зародилась идея создания университета, как высшее учебное заведение. Данная идея способствовала рождению и продвижению в прессе группой египетских/арабских писателей и мыслителей. Они призывали к этой идее высшего образования.

Все началось с Якоба Артина - заместителя министра образования, имама Мухаммеда Абдо и писателя Георгия Заидана. Главным лоббистом этой идеи стал Мустафа Камель, который предложил идею

создания колледжа (университета), объединяющего детей бедных и
богатых. Эта идея была основана народной поддержкой, особенно со
стороны принцев, министров и лидеров общественного мнения. Эта
поддержка как важный шаг к обеспечению современного образования
для населения чтобы нести знамя борьбы и реформ[91].

Так же, как Хасан Аль-Банна, основатель группировки «Братьев-
мусульман», использовал другие проблемы - как например права
женщин, права рабочих и классовое неравенства - чтобы продвигать
свою группировку. Он рассматривал образование как важную
возможность, и использовал ухудшающиеся условия образования в
Египте под Британской оккупацией, чтобы представить точку зрения
группировки об образование, и также заинтересованность, связанную
с реформированием системы образования и предоставлением
комплексных решений проблем на всех ее уровнях.

Хасан Аль-Банна пытался убедить своих коллег-учителей в вопросе
реформы образования, и они уже преподнесли меморандум, министру
образования требуя реформу не только религиозного образования,
но и борьбы со слишком активным изучением иностранных языков,
как средством оккупации и уничтожения религиозной идентичности
мусульман. В этой связи он говорит: «Изучение иностранных языков
является живым (важным) компонентом образования, особенно в
наших обстоятельствах и нашей потребности извлекать пользу из
источников иностранной культуры, это очень важно для нашего
возрождения; Все это закономерность, о которой никто не спорит,
но странно то, что мы преувеличиваем преподавание языков и делаем
их основой египетских учебных программ во всех образовательных
ролях (степенях), даже в начальном образовании. Любая нация со
стремлением и ощущением необходимости изучения иностранных

---

91 Тот же источник, стр.32.

языков не должна просвещать этому очень много времени и усилий. В развитых странах, из которых министерство образования берет их образовательные системы начинают изучать иностранные языки после -6го или -7го класса. Учителя предлагают изучать иностранные языки в более позднем возрасте, но наше министерство образования не обращало внимания на это предложение по отсрочке изучения иностранных языков. В планы министерства входит продолжение увеличение часов преподавания иностранных языков до степени отрицательного влияния.[92]

Хасан Аль-Банна понимал ценность образования как одного из инструментов, который может помочь распространению группировке »Братьев-мусульман« и ее растущее признание в обществе как реформистской группы. Для этого создал школы для ликвидации безграмотности среди рабочих, крестьян и других, а также как он сам создал несколько школ для этой цели. Много школ было создано для этой цели, и первой школой была школа - "АтТахТиб" в городе Исмаилии, впоследствии было создано много вечерних школ для обучения взрослых. Например, как вечерняя школа в городе Абусарир [93]

Образование было одной из основ, на которую полагался основатель группы Хасан Аль-Банна, на проникновение не только в египетском обществе, но и в арабских странах, и одно исследование указывает, что Аль-Банна имел раньше связи с Саудовской Аравией даже до создания группировки» Братья-Мусульмане». Были контакты, чтобы он приехал в Саудовскую Аравию и работал именно в сфере образования, но он не смог этого сделать.

---

92 - Усилия Аль-Банны по реформированию и развитию образования.Сайт Википедия «Братья-мусульмане», без даты, по ссылке https://bit.ly/2TzrSOK:

93 - Предыдущий источник.

Это считается первая попытка проникнуть в Саудовскую Аравию как,
по его мнению - центр государства исламского халифата, через сферу
образования.[94]

2-1-6 Появление миссионерских движений в египетском обществе

Во время Британской оккупации Египта появились некоторых
миссионерские движения, они предназначались для молодых людей,
чтобы они подвергли сомнению свою веру, и в июне 1910 года
состоялась первая международная конференция миссионеров по
христианизации Египта, где Египет в это время рассматривался как
практическое поле для проверки успеха миссионерских движений
в арабских и мусульманских странах. Это то, что было указано
главным пастором-миссионером - Самуилом Зуммером. Он сказал на
этой конференции: "Прежде чем мы построим христианство в сердцах
мусульман, мы должны победить ислам в их сердцах. Если они станут
не мусульманами, то нам или тем, кто придет после нас будет легко
вложить в них христианство и в тех, кто их воспитывает. Процесс
разрушение намного легче, чем процесс созидания во всем кроме
нашей темы. Потому что уничтожение ислама в мусульманине —
значит уничтожение религии в целом. Хотя этот план, противоречит
тому, к чему мы призываем. Потому что это план атеизма и отрицания
всех религий, но необходимо избавить мусульман от ислама.[95]

Появление миссионерских движений в Египте в течение первой трети
двадцатого века было одной из причин возникновения группировки

---

94 - Юсеф Аль-Дини, "Братья-Мусульмане" и создание символической власти, поглощающей образование в Саудовской Аравии) Дубай: Центр Аль-Масбар Для изучения и исследований, 2018 (стр.
12-18)

95 - Д-р Халед Мухаммед Наим, «Исторические корни иностранных миссионеров в Египте», (1756-
1986) ,1986 (Каир), Аль-Мухтар Аль-Ислами для издательва и распространения, 1988 (первое издание, стр. 185)

«Братья-мусульмане», когда Хасан Аль-Банна основатель группировки взял на себя ответственность противостоять этим миссионерским движениям и основал » ассоциация реформ« со своим другом Ахмедом Эфенди Ас Сукри в городе Аль-Махмудия - это «Благотворительная ассоциация», и Ас-Сукри был избран председателем, а Хасан Аль-Банна секретарем. Ассоциация продолжила свою работу в двух важных областях: Первая область: Распространение призывов к хорошей морали путем борьбы с безудержным злом и табу - как алкоголь, азартные игры, грехи. Вторая область: сопротивление миссионерской евангельской миссии, прибывшей в город Аль-Махмудия, которая поселилась там и начала проповедовать христианство под видом лечения и преподавания шитью. Хасан Аль-Банна также участвовал в создании Ассоциации молодых мусульман по сопротивлению миссионерам. Еще Аль-Банна участвовал в создание журнала Аль-Фатх (завоевание), который взял на себя ответственность противостоять волне миссионерства.[96]

Роль Хасана Аль-Банны на этом не закончилась, но он воспользовался проблемой миссионерства после создания группировки "Братья-Мусульмане", создавая ее положительный образ того, как группировка берет на себя сохранение исламской религии, и того как группировка возглавляет кампанию против этих миссионерских движений, особенно в иностранных школах которые принадлежали британской оккупации, именно иностранные школы принадлежащие миссионерским религиозным миссиям, это объясняется легкостью влиять на молодых учеников, так как легко формировать их сознание. В этих школах также были общежития, что означает, что после окончания учебного дня ученик оставался в общежитии школы. Им обеспечивалось питание и комфорт. Кроме того, они заставляли

---

96 - «Братья-Мусульмане» и борьба с миссионерми в начале двадцатого века, веб-сайт «Википедия Братьев-мусульман», без даты. https://bit.ly/2ul2DoP: следующая ссылка

изучать мусульманских учеников христианскуюрелигию, ритуалы и
посещать христианские молитвы.[97]

2-2 Международные изменения.

Возникновение »Братьев-мусульман« нельзя объяснить изолированно
от региональных и международных событий, которые произошли в
первой трети двадцатого века.

Наиболее важными, из которых являются:

2-2-1 Первая мировая война:

С началом первой мировой войны в 1914 году Великобритания
пообещала арабам помочь им получить независимость от Османской
империи; При условии, что они вступят в войну на ее стороне
против османов, которые вступили в войну на стороне Германии, и
эти обещания были закреплены в обоюдных письмах, между Генри
МакМахоном Верховным комиссаром Великобритании в Египте и
Аль-Хусейном бен Али Шарифом (правителем) Мекки между 1915
г. и 1916 гг., В соответствии с письмами в которых Великобритания
согласилась признать независимость арабов после первой мировой
войны, в обмен на их помощь в войне с османами. Арабы, которые
считали эти письма как

официальное соглашение, на самом деле эти письма не были
ратифицированы и подкреплены официальными картами.[98]107

После победы Британских войск над Османской империей, Франция и

---

97 Абдо Мустафа Дизуки, «Братья-Мусульмане» и реформа образования ... Противостояние миссионерам в иностранных школах, Википедия, «Братья-Мусульмане»
https://bit.ly/2NHsQ7Q: без даты, по следующей ссылке

98 Для получения дополнительной информации о переписке МакМахо-Хуссейна см .: Первая мировая
война и ее влияние на изменение политических условий.
Cap03.pdf http://fsh.altervista.org/ сегментация арабского мира

Великобритания договорились о разделе арабского региона на районах господства, в соответствии с соглашением »Сайкс-Пико1916 « года, которое переформировало ближневосточный регион в соответствии с европейскими колониальными интересами, через тайную дипломатию, игнорируя политические обещания, которые раньше обещали арабам. [99] Это соглашение вызвало межнациональные разногласия в регионе, которые влияли на настоящее и будущее региона, и привело ко многим современным проблемам в нем.

<table>
<tr><td>

Гитлер, муфтий Иерусалима и современный исламо-нацизм (субтитры на английском)

Название видео по следующей ссылке

https://www.youtube.com/watch?v=d51poygEXYU

Хасан аль-Банна общался во время Второй мировой войны через муфтия Иерусалима, в то время моего брата Мухаммада Амина аль-Хусейни, с Гитлером и получил финансовую поддержку от Гитлера для своей группы

- План Гитлера во время второй мировой войны найти союзника в арабском мире.

- Гитлер встретился с великим муфтием Иерусалима.

- У Гитлера и Великого муфтия один враг – евреи.

- Было многолетнее сотрудничество между Гитлером и великим муфтием Иерусалима.

- Великий Муфтий призывал к священной войне под флагом со свастикой, и он возглавлял боснийскую дивизию СС под названием «Хандзар».

- в 1943 году великий муфтий посетил Загреб и Сараево.

</td><td>

</td></tr>
<tr><td colspan="2">

https://www.youtube.com/watch?v=d51poygEXYU

</td></tr>
</table>

Исход первой мировой войны привел к разделению наследия Османской империи на ряд государств находящихся под Британскими

99 Смотреть Sykes-Picot 1916, https://www.britannica.com/event/Sykes-Picot-Agreement: 108.

и Французскими мандатами, и позволили передать правовой контроль над определенными регионами от власти проигравшего к власти победившего. Великобритания и Франция видели наследие Османской империя как добычу войны, которую следует поделить между победителями [100], это вызвало горечь в душах арабской элиты, которая стремилась к освобождению и независимости, чтобы национальные ощущения и утверждение арабской идентичности играли главную роль как двигателя единства нации. В этих условиях Бальфурская декларация была принят 2 Ноября 1917 года, когда британцы обещали во время первой мировой войны поддержать создание национального еврейского государства в Палестине. Это обещание Еврейскому народу в Бальфурской декларации было включено в Британские мандатные документы от Лиги Наций в Палестине. Включение этого обещания в документ Британского мандата Лиги наций для Палестины, для того, что бы международное право могло выступить гарантом окончательного осуществления плана создания Израиля в 1948 году. Вследствие данного обещания Великобритании передала территорию Палестины в зону ответственности международного права. Израильское государство было основано в 1948 году[101] (в соответствии с международным правом) и его окончательная реализация с созданием Израиля через год. Все события, которые произошли в первую мировую войну, предоставили Хасану Аль-Банне большие возможности для предъявления его интеллектуальных и лидерских способностей. Хотя он был молод в то время, он уже проявлял интерес к последствиям войны особенно в отношении прав палестинского народа после принятия декларации Бальфора. В начале

---

100 - Смотреть : Неле Мац, «Цивилизация и система полномочий в рамках Лиги Наций как источник опеки», https://bit.ly/2WMjlKG, стр. 52.

101 - См .: Валид Аль-Хальди, Палестина и палестинские исследования после столетия Первой мировой войны и Декларации Бальфура, журнал, палестинское изучения, Бейрут, Институт палестинских исследований, № 99, лето 2014, стр. 7

-1920х годов, когда Хасан Аль-Банна еще был студентом, учился в колледже Дар Альулум, он опубликовал статью в журнале Аль-Фатх которую издал шейх Мохабедин Аль-Хатиб. Аль-Банна предупредил в ней опасность сионизма в Палестине. В год его выпуска из колледжа Дар Ульулум в Каире, за год до создания группировки «Братья-Мусульмане» он отправил письмо муфтию Иерусалима Хадж Амин аль-Хусейни выражая желание поддержать его и джихад[102].

Но, как показывают свидетельства ряда лидеров группировки «Братья-мусульмане», Аль-Банна воспользовался палестинским делом вначале для продвижения его группировки и представления положительного изображение касающегося арабских/мусульманских дел. В какой-то момент Палестина была в центре проекта расширение группировки в арабских странах, в 1935 году у Аль-Банны появляется идея распространение группировки «Братья Мусульмане» за пределы Египта. Это было одно из решений третьей консультативной конференции группировки, поскольку Палестина была первой страной, назначенной для выполнения этой миссии, и два лидера группировки Абдулрахман Аль-Саати и Мухаммед Асад Аль-Хаким совершили поездку в Палестину в том же году для пропаганды принципов и целей группировки. Действительно, первая ветвь «Братьев-мусульман» была основана в секторе Газе под председательством Аль-Хаджа Дхафера Аль-Шавы, а затем филиал в городе Яффе возглавляемой Дафером Аль-Даджани, а филиал в Иерусалиме был основан в 1945 году, количество филиалов увеличилось более чем двадцати на палестинскойтерритории.[103]

---

102 - «Палестина в мысли о Аль-Банне», веб-сайт «Братьев-мусульман», 13 февраля 2008 года, по следующей ссылке: https://bit.ly/2TzYoAx

103 - Хасан Аль-Банна, «Записи и призывы проповедников» (Каир: «Аль-Захраа для арабских СМИ», 1990), стр. 198-199

Нацистские коллаборационисты – великий муфтий Амин Аль-Хусейни Мухаммад Амин аль-Хусейни

Название видео по следующей ссылке:

https://www.youtube.com/watch?v=WghqmG4sn_A

- Мухаммад Амин Аль-Хусейни (по-арабски 4 – 1897 محمد أمين الحسيني июля 1974) был палестинским арабским националистом и мусульманским лидером в подмандатной Палестине.

- Во время второй мировой войны он сотрудничал с Италией и Германией посредством пропагандистских радиопередач и помогал нацистам принять боснийских мусульман-новобранцев в ряды войск СС (на основании того, что они разделяли четыре принципа: семья, порядок, лидер и вера).

- во время встречи с Адольфом Гитлером он попросил поддержку арабской независимости и поддержку в противостоянии созданию в Палестине национального еврейского очага. После окончания войны он пришел под защиту Франции, откуда он искал убежище в Каире, чтобы избежать судебного преследования за военные преступления.

- Наследие Аль-Хусейни представляет интерес для современных исследователей политического ислама своей ролью во внедрении радикального антисемитизма в исламский фундаментализм.

https://www.youtube.com/watch?v=WghqmG4sn_A

2-2-2 Отмена Османского халифата в 1924 году

В 1924 году Мустафа Кемаль Ататюрк упразднил Халифат и объявил о создании нового режима Правление в Турции основанного на светских националистических основах. Новым правительством Турции под руководством Кемаля Ататюрка был переведен святой Коран на турецкий язык и теперь вместо арабского, читался на турецком.[104].

---

104 - Ибрагим аль-Байуми Ганем, предыдущий источник , стр. 43-44.

Это вызвало серьезный шок в арабском и исламском мире, из-за того что Халифат был интеллектуальным и политическим символом для мусульман. С этим падением связано

с появлением тенденций современности и вестернизации, которые призывают открыться к западной цивилизации и извлечь выгоду из их опыта в эпохе Возрождения и прогресса.

Название видео, Братья-мусульмане, его происхождение и начало тайной организации, по следующей ссылке.:

https://www.youtube.com/watch?v=WpV6tqM_Ka0

Цель группировки «Братьев-мусульман» с момента их основания - обрести власть под религиозным прикрытием.

Идея «Братьев-мусульман» характеризовалась нетерпимостью по отношению к другим, искуплением и противостоянием идее модернизации или вестернизации через соблюдение исламского права.

- Верховный лидер Братьев-мусульман объявил на пятой конференции Братства, что Братство использует насилие и убийства.

- Секретная организация проводила специальные операции, которые Братство не могло публично принять (например, обучение, вооруженные действия, нацеливание на людей, выступающих против Братства, и война в Палестине ...).

- После кампании арестов, которой лидеры Братства подверглись во время правления короля Фарука, лидеры группировки отправились в Саудовскую Аравию, а затем вернулись в Египет в 1951 году, чтобы продолжить работу.

https://www.youtube.com/watch?v=WpV6tqM_Ka0

Отмена Халифата подняла вопросы о природе отношений между религией и государством, а также между прошлым и настоящим.

Что привело к интеллектуальной и политической борьбе, а также
беспрецедентным расколам среди интеллектуалов и интеллигенции в
арабских и исламских странах, что явилось самым важным фактором,
который способствовал появлению не только группировке «Братья-
Мусульмане», но и многих официальных религиозных учреждений
и группировок с политическими силами. Они создали между собой
конгломерат для обсуждения последствий этого вопроса.

Ученые мечети Аль-Асхар в Каире 6 марта 1924 года, сделали
заявление, под названием «Смещение халифа не законно», под
которым подписалось шестнадцать ученых. Это объявление было
опубликовано 4 дня спустя отмены халифата, в котором они
заявили: Свержение Халифа (Абдулхамида) незаконно, так как все
мусульмане доверяли ему, и он был свергнут малой группой. В тоже
время они призвали провести конференцию для обсуждения этого
вопроса как можно скорее. Они подчеркнули, что любые разногласия
ослабляют Ислам, и начали активно приглашать для участия в этой
конференции. Участие в этой конференции стало требованием
всей нации.[105] Появилось много призывов, которые подчёркивают
важность возрождения второго исламского Халифата даже с новыми
тенденциями, среди этих тенденций находилась и группировка
«Братья-Мусульмане» которая призвала к созданию нового второго
исламского мира, восстанавливающая правовую форму Исламского
Халифата.[106]

---

105 Дилип Хеир, «Мирная Сулавия в современную эпоху», перевод Абдель Хамид Фахми эль-Гаммаль,
    (Египетский генеральный книжный комитет), Серия «История египтян», № (107), 1997, стр. 118

106 Абд аль-Рахим Али, ««Бартья – мусульмане» от Хасана аль-Банны до Махди Акефа», (Каир: Центр
    Махрусы для публикаций и журналистских услуг и информации, 2007) первое издание, стр. 22-21.

По следующей ссылке

https://www.youtube.com/watch?v=M3gRpZQa7_g

- Цель создания группировки « Братьев-мусульман» с точки зрения Хасана Аль-Банны была с самого начала, она была явно против идеи (революции), описывая ее как демагогическую, и он сказал: Это не из его метода, мысли или стиля. Но Хасан Аль-Банна несколько раз предупреждал существующие правительства, что, если они не исправят ситуацию, возможно, что возникнет революция, которая не желает и не оправдывает

- Хасан Аль-Банна указывает, что его идея должна быть поэтапной: -1 Определение 2образование -3 Реализация

- Идея создания частной или секретной организации началась с присутствия британского колонизатора, а также палестинского дела.

- Цель группировки Братьев-мусульман превратилась в формирование мусульманского правительства, и на этом вопрос не закончился, а именно: стремление к созданию исламского халифата на основе методологии пророчества (правильно управляемый халифат), а затем номинальная цель, которой является (мировое профессура), то есть демонстрация ислама на международном уровне и распространение его правильных учений для распространения во всем мир

https://www.youtube.com/watch?v=M3gRpZQa7_g

Возможно, именно этим объясняется рвение основателя группировки Хасана Аль-Банна с самого начала подчеркнуть интеллектуальность его идеи, начиная с его первых писем под названием «К чему призываем людей», в которых он говорит: «Братья-мусульмане не фокусируются на одной Мусульманской стране, а на всех Исламских без исключения стран и посылают сообщение, которое, как они надеются, дойдет до ушей лидеров в каждой стране, население которой

верят в Исламскую Религию. Группировка «Братья-Мусульмане»
хотели воспользоваться этой возможностью, чтобы объединить все
Мусульманские Страны и попытаться построить свое будущее на
твёрдой базе прогресса, изысканности и «архитектуры» Это видение
было закреплено в первом.

основном законе группировки «Братья-Мусульмане» который
подчеркивает международный вызов.[107]

В послании к пятой конференции по случаю основания группировок
«Братья-Мусульмане», под название ««Братья-Мусульмане и Халифат
- Хасан Аль-Банна снова подчеркнул позицию Группировки «Братья-
Мусульмане» об идее возрождения Халифата. Он сказал: группировка
«Братья-Мусульмане» считает, что халифат является символом
Исламского единства и проявлением связи между Исламскими
нациями, и этот исламский ритуал, о котором мусульмане должны
думать и обращать внимание, Халифа (правитель) является предметом
многих решений в религии Аллаха.[108] Это подтверждает, что
возрождение Халифата является приоритетом группировки «Братья-
Мусульмане» с момента ее создания и до сих пор. Это можно понять
из заявлений лидера группировки «Братья-Мусульмане» Мухаммеда
Бадиа в его недельном послании в марте 2013 года, когда он сказал, что
«создание полноценного халифата является одной из промежуточных
целей, которые были определены Имамом Хасаном Аль-Банна
для достижения великой цели группировки, заключающийся в
возрождении мусульманского государства и Шариатского закона,
и достижения великой цели наступившей вскоре после революций
«арабской весны».[109]

---

107 - Для получения более подробной информации об этом аспекте, обратитесь к: Джуме Амину Абду-
лазизу, «Документы из истории Братства и Египетского международного общества, в период 1928
– 1938», (Исламский издательско-распределительный дом, Каир 2003), часть третья.

108 - Хасан Аль-Банна, Послание пятой конференции, Википедия, Братья-мусульмане, 4 января 2003 г.,
по следующей ссылке: https://bit.ly/2QhypdJ

109 - Бади: «Мы стремимся восстановить Халифат», газета Аль-Рай (Кувейт), 7 марта 2013 г., по ссылке:
https://bit.ly/2vuMZYy

2-2-3 Интеллектуальная дискуссия между сторонниками современности и сторонниками наследия/подлинности.

В конце последней трети двадцатого века арабские и мусульманские страны стали свидетелями острых разногласий по вопросам возрождения и модернизации в результате отмены Исламского халифата. Отмена халифата вызвала острую реакцию, хотя тогда были предприняты попытки повторить турецкий опыт в Иране и Афганистане. В то время большинство других арабских и мусульманских стран начинают поднимать важные вопросы о проблемах Возрождения и оптимальных формах управления (режимов) новых периодов.

Египет не был изолирован от этих событий, а находился в их эпицентре, где и появился ряд интеллектуальных и политических тенденций [110]. Эти тенденции кристаллизовались в двух основных направлениях: модернистское первое, которое открыто Западу, следуя его ценной и цивилизованной модели существовании, а так же призывая к его симуляции и выгоде достигнутого возрождения арабских и исламских странах. Среди сторонников этой тенденции был Али Абдауразк. Автор Книги «Ислам и основы управления» в 1925 года, в которой он призвал к разделению религии от государства с его сторонниками Таха Хусейн и Салам Муса. Вторая тенденция - консервативное движение, которое отвергает западную модель. Он призывает к сохранению религиозного наследия и следованию по пути праведных предшественников[111]

Эта интеллектуальная борьба между двумя потоками, и каждая

---

110 - Смотреть : Пол Брыкчинский, «Радикальный ислам и нация: взаимосвязь между религией и национализмом в политической идее Хасана аль-Банны и Сейида Кутб», https://bit.ly/2Mx69VR

111 - Для получения более подробной информации об этих интеллектуальных дебатах между сторонниками современности и сторонниками подлинности и наследия, см .: Ахмед
Абдаль-Рахим Мустафа: развитие политической мысли в современном Египте.Каир Институт исследования и арабских учений., 1972), стр. 49

сторона придерживалась и защищала свои позиции. Причины, которые
привели к появлению религиозных движений с политическими целями,
в том числе к группировке Братья-мусульмане воспользовавались
борьбой для продвижения своих взглядов со смешанными
религиозными, социальными и политическими целями и уже
нашедшие сторонников в разных слоях Египетского общества того
времени. Эта интеллектуальная борьба совпала с явным падением
духовных и религиозных ценностей из-за господства светских идей
продвигаемых рядом политических течений, и поддерживал их
трудами сторонников современности, просвещения и открытости для
Запада, которые привели к появлению благоприятной ситуации для
создания группировки Братьев-мусульман в этот период [112]

Хасан Аль-Банна видел в этой интеллектуальной борьбе возможность
продвигать свою группировку как группировка средних реформ,
которая отражает естественной врожденной религиозности
большинства египетского народа. Действительно идеи Хассана Аль-
Банны нашли свое отражение в значительной части египетской
молодежи. [113]. Некоторые их них считали, что Хасан Аль-Банна
заинтересован, чтобы его группировка возглавила процесс реформ и
перемен в обществе путем увеличения роли Ислама и достижения его
целей, особенно в отношении общих изменений людей и общества.
Как предпосылки для достижения главной цели группировки, которая
представлена в возрождении исламского халифата.[114]

---

112 - Мохамед Ахмед Абдель-Ати, исламских движения в Египте и проблемы демократического преобразования) Каир: Центр Аль-ахрам
Для перевода и публикации, 1995 (стр. 36)

113 - Хасан Тавалбех, Насилие и терроризм с точки зрения политического ислама, Египет и Алжирская
модель. (Амман: Современный мир книг 2005), стр. 165

114 - Мухаммед Абдулрахман Аль-Мурси, «Подход к реформам иизменениям при Имаме Аль-Банна»,
второе издание,) Каир: Дар Аммар, 2005

Внутренние изменения, произошедшие в Египте, а также региональные и международные события способствовали сохранению среды, благодаря которой возникла группировка «Братья-Мусульмане» и это явно повлияли на политические и социальные речи, принятые основателем группы Хасаном Аль-Банна в призывах к своей группировке. И он хотел бы, чтобы его группировка была во главе в политических, социальных, культурных, научных и спортивных областях, принося изменения и реформы в египетском обществе, и обеспечила комплексное решение всех проблем, с которыми возможно столкнутся на первой стадии на пути получения власти, затем обеспечения полного контроля на второй стадии.

Схема наиболее важных политических, экономических и социальных изменений в Египте

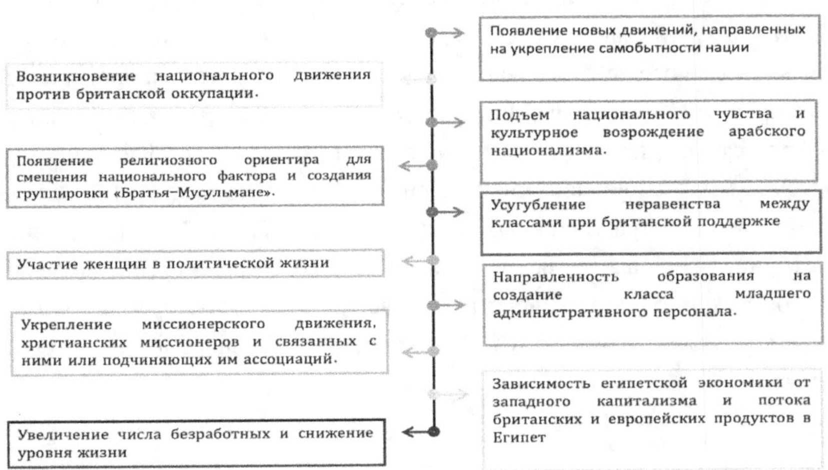

Глава III

Интеллектуальное происхождение группировки «Братья-Мусульмане»

В этой главе мы обсуждаем интеллектуальные источники группировки «Братья-Мусульмане» и мы указываем, что хотя создание и распространение идей не входило в число приоритетов группировки, но оставалась в своих речах и лозунгах на основе литературы и упоминаний исламской мысли в двух его частях-традиционной и современной. Кроме того, группировка избирательно рассматривает результаты когнитивного ислама, приспосабливая их в соответствии с тем, что служит его политическим целям, чтобы усилить контроль над обществом и государством.

В этой связи мы постараемся проследить интеллектуальные корни Братьев-мусульман. Своего рода реологическое исследование, заимствовавшее термин «археология» из того, что проповедовал французский философ Мишель Фуко в своей знаменитой книге «Археология знаний»[115] или «Раскопки в знаниях», Где Братья-мусульмане выбирают свои идеи из исламской мысли в двух направлениях: традиционных и современных. Первый - это наличие источников и наследия, включающие идеи хариджитов, лидеры которых позволяют им восстать и свергать законное правительство под прикрытием идей и убеждений первоначальных лидеров. Они бунтуют и

---

115 - Тема Фуко в его известной книге «Раскопки знаний» - «История идей», анализирует методологию которая связывает идеи в их среде, то есть лингвистическая среда для проведения дискурса / идей, таким образом он практиковал своеобразное исследование в словах дискурса . Смотреть: Мишель Фуко, L'archeologie du savoir, Галлимар, 1969.

восстают против законного режима, облеченного обширными идеями и убеждениями [116] Это позволяет им практиковать

«политическое лицемерие» и помещать все это в рамки интеллектуального синтеза суннитов и суфизма, чтобы добиваться легитимности от доктрин Аль-Газали, Ибн Таймия и других высокопоставленных лиц Суннитского учения.

Что касается присутствия современной исламской мысли в интеллектуальном первоисточнике группировки «Братьев-мусульман» это закреплено в сигналах речи мыслителей Возрождения, особенно Джамалуддин Аль-Афгани, Мухаммед Абдо и Мухаммад Рашид Реда. А затем под влиянием теорий пакистанского мусульманина Абу Аль-Аля Аль-Маудуди, этот основном проявляется в трудах Сейида Кутба, которые имеет Такфирские и джихадистские тенденции.

Чтобы проследить поток мыслей и интеллектуальных влияний, упомянутых в идеях группировки «Братья-мусульмане». Сначала мы обратимся к их старым сноскам (ссылкам), представленным в традиционной мысли, до достижения современной эпохи.

---

116 - Это очевидно в том, что они избегают публичного изгнания своих противников по политическим соображениям. Посмотрите на реакцию бывшего члена группировки «Братья-Мусульмане» и Ваджди Гнем, «Братья Маржа – Откладывание и Доктрина группировки "Братья-Мусульмане"»; сайт YouTube, по ссылке: https://www.youtube.com/watch?v=y_p609sStzY

1-3 Ссылки в старинные времена

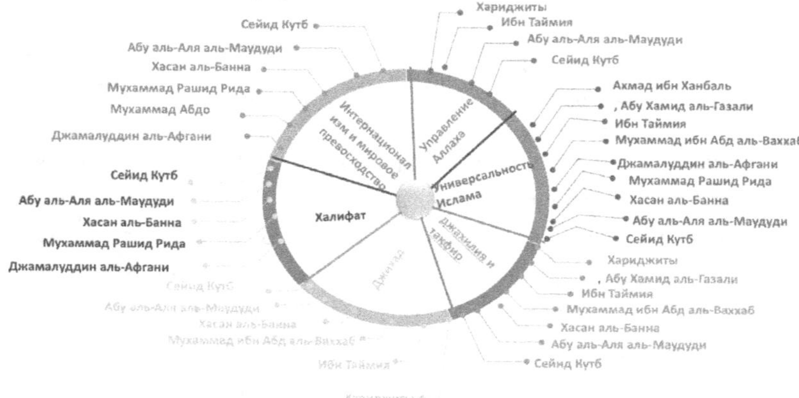

3-1-1 Салафизм - эталонное наследие.

Интеллектуальная линия, контролирующая и связывающая мысль группировки «Братья-мусульмане» с исламской мыслей с самого начала - это наследие салафитов, чьи корни уходят глубоко в исламскую историю, Ибн Таймия (728-661 год Хиджири/1328-1263 год Юлианский)[117] Один из самых влиятельных лиц в исламском видении мысли. И он был один из ведущих/главных участников в формировании современной салафитской системы. И он большего всех формировал современную салафитскую систему.

Шейх ал-Ислам ибн Таймия встал на сторону экстремистских школ, которые отвергли рациональную интерпретацию религиозного

---

117 - Подробнее о мысли Ибн Таймия и его биографии см.
Карл Шариф Эль-Тобги, Ибн Таймия о разуме и откровении, Брилль, 2019 г., https://brill.com/view/
   title/55796

текста. Это сделало его фетвы (заключения) более строгими, чем школа Ханбали, к которой он принадлежал. Вот почему необходимо прочитать фетвы, помещая их в контекст его исторических обстоятельств, характеризующихся раздробленностью исламского халифата и нападения внешних сил со стороны монголов и крестоносцев что и влияло на мысли и идеи ибн Таймия и его суждений. Эффект отступления влиял на мышление Ибн Таймии и его фетв которые «видел в своих заключениях и строгости их применений как наилучший способ противостоять врагам и восстановить положение ислама и мусульман на этом этапе.[118]

Ему приписывают возрождение концепции джихада мусульманам и предоставление им религиозных и мирских измерений путем обращения, к сурам касающихся джихада, изложенного в Священном Коране, и его личный акцент на высказываниях « верующий должен быть врагом против неверующих» и необходимости «оскорблять не мусульманина и оскорблять его святыни» И что «евреи и христиане прокляты своей религией», что привело к принятию теории «Дар аль-ислам и Дар аль куфр. (дом ислама и дом неверующих) что означает практически « дом войны » для всех, кто не принадлежит к исламу, и это «любимая» теория в Сердцах джихадистов и их организаций, распространяющихся сегодня в арабском и мусульманских мирах. Отметим, что теория «Дар аль-салам» или «Дар аль-Куфр» или «Война» - не упоминается и не написана не Коране ни в Сунне Пророка»[119]. Оно возникло из направления, которое было сказано,

---

118 Халед Газаль, Ибн Таймийя -лидерство мусульман, ливанская газета An-Nahar, 20 сентября 2014 года, по ссылке: https://bit.ly/2WQm7KAъ

119 Тот же источник.

установлено Ахмадом ибн Ханбалом возникла в период умавитов. (780-855)гг.[120]

Идеи Ибн Таймии

Не секрет, что сохраняющееся влияние Хамад бен Ханбала на исламскую мысль до наших дней заключается в его подходе, который основан на полной и буквальной зависимости от священных текстов - Основ исламской религии, а именно Корана и Сунны, и необходимость принимать их так, как они говорят в первоисточнике. Этот подход сформировался среди Ибн Ханбала и других модернистов в разгар жестокой борьбы, которая привела его против Аль-Матазеля, в вопросе «Создание Корана» [121] приведшая его к беде с Аббатской властью. Особенно во время правителя Аль -Ватик- (правящего с

---

120 Для получения более подробной информации об Ибн Ханбале, его идее и биографии, см .: Салих бин Ахмад, биография аль имама Ахмада бин Ханбала,) Аль-Рияд: Дом Аль-Салафа Издательства и Распространения, 1995

121 Кристофор Мельхерт, Ахмад ибн Ханбал, Серия: «Создатели мусульманского мира», oneworld Publications, 2001.
- Абд аль-Рахман Салем, Политическая история Аль-маутазиля. Дар Ройя издательство и распространения, 2013

232 - 227 г.х. / 842 г.н. э) и реабилитированного во время правления аль -Мутаваккиль, 861-822г (247-205 Г.Х) -Получившего власть в (232г.х)847 г.н.э и выступивший вначале против философии аль -мутазиля и затем и против

ментального подхода. Этой модернистской тенденции следовали все мусульманские религиозные направления на протяжении исламской истории до настоящего времени.

Исламские движения, в том числе Братья-мусульмане, черпают свою религиозную культуру из окружения салафитов, в котором многие из его лидеров имели разногласия и конфликт с правящей властью. Это связано с подозрительностью (паранойей) которую испытывают салафизм к власти. Как заметил один исследователь, что-то делает их «осторожной, настороженной и постоянно опасающейся нападения из-за границы и внутренний позор»[122]

---

122 - Для получения дополнительной информации см .: Абдулла Аль-Арви, Сунна и реформа, Бейрут: Арабский культурный центр, 2008

Простая модель развития религиозной мысли

Мухаммад Рашид Ида
1865 - 1935

- Он призвал к реформе и отверг подражание западным традициям.
- Был глубоко погружён в политическую работу после распада Османской империи.
- Считается духовным отцом проекта политического ислама

Джамальадин Аль-Афгани
1838 - 1897

- Всеобъемлющий ислам
- Принятие концепции Исламского университета
- противостояние западной политике-гегемонии, и правителям принявшим ее

Ибн Таймия
1263 - 1328

- Обратится к тому, что Аллах послал и что пришло с его посланником, управление Аллаха.
- Джихад и применение силы.
- Непозволительно подчиняться правителю во грехе (Аллаха), и разрешение непослушанию правителю.

Ибн Ханбил
780 - 855

- Основатель салафизма
- Он сказал, что жизнь соответствует Исламскому Шариату
- Принято противостоять отклонению религиозному и мирскому правителя

Абу Аль-Ахля Альмаудуди
1903 - 1979

- Управление Аллаха
- Невежество и неверное общество (такфир)
- Джихад и убийство ради перемен
- Исламский интернационализм

Мухаммад Абду
1849 - 1905

- Заинтересован в обучении молодежи как причине возрождения
- Открытость к западной цивилизации и извлечение выгоды из ее достижений

Мухаммад Абдулвахаб
1703 - 1791

- Всеобъемлющий ислам
- Борьба с ересью и атеизмом

Абухамид Альгазали
1058 - 1111

- Неверие рациональным философам, таким как Аль-Фараби и Ибн Сина.
- Возвращение к салафитскому подходу суфизм- это путь веры

Хариджиты
658

- Управление Аллаха
- Законность непослушания правителю

Кроме того, салафиты и, в частности, ханбалиты, отличавшиеся близостью к людям с момента своего появления в Багдаде, изобилующий интеллектуальной и политической борьбой и народным недовольством. Они стали общаться на общем языке с народом и сохранил свои основные черты на протяжении Исламской истории, в том числе и в их радикальном направлении. Также эти характеристики сформировали и закрепили религиозное видение простых людей из низших классов[123]. Что отличает школу Ханбали, так это ее преемственность и сохранение основных характеристик и качеств на протяжении исламской истории начиная с Ибн Ханбала, основателя мадхаба (течения), и заканчивая Мухаммедом ибн Абдальвахаб Он умер в 1202 году хиджры / 1792 г. н.э. В промежутке между Ибн Ханбала и Мухаммедом ибн Абдальвахабом так же были лидеры этой школы, такие как Ибн аль-Джавзиия, Ибн Таймия и Ибн Аль-Каем. В этом контексте великий мыслитель Мухаммад Аркун подтверждает постоянное присутствие салафитской мысли в современном арабском дискурсе, как он говорит: «Известно, что современный исламский дискурс возвращается к истории и уходит далеко в прошлое, то есть во времена Ибн Ханбала. Ханбалисткская борьба против того, что считали светскими отклонениями, противоречащими халифату. Нынешние исламские протестные движения не являются результатом одного дня, а скорее является продуктом длительного исторического импульса «[124]. Это также подчеркивает необходимость знать, что исламское движение к которому сегодня приписывают себя движения за ислам - это наследие «упавшего» ислама против исламских ценностей, а не ислам который открытые и динамичное наследие с

---

123 Белаид бин Джаббар, салафизм в Алжире, программа ликвидации и образования, кандатская диссертация, представленная в Университет Вахран 2, алжир 2015-2016, стр.12

124 - Мухаммад Айт Хамо, Горизонт диалога в современной арабской мысли (Рабат: Дар Аль-Аман, 2012), стр. 1

большой способностью взаимодействовать и интегрироваться.[125]

Историк арабского залива Мухаммад Джабер Аль Ансари описывает эту тенденцию в исламской мысли как образец салафизма, которая определяет его как ограничения с использованием первоначального исламского термина. Ислам и его принципы считаются единственным критерием для рассмотрений и суждений, где интеллектуально изученные тексты являются окончательным источником для них. Их взгляды не опираются на независимые источники вне исламского фундаментализма.[126] Этот интеллектуальный образец, по мнению Аль Ансари зависит от использования интеллектуального и не использования преимущества ментальной интерпретации, если они противостоящие исламским идеям и влиянию.

По мнению Мухаммеда Абид аль-Джабри, салафизм имеет дело с наследием, и он характеризуется прошлым видением и отсутствием критического научного духа, а так же потерей исторически основанного взгляда, а это значит – согласно мнению Аль-Джабри: «Общая картина, которую мы найдём о салафитах, - знания о наследии с его различными религиозными, лингвистическими и литературными направлениями основанных на старой методологии, которую мы назвали традиционным пониманием наследия. Понимание, которое принимает старые речи такими, какие они есть, и те, в которых они выражают свое собственное мнение. Или через которые они видят высказывания тех, кто им предшествовал. Общая характеристика этого типа метода состоит в том, чтобы усугубить два порока: отсутствие критического духа и потерю исторического мировоззрения. Естественно, что в этом

---

125 - Мохамед Аркун, Исламская мысль: научное чтение, перевод Хашема Салеха, 2-е издание, Бейрут - Касабланка: Центр развития Национальный / Арабский культурный центр, 1996 г. (стр.29.

126 - Мухаммед Джабер аль Ансари, «Арабская мысль и антиредактный конфликт», 2-е издание) Бейрут: Арабский институт исследований и публикаций, 1999 год стр 25.

случае производство салафитов это «наследие, которое повторяет себя» в плохой частичной форме [127] »

По этой причине тема мусульманских политических движений, которые происходят из наследия, «это секрет их силы и способность мобилизации» [128], является одной из основных проблем, которые занимают мысли современных арабов, учитывая их исторические расширения с одной стороны, и тесно связанные условия освобождения и возрождение с интеграцией в глобальный цивилизационный контекст с другой стороны.

Поток политического ислама представляет собой результат кризиса, который глубоко укоренился в арабо-исламской культуре. В то же время, это является отражением этого кризиса, где «экстремизм и дикая жестокость приписывалась к религиозной сфере, которое показывает о существовании реального кризиса на арене религиозной и Исламской мысли. Если бы не этот кризис, экстремизм не заполучил бы того, чего достиг, такового уровня распространения/экспансии и не превратился бы в глобальный вызов, который занял весь мир». [129]. Это решительное проявление кризиса заключаются в «ослаблении духа рациональности и его долговременном упадке в истории развития религиозной исламской мысли. Это ситуация, открывшая путь для продвижения традиционных и жестких тенденций и их преодоления намеждународнойарене». [130]

---

127 - Мухаммад Абэд аль-Джабри: современный арабский дискурс, (Бейрут: Дар аль-Талиа, 1982), стр. 77

128 - Мухаммед Айт Хаму, Горизонт диалога в современной арабской мысли, (Рабат: Дар Аль-Аман, 2012), стр. 1

129 - Заки аль-Милад, «Экстремизм и кризис рациональности в Исламской сфере», 18 ноября 2017 г., веб-сайт Фонда «Верующие без границ», https://bit.ly/2TYmHbq: по ссылке

130 - Заки аль-Милад,предыдущий источник

Эта трагическая ситуация в арабской исламской культуре в основном связана с регрессом рационального мышления против господства традиции в области знаний, начиная с середины эры Аббасидов, где «Исламский разум начал опускаться

в шахты инерции, а исламская цивилизация уже начала практически ухудшаться. Увеличилось количество имитаций и повторения этого цикла. Народ стал инертным и остановил прогресс в творчестве, науке, жизни и модернизации.»[131]. Начало знаменует собой начало «отступления Муа›тазила и прогресса их противников, которые продолжаются до сегодняшнего дня».[132] Когда салафиты победили Аль-мутазиля в эпоху Аль-Мутаваккиля: « они стремились нанести удар разуму, логике и свободе мысли, как путь что ведет к неверию и атеизму в отношении такой проблемы, как вопрос о создании Корана »[133]. Что привело к изменению «Образ отношения к разуму и рациональности в области исламской мысли изменилась, и он стал скомпрометированным. Гордость или слава - это промах, который следует за каждым, кто призывает к разуму и рациональности, без какой-либо разницы или различий между единомышленниками и противниками. Он подходит к аль мутазала и тем, кто от них отходит, и   между теми, кто с ними согласен, и теми, кто отличается»[134].

«Конец эпохи философии» для мусульман Задокументировано шестым веком хиджири и (двенадцатым веком нашей эры) путем победы Аль-Газали (1111-1058 г. н.э. 505 - 450 г. Хиджри календарь / 1058 г.) (автора книги «Ошибки философской мысли») и поражения

---

131 - Мухаммед Саид аль-Ашмави, «политический ислам») Каир: Библиотека Мадбули Аль-Сагир, 4-е издание 1996 стр 245

132 - Заки аль-Милад, предыдущий источник.

133 - Мухаммед Саид аль-Ашмави, предыдущий источник, стр. 291-292

134 Заки аль-Милад, предыдущий источник

ибн Рушд (1198-1126 н. э /520-595хиджири) - автор книги «слабость книги Аль Газали» Наступление Аль-Газали и отступление Ибн Рушда, означает, что ментальное движение в исламском поле останавливается, спотыкается и отступает»[135].Таким образом, вышеуказанная тенденция привела к тотальной «консервации» исламской мысли отражения мнений» .

Идея существования устойчивых законов управления общественным процессом - полностью исчезла. Свобода воли и принцип ответственности за свои поступки тоже была искоренена.[136]

Таким образом, наследие продолжало развиваться со всеми его прошлыми явлениями, влияющими на выбор современных мусульман и направляет будущее их мышления, которое выразил Аль Джабри «смиренный разум», безынициативный ум, который господствовал в кругу арабской исламской культуре. Данная форма ума восторжествовала для аль Газали и оставила глубокую рану в арабском сознании «кровотечение, « которое продолжается до сегодняшнего дня во многих арабских умах.[137]. Таким образом, настоящая проблема, по словам Фуада Закария, превратилась в причину, как главный фактор нашей интеллектуальной отсталости.[138] «Наследие полно противоречивых метафизических, суеверных или иррациональных элементов, признавая крайнюю опасность этих элементов, наследие конкурирует с настоящим»[139]

---

135 - Тот же источник

136 - Мухаммед Саид Аль-Ашмави, предыдущий источник.

137 - Мухаммад Абед аль-Джабри, «Формирование арабского разума», серия «Критика арабского разума» (1), 10 - ((к к к »»:, Аль-Арабия, 2009), стр. 290

138 - Фуад Закария, «пробуждение Ислама в душевном равновесии», 2-е издание (Каир: Современный Дом 1987. 60

139 - Предыдущий источник.

Доминирование салафитской идеологии в интеллектуальном наследии и ее присутствие среди современных исламских течений не отрицает существования рациональных интеллектуальных течений. Победа салафитского стиля связана с причинами ,лежащими снаружи

и Мухаммад Джабер аль Ансари[140] поясняет создание объяснительной модели для устойчивости и периодического возрождения этой мысли на протяжении всей истории Ислама. Во-первых, он видит, что помимо салафитскогостиля существуют и другие способы мышления: синкретический и традиционный стиль[141]. Сначала он видит, что существуют модели мышления: компромиссный стиль это благо разделяет салафизм в некоторых его веществах и принципах, исламские ценности - это окончательные хорошие ценности. Они отличается от первого разрешенного шаблона. Взаимодействуя с неисламскими культурными и интеллектуальными элементами в том, что считается совместимым с духом ислама. Аль Ансари считал эту модель примиримой и «успешным», потому что она примиряет между разумным и подвижным и между новичком и оригиналом. Что отличает эту модель, так это принятие ментальной интерпретации, которая позволяет перефразировать ее ценности, приходящие к нему в соответствии с его пацифистской логикой и ставящие их на один уровень важности с его ценностями. Таким образом, это «двоякий, интерактивный образец» [142], и он в основном у «мутазилов и мусульманских философов». Что касается привычной модели то, в ней преобладает «влечение к внешним влияниям тайного, мистического характера или вечного рационального, либо

---

140 - Мухаммед Джабер ан-Насари, предыдущий источник.

141 - Эта классификация близка к классификации, Мухаммедом Абидом аль-Джабрии Он обозначает три типа: 1 - графическая мысль, 2 - когнитивная мысль, 3 - доказательская мысль.

142 - Мухаммед Джабер аль Ансари Источник ранее, стр. 27

проходящего из языческих или династических религий. Между этим стилем и фундаменталистским стилем существуют столкновения несовершенства и разногласий.[143]

Эти интеллектуальные модели работают не в вакууме, а в рамках инкубаторов и социальных и политических детерминант. Салафизм возник и вырос в изолированной и замкнутой природной среде, представленной «пустыней и деревней».

«Внутренние и отдаленные исламские общины, где влияние иностранцев слабое или вообще отсутствует. При этом социальный и производительный (экономический) образ жизни очень простой »[144]. Поскольку он сопротивлялся входящим течениям цивилизации, он так же сопротивлялся иностранному вторжению. Действительно, расцвет салафизма пришелся на период иностранного вторжения. Он выделяется «во времена вторжения плевры (и последующего внутреннего распада)[145] Мысли Примирения начинают возникать в «столицах, городских районах, провоцирую цивилизованный обмен и смешение многих рас и религий »[146] В исламской истории была распространена мысль Примирения, представленной Мутазилой в первую эру Аббасидов, когда она правила и распространялась. Когда Исламская торговая система преобладала над коммерческими рынками мира.

Важность этой примирительной модели в том, что она может пролить

---

143 - Там же, стр. 28

144 - . Там же, стр. 35

145 - Автор приводит два решающих примера цепочки поддержки идеи популярности салафизма во времена слабости и внешнего вторжения. Хамид Аль-Газали и Ибн Таймия яростно боролись против рационалистического движения в перод иностранного давления халифата Салафитов подвергающимся внешним угрозам. , Внешние риски. См .: Предыдущая ссылка, стр. 35

146 - Предыдущий источник, стр 35

свет на понимание детерминанты ссылок у группировки «Братья-Мусульмане» и ее социальные инкубаторы своей мысли.

В контексте разговоров о расширении источников группировки «Братья-Мусульмане» в классическом суннитском наследии. Следует отметить, что их интеллектуальные источники не были ортодоксальными суннитами, а скорее, они его модифицировали. Адаптируя их к совпадению необходимости и интереса, и это воплощается на уровне парадоксов между группировкой

«Братья-Мусульмане» и Салафистами, с одной стороны, и их влияние на идеи вне круга суннитов, например хариджиты с другой стороны.

Что касается попыток приспособить течения салафитов с новым веяниям, Максим Родинсон говорит: «В религиозной идеологии время от времени проявляется апатия из-за столкновения теории с жестокой реальностью, и по этой причине много из лидеров, кадров и людей вынуждают пересмотреть реформу, когда расхождение между ревизионизмом и исходными принципами религии становятся очень большими, есть некоторые верующие видящие, что это предательство и выступают против него». [147]

3-1-2 Между Салафитами и группировкой «Братья-Мусульмане» - отличия

Участие группировки «Братья-Мусульмане» в салафизме усилилось в течение следующих десятилетий после основания. Это было достигнуто благодаря влиянию ряда его членов и лидеров, во главе пионеров салафитской мысли стоял шейх Аль-Ислам ибн Таймия

---

147 - Максим Роденсон , Феномены нетерпимости к исламу и консерватизма повсеместно: попытка прояснения в: Абдул Хаким Абу аль-Лоуз,, - Салафитские движения в Марокко, 1971-2004 Бейрут,центр
изучения арабского единства2009 г.стр 40

когда группировка «Братья-Мусульмане» прошла через первую волну салафизма с самого начала. Состояние трансформации Ваххабитского салафизма существует с начала пятидесятых годов и усилилась с укреплением насеристской (Абдель Насера) кампании против группировки «Братья-Мусульмане». Бегство ряда ее лидеров в странах Арабского залива на ПМЖ (Постоянное место жительство) Особенно в Королевство Саудовская Аравия ». [148] Этот этап в истории группировки

«Братьев-мусульман» также совпал с появлением «признаков салафитского расширения», но в очень узком кругу элит. Самым важным из них является направления книг которые установили религиозное направление и реализацию религиозного наследия, особенно книги ибн Таймиию[149] в итоге салафизм стал действенным и активным течением, эффективным и влиятельным трендом в группировке «Братья-мусульмане»[150]

---

148 - Хуссам Тамам, Цевелизация Братьев-мусульман : размывание дискурса и рост салафизма в группе
Братьев-мусульман (Александрия:Александринская библиотека, 2010), стр.11.

149 - Предыдущий источник стр. 11

150 - Предыдущий источник Стр 5

<table>
<tr>
<td>

Название видео: «Махер Фергали: Братство» «Терроризм» страдает от дублирования в дискурсе, по следующей ссылке

https://www.youtube.com/watch?v=I3ZREUyQPSo

Дублирование дискурса группировки «Братьев-мусульман» очевидно, и специалисты исламских движений подтверждают реальность этой двойственности.

- дискурс, направленный за границу, не направлена внутрь страны

- дискурс на сайте «Братьев-мусульман» на английском языке, кроме речи на арабском языке.

- дискурс, обращенный к молодежи «Братьев-мусульман», отличается от речи, обращенной к людям.

</td>
<td>

</td>
</tr>
<tr>
<td colspan="2">

https://www.youtube.com/watch?v=I3ZREUyQPSo

</td>
</tr>
</table>

Однако если Братья-мусульмане определяют себя через свою литературу, как движение «Салафизм» [151], в то же время они утверждает, что это «реформистская» идея [152], отсюда и лозунг «реформа», которую они выдвигают, - это механизм, который помогает ему, иметь дело, с различными аспектами деятельности общества оторвавшись от традиционного салафизма и установив

---

151 - . Это включает определение Хасана аль-Банны «салафитского призыва, суннитского пути, суфийской истины, политической организации и спортивной группы, Научное и культурное объединение, экономическая компания и социальная идея».

152 - См .: Хасан Аль-Банна, «Послание пятой конференции», доступно по ссылке https://bit.ly/2OBB5mH

свою идеологическую модель. Принимая во внимание, что была сформулирована стратегия решения проблем современности путем принятия селективного реформистского метода и разработал политику, посредством которой он учитывает потребности работы в обществе во всех масштабах. Это видно по разнице между «Братьями - мусульманами» и салафитами - несмотря на единство движения к реализации конечной цели применения шариата - на внешнем уровне, не ограничивая взгляды по поводу одежды, бороды, общения с идеологическими и даже религиозными группами общества и поощряют расширение джихада избегать доктрины. Такая модель управления в процессе формирования дает группировке Братья-мусульмане способность воспринимать существующие противоречия и окружать их прагматизмом. Это помогает им изменить дискурс в соответствии с предпочтениями своей аудитории и проникновением в гражданские учреждения изнутри изменив их в стили и направлении группировки «Братья-Мусульмане»

Их идеология контрастирует с салафитами, которые склонны отделяться от тех, кто не разделяет их убеждений. Создается впечатление, что они сосредоточены на личном религиозном благочестии и ужесточении позиций, а так же непримиримость в том, чтобы идти на уступки другим. Они представляют положения шариата как оно есть независимо от позиции других по отношению к нему, даже если они были меньшинством в немусульманской культурной среде (например, как европейские общества) все равно они высказывали и продвигали свое мнение и свои позиции. В дополнение к использованию специальных слов, более оригинальным в разговоре с другими отличали их от остальных. Они считают, что ясность и откровенность необходимы для формирование и поддержание чистого исламского общества [153]

Хотя салафиты критиковали «Братья-мусульмане», за то, что его члены придерживались чужих и посторонних идей которые они считали не исламского происхождения. Однако Идеологи группировки «Братья - мусульмане» обосновали их позицию к установлению шариата основываясь на исламских принципах, таких как поиск примера, из сунны пророка Мухаммеда (да благословит его Аллах и дарует ему мир) в его отношениях с не мусульманами и призывом к исламу в соответствии с требованиями времени.

Согласно этой модели, литература «Братьев-мусульман» подтверждает, что стадия призыва ограничивается воспитанием человека согласно их исламской идеологии и изложенной доктрины, принятие легкого дискурса, соблюдение конфиденциальности в той мере, в какой это требуется окружающие обстоятельства. В то время как молчание о чем-либо,   вызывает опасение у соперников группировки «Братья-мусульмане» будь то мусульмане или другие лица, от применения шариата в соответствии с концепцией Братьев-мусульман» и поэтому Полное воплощение ислама может быть достигнуто только на окончательной стадии, когда Власть группировки сможет вступить в политическую игру, если это необходимо, объявить джихад.

И поэтому можно сказать, что программа плана группировки «Братья-мусульмане» публично не представлена широкой публике и их секреты могут быть раскрыты, только если тайно следить за ними, путем исследования их литературы, позиций и поведения в обществе.

---

153 - О споре между салафитами и Братьями-мусульманами см .: Халил аль-Анани, Братья-мусульмане в Египте: конфликты времени, предыдущий источник.
А также:
- Квинтан Викторович, «Управление исламским активизмом: салафиты, братья-мусульмане и государственная власть в Иордании» (серия Suny в ближневосточных исследованиях), Государственный университет Нью-Йорка, 2000
 Исследовательская группа, Братья-мусульмане и салафиты в заливе, Центр исследований и Аль-Масбар, 2-е издание.2011.
- Иоас Вейджмейкерс, «Братья-мусульмане и салафизм», 2019 г., https://link.springer.com/chapter/10.1007/978-981-13-9166-8_16

3-1-3 Хариджиты [154]: Альхакимия и легитимность переворота

Имя хариджитов часто ассоциируется с исламскими политическими организациями, включая группировку «Братья-мусульмане». Эта связь имеет место, как на уровне идей, так и на уровне политического воображения. Символично, что именно они заложили основы политической доктрины под названием «Альхакимия (управление)», которую они создали, и была в центре мышления Сейида Кутба, а после него она стала центральным компонентом идеологического восприятия группировок политического ислама. Для групп политического ислама, смысл которых заключается в том, что политическая власть исходит только от Аллаха и, следовательно, любое законодательство, не соответствующее этому Альхакимии, считается отхождением от Ислама.

154 - Об отношениях между хариджитами и группировкой «Братья-Мусульмане» см . Джеффри Т. Кен-
ни, «Мусульмане-повстанцы: хариджиты и политика экстремизма в Египте», аресса Оксфордского
университета, 2006.:

А также:

- Насер бин Абдул Карим аль-Акль, хариджиты, первое отличие в истории илама (Эр-Рияд: Дар кинуз
ашвилья, 2008)

- Сулейман бин Салех Аль-Гусун, хариджиты: их становление,различия, их качества и реакция на самые
известные из их верований (Эр-Рияд: Дом кинуз ашвилья 2009)

Хариджиты - это исламская вербальная группа, возникшая в начале правления четвертого халифа Али бин Аби Талиба. В результате политических споров, начавшихся во время его правления. После убийства третьего халифа Османа бин Аффана, возникла борьба за преемственность между Али и Муавией. У и каждого из них есть свои аргументы, последователи и своя армией. Мусульмане разделились на две противостоящие группы, и две армии встретились в битве при Суффине в 37 году хиджири, что соответствует 657 году нашей эры.

<table>
<tr><td>

Кто такие Хариджиты? Они неверующие или мусульмане? Шейх Абд аль-Азиз Ибн Баз Название видео по ссылке:

https://www.youtube.com/watch?v=Bpw5Umi4EYQ

Дублирование дискурса группировки «Братьев-мусульман» очевидно, и специалисты исламских движений подтверждают реальность этой двойственности.

- Шейх Абдулазиз бин Баз отвечает на вопросы о характере хариджитов, кто такие хариджиты? Они неверные или мусульмане. Бин Баз сказал, что хариджиты - секта, которая превозносит людей, прилежно относится к людям, у которых есть иджтихад, в отношении молитв, чтения и так далее, но они считают людей греховным и неверными из-за своего крайнего высокомерия.

- Хариджиты, Пророк, да благословит его Аллах и приветствует, сказали о них: «Они отворачиваются от ислама, как стрела проходит через бросок, и если вы поймаете их, то убейте их, убейте их снова, и всякий раз, когда вы встретите их, убейте их, потому что в их убийстве нет награды».

- Хариджиты, новаторы, непослушные, заблудшие, преувеличивают в иджтихаде, в отношении религии и искупают грехи людей.

</td><td>

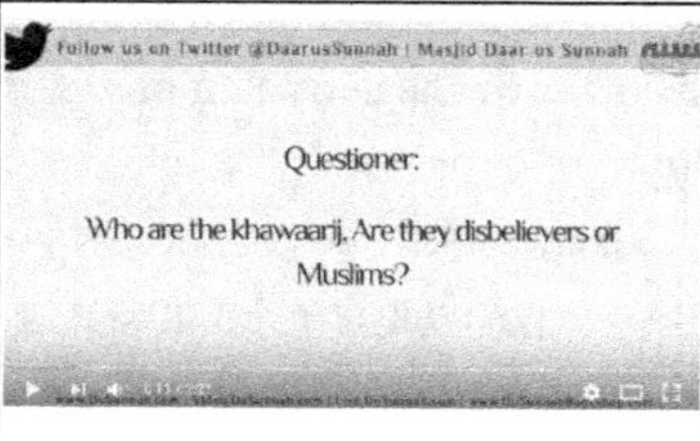

</td></tr>
</table>

https://www.youtube.com/watch?v=Bpw5Umi4EYQ

Однако сражение не было в интересах Муавии, который приказал, благодаря совету Амра бин Аль-Аас, и его армии, поднять Коран на копьях, прося приговора у Книги Аллаха. Али согласился на это предложение, под давлением своих последователей которые в последствии создали группировку хариджитов. Они отвернулись от него (после того как Али согласился принять Суд по Книге Аллаха.)[155], и с тех пор появилось понятие которое стали называть «судом» по Корану. И эти люди, хариджиты, были осуждены по Корану. Следовательно, рассудили, что нельзя, чтоб мужчины принимали решение, которое уже было принято решением Аллаха. Поэтому они подняли лозунг« Нет суда, кроме Бога », на которое Али (да будет Бог) ответил: В своей знаменитой фразе: «слово истины, задуманное фальшью»[156]

Хариджиты, были первым, кто представил идею «аль хаккимия алла» (управление Аллаха) в исламской политической мысли и исламской религиозной мысли [157] Их смертоносная кровавя, идеология и ошибочное толкование джихада с момента появления, стали постоянным методом в исламской истории. Появились другие группировки, например как «гашисты» и другие появившиеся в современную эпоху и уверовавшие в свои идеи. Они используют свои идеи как трагический метод оптимальный для джихада. [158] Ошибочный способ джихада «с момента своего появления» - метод, который всегда появлялся в исламской истории.

---

155 - Сулейман Аль-Госн, предыдущая ссылка, стр. 41

156 - Мухаммад Эмара, Потоки мирной мысли, 2-е издание, (Каир: Дар аль-Шорук, 1997), стр. 12

157 - Мухаммад Саид аль-Ашмави, Аль-Салам аль-Политик, 4-е издание, (Каир: Библиотека Мадбули аль-Сагир, 1996), стр. 52

158 - предыдущий источник , с. 141

Дебаты между Ибн Аббасом и хариджитами – первое отступление в истории Ислама.

Название видео по следующей ссылке

https://www.youtube.com/watch?v=N8AuaMJ9URc

- Шейх Хасана Аш-Шайбани сказал: «Дебаты, которые происходили между Абдуллахом Ибн Аббасом и сектой хариджитов, считаются многими улемами как первое отступление, произошедшее за всю историю Ислама».

- Хариджиты со времён Али Ибн Абу Талиба считали Абу Бакра и всех его последователей неверными «кяфирами».

- Хариджиты были жестокими и убивали других мусульман, а Али Ибн Абу Талиб воевал с ними.

https://www.youtube.com/watch?v=N8AuaMJ9URc

Среди них Братья-мусульмане, которые приняли суннитских хариджитов, чтобы оправдать свое восстание против правителей. Хариджиты оправдали свой уход от Али, «прекратив несправедливость и поощрение

добродетели и предотвращение порока» [159], Хариджиты выступили против имамов мусульман внеся различия между мусульманами. Это явилось естественным результатом для тех, кто управляет своими желаниями и отклоняется от тенденций Ислама» [160]. Они работали над развитием экстремизма «до тех пор, пока их ситуация не дошла

---

159 - Сулейман бин Салех Аль-Гусн, предыдущий источник, стр. 39

160 - Предыдущий источник, стр. 101

до непримиримости и не отступила от Сунны Посланника Аллаха, да благословит его Бог и дарует ему мир, любой наблюдатель со стороны, в их истории[161] обнаруживает слепой фанатизм и презрение к тем, кто с ними не согласен. В результате того что они следуют своим страстям и возражают против истины своих оппонентов. «Честолюбивые и высокомерные из-за своего мнения, борющиеся за свою ложь»[162],«их вера в верующих служителей Аллаха стала хуже, и они реализовывают свои слова и действия наихудшим образом, и они не доверяют никакому мусульманину, кроме своего учения, а скорее ненавидят всех, кто с ними не согласен.[163]. Они испортили землю и начали убивать служителей Бога. Верующие, не согласные с ихересью»[164]

---

161 - Предыдущий источник , с. 83

162 - Предыдущий источник , стр.89

163 - Предыдущий источник с.92

164 - Предыдущий источник с. 94

Название видео: «951 вопросник спрашивает о хариджитах и существуют ли они в нынешнюю эпоху? Обзор обзоров / Шейх Осман аль-Хамис». по ссылке https://www.youtube.com/watch?v=MY_-jswijyY - Д-р Осман Аль-Хамис, специализирующийся на изучении хадисов и нафидов, объясняет, что хариджиты появились после ухода из правящего Али бин Аби Талиба, да будет Аллах доволен им, и восстали против него и не приняли арбитраж, который произошел между Али бин Аби Талибом и Муавией бин Аби Суфьяном, поскольку они считали их неверными. - Доктор Осман Хамис объясняет значение хариджитов как групп девиантных ересей, а не от суннитов, и сегодня есть хариджиты, и что их первое появление в качестве идей было во времена Османа бин Аффана, а их официальное появление было во времена Али бин Аби Талиба, и они были против правления и призывали к правлению Бога.	

https://www.youtube.com/watch?v=MY_-jswijyY	

Таблица (1)

Сходства между Хаварэдж и группировкой »Братьями-мусульманами «

	Аль-Хаварэдж	группировка "Братья-мусульмане"
Сомнения	Они сомневаются в честности Халифов и в их справедливости	Они сомневаются в законности мусульманских правителей и могут восстать против них.
Аль-Такфир (неверный)	Такфир (не вера в Аллаха) неверующих Халифов Османа и Али (да будет доволен ими Аллах) за неверие [165]	Такфир для всех мусульманских правителей
Аль-Хакимия	первый, кто представил идею« Аль-Хакимия Лилля » к Исламской политической мысли [166]	Сейид Кутб создал идею » Аль-Хакимия Лилля » для делегитимизации правителей современных мусульман

---

165 - Аль-Шари говорит: «И все хариджиты доказывают, что имамат Абу Бакера и Умара, отрицают имамата Османа, - да благословит их Аллах -

Из-за событий, за которые он был наказан , они согласны с имом Али до того как он начал править и они отрицают его имамат, когда он ответил Арбитражу ». Сообщается в книге: Ибн Форк ас-Сабхани, Сборник статей шейха Аби Аль-Хасана Аль-Шари, Восточная библиотека, 1987 г.

166 - Сулейман бин Салех, предыдущий источник, стр.57

Интерпретация и фальсификация истории	Заблуждаются, цитируя некоторых уважаемых исламских ученых, даже если они противоречат их подходу, методам и морали.	Они фальсифицируют книги знающих людей ради поддержки и согласия.
Подстрекательство	первые правила подстрекательств, пикетирований и демонстраций против правителей	Они верят в революции и вооруженные действия
Застой и неприятие перемен	Они выступают против судебной практики правителя, такой как сожжение, Халифом Османом Корана и молитвы в районе Мине.	Они выступают против любого спорного вопроса, в котором правитель высказывает свое мнение.
Позиция от меньшинства	Они допустили кровопролитие сторонников других религий во время Халифа Али (да будет доволен ему Аллах)	Они отвергают не мусульман занимающих руководящие должности в исламском государстве.

3-2 Современные методы:

мыслители эпохи Возрождения Арабское возрождение возникло как логический результат двух основных факторов: во-первых, западная гегемония и превосходство, ставшая угрозой не только исламским государствам, но и всей Исламской цивилизации. Во-вторых, открытость арабских элит, особенно в Египте, для западной модели и приступившей к смелому процессу модернизации египетского государства и его институты времен правления Мухаммеда Али между 1805 и 1848 годами. [167] Этот этап ознаменовался большим переводческим движением за научные,

юридические и социальные знания под руководством одного из важнейших культурных символов движения Возрождения в Египте, Рафаа Рафи Аль-Тахтауви(1873-1801)[168].

3-2-1 Аль-Афгани:

Интеллектуальные корни и исторические прецеденты возрождения Ислама восходят корнями к Джамалуддину Аль-Афгани. (1838-1897) Он считается одним из главнейших и важнейших пионеров исламского возрождения и реформистского движения в современной исламской истории). Его главной целью было ответить на европейскую гегемонию в виде переосмысления ислама и приспособление его к современности. Запад и Ислам стали двумя взаимосвязанными понятиями в мышлении пионеров эпохи Возрождения. Тем не менее, это было источником большого негативного влияния. Это также важно в мышлении групп политического ислама, включая группировку «Братьев-мусульман», которая была создан после его смерти. [169]

---

167 - О движении за модернизацию в Египте в эпоху Мухаммеда Али см.

- Йонан Лабиб Ризк и Мохсен Юсеф (отредактировано и исправлено), Модернизация Египта в эпоху Мухаммеда Али, презентация Исмаила Сераджедина,Александрия, Александрийская библиотека, 2007 г.

Ноха Мостафа, Модернизация Египта в девятнадцатом веке: сравнение с примером Японии, https://bit.ly/2Fgk4cW.

168 Смотореть: Хусса А. С. Р. С. Аль-Сенан, «Изменение словарей свобод и прав в египетских политических сочинениях со времен аль-Тахтави до 1952 г»., диссертация на соискание ученой степени, Университет Эксетера, 2016 г., стр. 66

169 - Смотреть: Джамалуддин Аль-Афгани. Энцеклопедия Ближного востока, http://www.mideastweb.org/Middle-East-Encyclopedia/jamal_al-din_al-afghani.htm

Джамалуддин Аль-Афгани родился в городе Асадабаде, в знатной афганской семье, вырос в Кабуле и получил образование свое первоначальное образование на арабском, и персидском языках, прежде чем он начал изучать французский в более позднем возрасте. Он изучал Коран и некоторые исламские науки, а после достижения восемнадцати лет он уехал в Индию, чтобы изучить некоторые современные науки, а по достижению девятнадцати лет направился в Аль-Хиджаз с намерением совершить хадж (паломничество) перед возвращением в Афганистан.

Также он съездил в Аль-Астану, где его слава и статус росли, и его реформистский призыв нашел положительный отклик у османов, затем он переехал в Египет в 1871 году и оставался там некоторое время, перемещаясь между мечетью Аль-Азхар и ее учеными. В 1876 году начал свою политическую деятельность с обострением долгового кризиса и с поддержкой множеством ученых, служащих, знати и студентов, которые жаловались на тиранию правителя хедива. Несправедливая ситуация, в которой живет

египетский народ, страдающий от иностранного вмешательства, что отразилось на двусторонней системе мониторинга и Комиссии по государственному долгу.[170]

Благоприятная среда Египта помогла Аль-Афгани в распространении своих идей. Он участвовал в создании политической прессы, которая выражала идеи молодого патриотического движения, извлекая выгоду из возрождения журналистской работы, в результате предоставления убежища некоторым журналистам и интеллектуалам из Сирии и Ливана. Это произошло, благодаря атмосфере открытости, созданной во время правления Хедива Исмаила, а также зрелости патриотических и национальных идей в умах писателей и египетской интеллектуальной элиты, во главе с его учениками Мухаммедом Абдо, Абдуллой Аль-Надимом, Якубом Сануа, Махмудом Сами аль-Баруди и Ибрагимом Аль-Мувайелхи.

Идеи Джамаль Адина аль-Афгани

---

170 - Смотреть: Сейид Джамалуддин Мухаммад Бин Сафдар Аль Афгани (1838-1897), http://www.cis-ca. org/voices/a/afghni.htm

В Египте, Аль-Афгани возглавил «Секретную свободную патриотическую партию», которая провозгласила лозунг Египта для египтян, и требовали политической демократии и свободы от диктатуры индивидуального правления. Он призвал к революции против иностранного влияния и к поощрению науки, творчества, инноваций и практики…Старание в обновление мышления, правильное понимание, отказ от подражания, фанатизма, слепоты и возрождение Сунна (первоисточник из сунны). Искоренение причуд и мифов, чтобы избавить религию от нечистот, колдовства и отклонений. Он сказал, в связи с этим «должно существовать религиозное движение, которое озабочено искоренением того, что укоренилось в умах общественности. Те, кто не правильно понимают некоторые религиозные верования и Шариатские тексты должны исправить их для правильного понимания Корана и его изучения для счастливой жизни в этом мире и после смерти в загробном мире. Мы должны уточнить наши знания, наша библиотека должна быть обновлена и в нее должны быть помещены сборники, легко понимаемые, чтобы мы могли использовать их для достижения прогресса и успеха »[171]

Однако ряд его идей просочился к сторонникам «политизации религии», чтобы оказать негативное влияние на формулировку их системы идей. На вершине этого был - Хасан Аль-Банна, которому удалось использовать их на службе политико-религиозной организации с очень закрытой и опасной политико-религиозной деятельностью, военной силой и тенденциям к перевороту.

Отметим, что характер избирательного взаимодействия группировки »Братья-мусульмане« с мусульманской мыслью и наследием

---

171 - Нермин Хафаджи, учение Джамальадина о необходимости реформирования мира, религии и социализм, 1 июля 2007 г., по ссылке: https://revsoc.me/revolutionary-experiences/tlym-lsyd-jml-ldyn-fy-wjwb-slh-ldny-wldyn

сосредоточили внимание только на идеях Джамалуддина аль-Афгани. Хасан Аль-Банна в своем проекте, в котором он озабочен западом,

принимает оборонительную позицию Дамалуддина Аль-Афгани по отношению к западу и колониализму в значительной степени.[172] Аль-Афгани считает, что «если мусульмане недостаточно способны противостоять Западу, то решение не в том, чтобы открыться западу, чтобы принять культурные проявления, а в том, чтобы закрыть дверь на запад, потому что если ее открыть, то все будет скопировано оттуда, так как для них существуют только традиции европейцев, а их авторитет принят».[173] Аль-Афгани принимает ограниченную и условную открытость Западу в той мере, в какой это позволяет мусульманам ссылаться на методы силы, особенно на военную силу. Позиция Аль-Афгани - это революционная позиция против Запада и мусульманских правителей, которые позволили Западу проникнуть в свои страны и доминировать над ними. Но мы видим позиции Мухаммада Абдо и Мухаммада Рашида Риды как более мягкие позиции по отношению к колонизаторам. Приоритеты нации и элиты – обучать и воспитывать молодых людей, чтобы они знали условия возрождения и силу, с которой они должны противостоять западу.

Это связано с тем, что Джамалуддин аль-Афгани считает, что основная база для реформы и содействия состоит в возвращении к истокам ислама, на основании Священного Корана и Сунны Пророка для реформирования дел населения, в том числе политических. В связи, с чем у него возникла идея о создании мусульманского университета, который позволил бы исламскому миру объединиться в «великий оборонительный союз» что бы защититься от уничтожения

---

172 - Ахмед Аль-Мулла, Корни салафитского фундаментализма в современном Египте: Рашид Рида и журнал Аль-Манар, Национальные документы,, 2008, стр.26

173 - Предыдущий источник, стр.2

«из-за дегенерации и бесчестия, свидетелем которых являлось мусульманское государство. Исламские государства, больше не могли «быть хозяевами своих дел», в то время западные страны «не перестают использовать тысячи предлогов, даже войну, железо и огонь», с целью искоренить все реформы и праведные движения в исламских странах [174].

В дополнение к «исламскому университету» и «антизападничеству» группировка «Братья-мусульмане» приняли основную идею из «мыслей аль-Афгани», которой была наполнена литература. Эта идея называется- «тоталитаризм ислама», - говорит исследователь Мухаммад: «Она не является идеей, которую продвигал Хасан Аль-Банна, основатель группировки «Братья мусульмане», Братья-мусульмане - это плод того семени, которое посеял Аль-Афгани, стремящийся к единству дабы противостоять перед лицом колониального нападения на исламские страны »[175].. Другие идеи включают: В дополнение к вышесказанному Хасан Аль-Банна был вдохновлен этой идеей. Кроме выше перечисленного была еще она идея, выдвинутая газетой (Аль- Арват Аль-Виска) «мусульманский национализм»- эта идея основана на отказе от национальных границ и установлении коллективного духовного единства среди мусульман.[176]. Даже Аль-банна также цитировал и использовал идеи Аль-Афгани. Мухаммед Джабреиль говорит: «Когда Аль-Афгани объявил о создании «группировки», которая будет нести его идеи и распространять их среди людей, только Хасан Аль-Банна принял это объявление до такой степени, что до своего убийства он не

---

174 - Самир Халяби, Аль-афгани ... реформатор, несмотря на разногласия (в годовщину его смерти: 5 Шавваль, 1314 г. хиджри), Islam Online, по ссылке: https://archive.islamonline.net/?p=9118

175 - Мухаммад Джбейл, ДжамальадДин аль-Фагани: был ли «крестный отец пробуждения» исламистом, Место раскопок, 21.01.2019 https://bit.ly/31Xtt3p

176 - Предыдущий источник.

хотелназывать свою группировку политической партией.[177]

Аль-Банна также пытался на практическом уровне имитировать организационных и кинетических вопросах Аль-афгани. Когда аль-афгани основал так называемый «Свободный патриотический форум», а Аль-Банна основал ту же группировку – «Братья-мусульмане» когда Аль-Фагани и его друг Абдо планировали убить Аль-Хадеви Исмаила, он основал Аль-Банна, основал и создал подпольную организацию для убийств и взрывов, известную как «Особая Система». Чтобы свергнуть Хедива Исмаила в сотрудничестве с французским и наследным принцем Тауфиком, Банна вступила в сговор с некоторыми из членов семьи Аль-Вазир в Йемене, чтобы свергнуть имама Яхию в ходе так называемой революции 1948 года. Тогда Аль афгани манипулировал своими подозрительными позициями с каждой из сторон в тех странах, где он проживал. Что касается Аль-Банна то он продолжал двигаться в своих союзах между дворцом и партией Аль-Вафд а так же между другими партиями и англичанами. Льстить культурной элите, например как его разговор с Тахой Хусейном или в его попытке привлечь на свою сторону Ахмеда Амина. Наконец, когда Аль-Фагани основал множество газет, Аль-Банна сделал то же самое[178], проявив интерес к прессе и журналистике.

3-2-2 Мухаммад Абдо

1905-1849 г. (на решающем историческом этапе в истории исламского мира - появился Мухаммад Абдо) Когда исламский мир стал свидетелем потерей контроля Османской империей в большинстве

---

177 - Тот же источник.

178 Абдулла бин Баджад аль-Отайби, «Аль-Афгани и Аль-Банна… Дискурс и организация», доступно по ссылке: https://bit.ly/3iUxOLo

арабских регионов. Когда в арабских регионах начали расти чувства протеста и отторжения, вскоре это переросло в гражданские восстания, которые обострились в нескольких регионах, особенно в Египте, Судане, Ливии и Алжире, где османские кольца контроля ослабевали. [179]

Не принесла плода и политика законности, проводимая Мухаммедом Али, правившим Египтом между 1805 и 1848 гг. - смена парадигмы на уровне управления и экономики в стране. Таким образом, можно сказать что это не привело к улучшению. Можно сказать что провал произошедший в Египте на этом этапе, открыл дверь для серьезных интеллектуальных проблем .Основная идеология, которая сейчас представлена практически на всем исламском востоке ставит религию против современного развития мира. Вопрос стоял вокруг отношений между религией с одной стороны и наукой, политикой, обществом, экономикой, женщинами ... и т.д., с другой стороны. Таким образом, арабская мысль вытеснила вопрос о власти из военной и административной сфер и перенесла их в религиозную. Поскольку арабская мысль начала усиливать внимание к самой религии, которая, согласно народной логике, поддерживала власть Аль-Хэдэви и стремилась найти ответы на вопросы, связанные с отсталостью и с историей для арабов. [180]

Именно в этих обстоятельствах родился Мухаммад Абдо (От отца туркменского происхождения и египетской матери из арабского племени Бани-Идэй. И он вырос в деревне Махаллет Наср в провинции Аль-Бехейра), которого считают одним из сторонником реформ и возрождения в исламском мире. Отец отправил его в деревнею для

---

179 - Фуад Ибрагим, «Еще одно чтение в движении религиозного возрождения», Афак - Центр исследований и изучения, . 1/9/2015 г., по ссылке: https://aafaqcenter.co/index.php/post/22299

180 - Предыдущий источник.

учебы, где он получил свои первые уроки, потом он поступил в мечеть Аль-Ахамэди, а затем в мечеть Аль-Сейид и Аль-Бадави в городе Танте, где он получил образование, изучил

исламские науки и арабском языке, а также выучил наизусть Коран прежде чем начать обучение в мечети Аль-Азхар аш-Шарифе в 1865 году и окончил в учебу в ней в 1877 году.

Мухаммад Абдо в начале своей жизни верил в секретную организационную работу и стремился свергнуть Аль-Хедэви Тауфика с помощью тайной организации, с которой можно было бы реализовать все планы, которым его научил шейх Джамалуддин аль-Фагани, когда тот жил в Египте между (1871 и 1879 годами) Также у него были мысли об убийстве Хедива Исмаила согласно фетве Аль-Афгани, где что он сам признает в тексте своих мемуаров, а именно: «Шейх Джамалуддин аль-Афгани согласился на снятие и предложил мне убить Исмаила, когда его машина проезжала мимо каждый день на мосту Каср аль-Нил, но все это было только разговоры между нами. Я полностью согласился убить Измаила, но у нас не было лидера, который бы возглавил это движение.»[181].

Его подход был основан в начале его жизни на противопоставлении людей против их правителей и их недостатках. Он также был в авангарде сторонников арабской революции 1881 года и был самым громким из ее голосов. После провала революции он был приговорен к трем годам ссылки. Его депортация из Египта явилось началом новой фазы расширения влияния в арабских странах. В Бейруте Мухаммед Абдо жил более шести лет время от времени посещая Париж и Тунис.[182]

---

181 - «перевернутое изображение» / Путешествие имама Мухаммада Абдо от терроризма к обновлению (7), веб-сайт АМАН , 29 мая 2018 г., http://aman.dostor.org/ Ссылка: 109

182 - Ахмад Тимур Паша, Ахмад Тимур Паша, Символ современной исламской мысли, электронная копия, по ссылке: https://bit.ly/2UG4gsG

В 1884 году Мухаммад Абдо присоединился к своему учителю и другу Джамалуддину аль-Афгани, который раньше него приехал в Париж, где они издали газету «АльУрва АльВутка», чтобы быть голосом тайной организации, которую основал Аль-Афгани, под тем же названием, с целью обновления исламской мысли и религиозной, политической и социальной реформе а также с целью борьбы с колониализмом, тиранией и коррупцией. [183]

Затем Абдо и его ученик Мухаммад Рашид Реда заняли в целом мягкую позицию в отношении колонизаторов. Его приоритетами было обучение и образование молодых людей, чтобы создать условия для возрождения и укрепления, с которыми они столкнуться противодействуя Западу. Мухаммад Абдо был связан прочными узами дружбы с лордом Кромором Мурром, который стоял за его назначение главным Исламским муфтием в 1899 г[184].

Шейх Абдо основал свое реформистское движение, которое он развил в ряде своих книг, таких как книга «Ислам и христианство между наукой и цивилизацией », в котором он сравнил христианскую и исламскую религии и их влияние в области науки и современности, о противостоянии двух моделей консервативного салафизма и светского либерализма. Метод, который представлял как религию, так и науку и отношения между ними, поэтому его план реформы был разделен на: Способ опровергнуть предположения двух сторон, как салафитской, так и либеральной путем убеждения первой группы в необходимости религиозного обновления и отказа от традиционного толкования шариатского текста с одной стороны. С другой стороны, убеждение второй стороны в возможности и способности ислама

---

183 - Али аль-Мухафаза, Интеллектуальные тенденции среди арабов в эпоху Возрождения (Бейрут: Аль-Ахлия для публикации и распространения, 1987 г.), стр. 37

184 Марк Седжвик, Мухаммад Абду, электронная книга, 2013 г., https://bit.ly/2UFvkrK

для достижения условий цивилизационного возрождения, после возвращения к истокам ислама.[185].

Несмотря на большие амбиции шейха Мухаммеда Абдо по созданию модели исламской цивилизации он понимал что исламская цивилизация просвещается на опыте других, из-за чего его призвание противоречило его же амбициям. Потому, что это противоречит обеспечению течений политического Ислама имеющего сильную поддержку в формировании их прошлого интеллектуального видения. Его высказывание, когда он посетил Францию: «Я нашел Ислам, но я не нашел мусульман», и его другое высказывание, когда он вернулся в Египет, «Я нашел мусульман, но не нашел Ислам». Эта фраза по мнению некоторых, подразумевает ошибку (заблуждение) в котором сторонники исламского государства изменили факты, свидетельствующие о консолидации отсталости Египта и всех мусульман и одним из его логических результатов стало - "Ислам – Это решение".[186] Этот наивный и опасный лозунг, который некоторые мусульмане «навязывают путем убийства и терроризма. Поскольку некоторые из них используют этот лозунг, как способ достижения власти через выборы.   Излишне говорить, что все исламские движения являются не чем иным, как попыткой максимально использовать этот лозунг, потому что это было названо исламским пробуждением – это есть не что иное, как естественное продолжение того, что несправедливо называют современным арабскимренессансом»[187]

По словам Мухаммеда Эмара, было написано много фраз, касающихся поговорки «Ислам - это решение» из этого вытекают его слова:

---

185 - Хамид Зинар . «Действительно ли Мухаммад Абдо обрел и Ислам на Западе?», 24 декабря 2010 г., сайт цивилизационный диалог, по Ссылке: http://www.ahewar.org/debat/show.art.asp?aid=239423&r=0

186 - Предыдущий источник.

187 - Тот же источник.

«Путь есть Ислам», как он писал: «Ислам - это путь реформ, и это неправда, что он заимствует реформистский настрой, философию или идеологию из любой другой цивилизации потому что ислама достаточно и он гарантирует путь реформ.[188]

Лозунг «Ислам - это решение» явился вдохновением для группировки »Братья-мусульмане« с позиции Мухаммеда Абдо. И тип, который олицетворяет Запад и Ислам, основываясь на его предыдущем утверждении, стал образом широко распространенным всеми исламистскими группировками в последние десятилетия, после сдвига в мышлении группировки »Братья-мусульмане« и других организаций политического Ислама стали идеологическим оружием «в процессах социально-политических изменений и чтобы мусульмане навсегда запомнили, что ислам по-прежнему предлагает все решения их современных проблем, и социальных болезней. Ислам действенен для настоящего и будущего».[189]

3-2-3 Мухаммад Рашид Рида

Мухаммад Рашид Рида(1935-1865) родился в селе Каламун в Ливане и умер в Египте, считается исламским мыслителем и пионером реформ в современной исламской истории. Кроме того, он был журналистом и писателем. Он также является одним из самых главных учеников шейха Мухаммада Абдо и являться основателем журнала «Аль-Манар» который был связан с его именем в Египте в 1898 году, созданный в стиле журнала «Аль-Урва Аль-Вутка», основанный МухаммадАбдо.[190]

---

188 - Мухаммад Эмара, самые известные дебаты двадцатого века (2), Египет между гражданским и религиозным государством (Каир: Библиотека Вахба, 2011 г.) стр.57.

189 - Доктор Фавзи Аль-Бадави, об инкубационной среде, ОАЭ газета Аль-Иттихад, 6 декабря 2017 г., по ссылке: https://bit.ly/2Sc7r9K

190 - Али аль-Мухафаза, предыдущий источник, стр. 90

Он был членом первого сирийского правительства, созданного Фейсалом бин аль-Хусейном после первой мировой войны. Когда французы захватили Сирию и первое правительство пало он вернулся в Египет. Выпуск журнала «Аль-Манар» опять после его приостановки.[191]

Мухаммад Рашид Рида встал на сторону салафитской мысли после того, как был суфистом [192], поскольку он показал отличие по сравнению с интеллектуальными аспектами его учителя - Мухаммеда Абдо, когда Рашид проявил склонность углубляться в политические реформы исходя из уверенности, что Османская империя нуждается в них, но прежде чем говорить об этом, он предпочел посоветоваться о таких политических вопросах с Мухаммедом Абдо. Мухаммед Абдо предлагал Риде не вникать в политику, это следует из того что он сказал ему: «У мусульман в нынешнюю эпоху нет имама, кроме Корана, и что вмешательство в османскую политику принесет вред, а не пользу и что люди здесь слышат только все что хотят от властей и государства, но в Египте нет политики, а мусульмане продвигают воспитание и образование, поэтому не путайте политику со своими намерениями, чтобы она не испортила вашу работу»[193]

---

191 Современные реформисты, сайт Медад, 8/11/2007, по ссылке: https://bit.ly/38e0eeZ:

192 Ибрагим Аарааб, Политический ислам и современность, (Касабланка: Восточная Африка, 2000 г.), стр. 39

193 Хазарши бин Джалул, шейх Мухаммад Рашид Рида и Османская империи, магистерская диссертация была подана в Университет Алжира / Департамент истории2003-2002 г., в копии и электронном виде, по ссылке: https://elibrary.mediu.edu.my/books/2014/MEDIU10064.pdf

<table>
<tr><td>

Название видео: «Махер Фергали: Братство» «Терроризм» страдает от дублирования в дискурсе, по следующей ссылке

https://www.youtube.com/watch?v=cxkzcfbkpfm

- Имам Мухаммад Абдо - пионер обновления исламской юриспруденции в современную эпоху, один из сторонников реформ и пионер современного исламского арабского возрождения, который участвовал в возрождении юриспруденции, чтобы соответствовать быстрому развитию науки и следить за движением общества и его развитием в различных политических, экономических и культурных областях.

- Мухаммад Абдо оказал влияние на многих пионеров Возрождения, которые внесли большой вклад в научную и литературную жизнь, таких как: Абд аль-Хамид бин Ядис, Мухаммад Рашид Рида, Таха Хусейн, Саад Заглул и Абд аль-Рахман аль-Кавакиби.

- Мухаммад Рашид Реда встал на сторону мысли своего учителя Мухаммада Абдо на его салафитско-ваххабитском пути, который позже отражает современную мысль салафита Мухаммеда Абдо, и он принял идеологию ваххабизма с Братьями-мусульманами.

</td><td>

</td></tr>
<tr><td colspan="2" align="center">

https://www.youtube.com/watch?v=cxkzcfbkpfm

</td></tr>
</table>

Мухаммед Рашида Рида оценил совет Абдо о не вмешательстве в политику. Но он обнаружил себя, столкнувшимся с проблемой политических действий из-за развития политических событий в Османской империи и скорость их влияния, которые были предприняты некоторыми людьми Османской империи среди предложений, внесённых Мухаммадом Рашидом Ридой - создание системы халифата на ограниченной территории, как переходный период, в ходе которого будет выполняться тщательная программа подготовки ученых и выбора из них халифа после того, как он выполнит условия (претендента на трон)Халифа.[194]

Идеи Мухаммада Рашида Риды

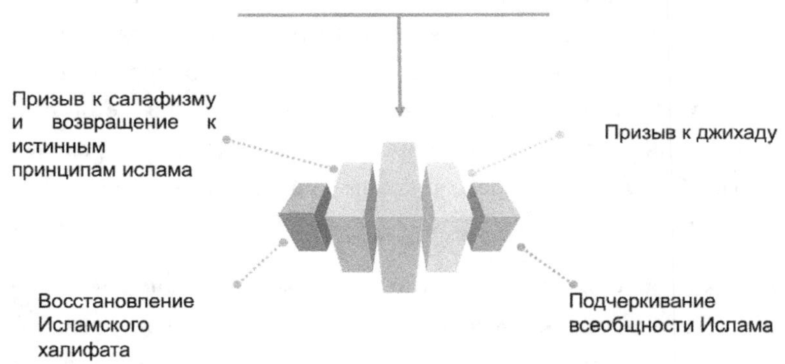

Политические условия нации вынудили Рашида Риду принять эту реформистскую линию через озабоченность вопросом Халифата, которая привлекала много внимания в его мыслях, даже когда он создавал журнал «Аль-Манар» он написал в цели журнала «Познакомить нацию с условиями исламского халифата и обязанностями возложенными на Халифа к своему населению"[195]. В период с 1898 по 1924 год Мухаммед Рашид Рида писал: Десятки статей, опровергающих претензии османов на звание халифа мусульман [196].

---

194 Дрисс Аль-Канбури, Осуществил ли Аль-Багдади мечту Рашида Риды?, 20 октября 2014 г. Сайт хеспэйс, по ссылке: https://www.hespress.com/writers/243969.html

195 - Прожив год в Стамбуле Рашид Рида: Османский халифат не существует ; на сайте Османли, 16 июля 2019 г., по Ссылка: https://bit.ly/2SdeqPx

196 - Предыдущий источник

Мухаммад Рашид Рида пережил бурные судьбоносные события с крутыми поворотами, предсказывавшими распад Исламского Мира, в эпоху, отмеченную напряжением и затягиванием, между попытками спасти Османский халифат до падение и возрождение в начале второго десятилетия XX века. В этой связи он играл важную роль в направлении мусульманской политики в своих многочисленных статьях, которые он опубликовывал в журнале «Аль-Манар», а также принял участие в двух исламских конференциях: первая из которых прошла в Мекке в 1926 году и вторая в Иерусалиме в 1931 году, а также он сыграл важную роль в политической борьбе Сирии, со времени революции "молодой Турции" и в переговорах имевших место во время войны с британцами.[197]

Политика тюркификации использовала организации союза и прогресса вызвала гнев и критику от Рашида Риды на страницах журнала «Аль-Манар». Журнал унаследовал основные теоретические статьи Аль-Афгани и Абдо и подчеркивал ислам как единственный инструмент возрождения мусульман. Кроме того, более консервативный и традиционный характеру мысли у Мухаммада Рашида Риды чем у Аль-Афгани и Абдо завело в тупик реформу исламской мысли. Самой важной его чертой был трагический взгляд на жизнь, который парализует эффективность разума в понимании религии и не признает возможности человеческого прогресса на протяжении истории. [198]

Мохаммад Рашид Рида представляет собой перекресток различных течений, ответственных за замораживание исламского ума. "Он приял сторону салафитов под влиянием Абдо и на словах принял позицию

---

197 - Мухаммад Харб Фарзат, Партийная жизнь в Сирии: историческое исследование возникновения и развития политических партий, (1908-1955г.) Арабский центр исследований и политических изучений, электронная версия, по ссылке: https://bit.ly/3bm5y1T:

198 - Хазарши бин Джаллул, предыдущий источник

Аль-Газали, а также по вопросам шариата он принял позицию Ибн Таймии и поддерживал саудовские призывы во время правления короля Абдулазиза".[199] Хотя он представляет себя: «полуизолированным явлением во время светской волны» тем не менее, направление начало расти после возникновения Движения«Братья-мусульмане» [200] В контексте тенденций журнала «Аль-Манар» приветствовалось взращивание амбиций Хасана Аль-Банны по созданию закрытой идеологии, опирающейся на отсталые мысли своего создателя, благодаря которым он стал менее открытым и более замкнутым. [201]

Журнал «Аль-Манар» был местом встречи деятелей исламских движений в то время, и благодаря ему были приняты наиболее важные решения исламских движений [202]209. Кроме того, основание исламских движений соответствует той же идее в сознании Рашида Риды с 1924 года. «Эта идея заключается в создании массового института для укрепления основы халифата и создания нового исламского государства, чтобы положить конец материальной и утилитарной гегемонии Запада над человечеством»[203].

---

199 - Мухаммад Джабер Аль-Ансари, Арабская мысль и борьба с конфликтами, изд. 2, Бейрут: Арабский фонд исследований и публикаций, 1999 г., стр 79

200 - Предыдущий источник, стр.79

201 - После смерти Мухаммеда Абдо в 1905 году Рашид Рида «обратился в салафизм и был озабочен вопросами веры, поведения и явлений.» Поведение, описывается в соответствии с дискурсом сплетен и легенд.Отошедьшее от реформисткого подхода с пристарстием к возрождению,прогрессу и модернизации всей нации в контексте с европейскими нациями и научно- промышленно развитым Западом. И научный ». См .: Заки аль-Милад,« Шейх М. Хамад Рашид Рида и трансформации современной исламской мысли », 19 декабря 2010 г. https://aafaqcenter.co/index.php/post/ Сайт Aafaq, по ссылке: 478

202 - Мухаммад Шабан, Аль-Манар: Журнал, ставший кульминацией современной салафитской мысли в Египте, подписан Raseef 22.25 марта 2017 года на сайте
https://bit.ly/2SbLMhU: ссылка

203 - . халифат ипсевдоисламские реформы , «Рашид Рида», веб-сайт Аль-Баваба, 27 октября 2018 г., по ссылке: https://www.albawabhnews.com/3341568

Хасан аль-Банна развивал эту идею, и после -4х лет краха халифата в 1928 году основал группировку »Братья-Мусульмане« в городе Исмаилия.

Отношения Аль-Банны с владельцем журнала "Аль-Манар" укрепляет то, что он не был «чужим в семье шейха Рашида Риды», поскольку он был в близком родстве с ним так-как он был студентом Дар АльУлюм. Так же «Журнал «Аль-Манар» был местом встречи деятелей исламских движений и их отношения продолжились даже после создания группировки «Братьев-мусульман». Надо сказать, что Имам аль-Банна консультировался с шейхом Рашидом Ридой по многим вопросам »[204] Это отношения между Аль-Банной и Рашидом Ридой побудило семью Рашида после его смерти попросить «Аль-Банну взять на себя ответственность за редактирование журнала »Аль-Манар«»[205].

Таким образом, группировка «Братья-мусульмане» через журнал «Аль-Манар» продолжала повторять тексты и цитаты. Религиозные мученики, наследники идей Рида, обладали более сильной дозой жестокости. Первые салафиты Аль-Афгани, Абдо и в некоторой степени Рашид Реда, более доброжелателен, чем Хасан Аль-Банна и его группировка. Но из-за их наклонностей, которые не сочетают ислам и современность, и их новаторский взгляд на проблемы исламской мысли и общества а так же их неоднократные призывы к усилию воспользоваться Западом. Что касается модернизации, они скорее восхищались технологическими инновациями и социальным развитием Европы.

---

204 - Смотреть: «журнал Аль-Манар». Веб сайт «Википедия «Братья – мусульмане», по ссылке: https://bit.ly/39v3P8m

205 - Предыдущий источник.

3-3 Современные исламские источники

3-3-1 Абу Аль-Аля Аль-Маудуди

Абу Аль-Аля Аль-Маудуди(1979-1903) рос В среде, которая оказала большое влияние на формирование его мысли. Его Семья была консервативной мусульманской, известной своей религиозностью и культурой. Он учился у своего отца – который регистрировал его в английскую школу, а обучал его только дома, под предлогом защиты от влияния западных идей. Он научил его арабскому языку, Священному Корану, благородным хадисам и юриспруденции, а также учениям Имама Малика и персидскому языку [206]

В 1926 году в Индии произошли волнения, когда мусульмане подверглись жестокому нападению со стороны Индусов, которые вынудили мусульман обратиться в индуизм, и это был Абу Аль-Али Аль-Маудуди, среди молодых мусульман, стоявших перед лицом нападения. В 1928 году Аль-Маудуди, который был известен своим писательским талантом, издал книгу («Джихад в исламе»), за этим в 1932 году последовал выпуск журнала (Tarjuman of the Qur'an) из Хайдарабада (Индия) под лозунгом которого было написано: «О мусульмане, примите призыв Корана и поднимитесь и возвыситесь над миром. Время - один из важнейших факторов, способствовавших распространению исламского движения в Индии». И в 1941 г, то есть всего через 13 лет после основания Братьев-мусульман в Египте, Аль Маудуди основал свое исламское сообщество. После отделения Пакистана от Индии в 1947 году, он сыграл важную роль призвав к включению исламского учения в формирующуюся систему правления, а после инцидентов с сектантским насилием в городе Лахор 1953г был

---

206 - Абу Аль-Аля Аль-Маудуди ... Гигант исламского вызова. Веб сайт «дорога ислама», 26.06.2014, по ссылке: https: //bit.ly/2SmUSIS

арестован правительством Пакистана по обвинению в пособничестве случившемуся межрелигиозному насилию в Лахоре.

По этому обвинению он приговорен к смертной казни, но давление общественности привело к пожизненному   сроку тюремного заключения, а позже сам приговор был отменен в 1955 г.[207]

Идеи Абуальахля Аль-Маудуди

207 - Абу Аль-Аля Аль-Маудуди. Веб сайт: Википедия, по ссылке: https://bit.ly/2SCFIxO

Название видео Абу Аль-А›ла Аль-Мавдуди 1903/1979 и Установление современного фундаментализма, по следующей ссылке

https://www.youtube.com/watch?v=MxHmKsRwkjs

Абу аль-А›ла аль-Мардуди упоминает в своей книге «Напоминание, о проповедники ислама», которую видел доктор Хасан Базатия, аналогичным образом соткал символы группировки «Братья-мусульмане» в своих книгах в качестве меморандума для призыва и защиты Хасана аль-Банны на странице № 1 первой главы, озаглавленной «Его книга - наш путь». Маудуди резюмирует свой метод в трех из них. Вызвать всеобщее потрясение во всем мире в отношении истоков нынешнего правления и захват власти (интеллектуального и практического лидерства), к чему также призывает Хасан Аль-Банна в своих посланиях.

https://www.youtube.com/watch?v=MxHmKsRwkjs

Абу Аль-Аля Аль-Маудуди считается одним из важнейших символов политического ислама на Индийском субконтиненте. В своем детстве он рос в суфийской среде как и основатель Братьев-мусульман аль-Банна, в суфистской среде. В отличие от основателей группировки Братья-мусульмане, Маудуди был причастен к западной интеллектуальной мысли и свободно владел английским языком[208]. Он также считается «одним из самых важных теоретиков идеи восстановления исламского государства». И один из важнейших символов движений политического ислама. Таких как: праведность, салафизм, реформистские движения,

---

208 Абу Аль-Аля Аль-Маудуди. веб-сайт: «Всеобщей библиотеки», по ссылке: http://shamela.ws/index.php/author/197

джихадизм (партизанские движения) и он автор идеи, «Аль хакумия альаллах» (правление Аллаха) и такфир общества и государств а так же идея международного джихада. Создание государства на основе исламского шариата, декларируя отказ от «глобального джихада» и идеи категоризация гражданского, светского и национального государства[209]

Он включил свои идеи в свои многочисленные труды, наиболее важными из которых являются: «Четыре ключевых термина в Коране», «Ислам и невежество», «Религия истины» и «основы Исламской морали». Он также пропагандировал его в широком масштабе через его журнал «Тарджуман Аль-Корана», что было одним из самых важных факторов, которые способствовал распространению ислама вИндии.[210]

Можно сказать, что Абу Аль-Аля Аль-Маудуди оказал большое влияние на пути развития исламских движений, в том числе группировки «Братья-мусульмане», особенно потому, что он «подчеркнул необходимость слышать соблюдать послушание»[211], необходимость изменения силой, чтобы разрешить конфликт между добром и злом, исламом и невежеством.[212]. «Необходимо полагаться на авторитет текста», представленные в словах и высказываниях Аллаха и пророка. Таким образом, «аргументы повествования

---

209 Рашид Эйхум, «Аль-Маудуди идеолого Аль-Хакимия, невежество и Исламское государство», 10 мая 2018 г., веб-сайт Центра Аль-Месбар. для изучения и исследований, по ссылке : //ttps://www. almesbar.net/ «Аль-Маудуди идеолого Аль-Хакимия, невежество»

210 Предыдущий источник.

211 Абу Аль-Ала Аль-Маудуди, основатель «исламской группы», ссылка на источник , 25 ноября 2019 г., сайт «ворота исламских движений», по ссылке: https://www.islamist-movements.com/2941

212 Предыдущий источник.

преобладают,арациональные аргументы уменьшаются» [213], и это усугубляется через призыв Аль-Маудуди ссылаясь на: «Серьезность метода откровения, то есть прямое божественное решение из Корана, и не полагаясь на разум или свидетельство »[214]

Мысли Абу аль-Али аль-Маудуди также оказали большое влияние на формирование, восприятие идеологического и политических течений ислама. Политический ислам есть целостная и исключающая концепция ислама. Абу аль-Аля сказал: «Ислам - это не просто группа богословских верований и ритуалов как понимание значения религии в наши дни. Это Скорее всеобъемлющая система, которая хочет устранить и отрезать весь суетной порядок в мире и заменить модифицированной системой более лучшей для человечества чем другие системы.[215] Абу аль-Аля говорит: «Тот, кто верит в религию и систему, будь то индивидуум или группа должны судить о системе только на основании их идей в которую они или он верит а не существующих в государстве». Так же приложить все усилия для создания системы правления, основанной на идеи, в которую он верит »[216]

---

213 Тот же источник.

214 Тот же источник.

215 Цитата из файла Аби Аль Ала Аль Маудуди: Джихад ради Аллаха, веб-сайта Минбар аль-Тавхид и Джихад, по ссылке: http://www.ilmway.com/site/maqdis/MS_128.html

216 Тот же источник, с. 12
  Доктор Мухаммад Эмара обосновывает концепцию правления аль-Маудуди: Аль мадуди сформулировал свою идею о Хакимии в своих основных произведения написаных между 1937 и 1941 годами, до разделения Индийского субконтинента и возникновения Пакистана как государства. Возникновение Пакистана как независимого государства свершилось 1947 году.На тот момент когда в Индии мусульмане составляли численное меньшинство, процент которых не превышал 25% населения. В свете этой демографической, культурной и политической реальности, Аль Мадуди исходя из теории «хакимия» (правления аллаха) считал что демократия и парламентские выборы являются катастрофой для ислама и мусульман. Поэтому он запретил выборы и видел демократию как противоположность исламу ». См .: Мухаммад Эмара, Статьи о религиозных и нерелигиозных преувеличениях, Предыдущий источник, стр. 16

Однако принципы «невежества» и «управления Аллаха» - одни из самых опасных его идей, которые сильно повлияли на него. В идеологической направленности исламских политических движений есть термин «управление Аллаха» (подразумевает термин «такфир») Основанный на отсутствия Хакимийа (что означает представление Бога на земле) и незнание общества кафер- «искупления» предполагает «невежественное Общества «[217], а значит, и все» общества, по его мнению, не применяющие исламский шариат и социальные допущения, которые он (т.е. Аль-Маудуди) видит, - это все   невежественные общества и в этом случае он отвергает ислам для подавляющего большинства мусульман »[218]. По мнению многих экспертов, его образ мысли основан на увеличении такфира: «Птенец искупления»[219]

Идеолог «Братьев -мусульман» Сейид Кутб находился под сильным влиянием Абу аль-Ала аль-Маудуди, и он старался использовать его опыт из Индийского субконтинент в арабские страны, особенно интеллектуальный аспект путем повторения концепции «Джахилийя» (невежество) и «Хакимийя» (управление Аллаха), Даже Маудуди когда просматривал книгу Сейида Кутб «основные этапы дорог» прочитав ее в Мекке в -1960е, сказал-«как будто я написал эту книгу», выражая свое изумление совпадению мыслей « близости между ним и Сейидом Кутбом», добавил это: «Неудивительно, Источник его мыслей и идей один, и это Книга Аллаха и Сунна Его Посланника! [220]

Книга Сейида Кутба «Вехи на пути», большая часть которой написана в тюрьмах, является важным документ и вдохновением для всех

---

217 Такфир: скрытая связь между Маудуди и Сайидом Кутбом, сайт лондонской газеты Аль-Араб 02.06.2014,   https://bit.ly/2tQC1fL

218 Предыдущий источник.

219 Досье Абу Аль-Аля Аль-Маудуди: « Джихад ради Бога», предыдущий источник.

220 Абуальахля Аль-Маудуди ... гигант исламского призыва, предыдущий источник.

насильственных группировок, а не только группировке »Братья-мусульмане«, как Книга, в которой заложены основные идеи теории маудудизма, основанной на Альхакимия (божественном управлении). Современное рабство и джахилийа (невежество), но так «Сейид Кутб не только передает теорию Маудуди, но скорее, поглощает, трансформирует и перестраивает в стратегии новой теории»[221]

---

221 - Такфир (неверующий): скрытая связь между Аль-Маудуди и Сайидом Кутбу , предыдущий источник

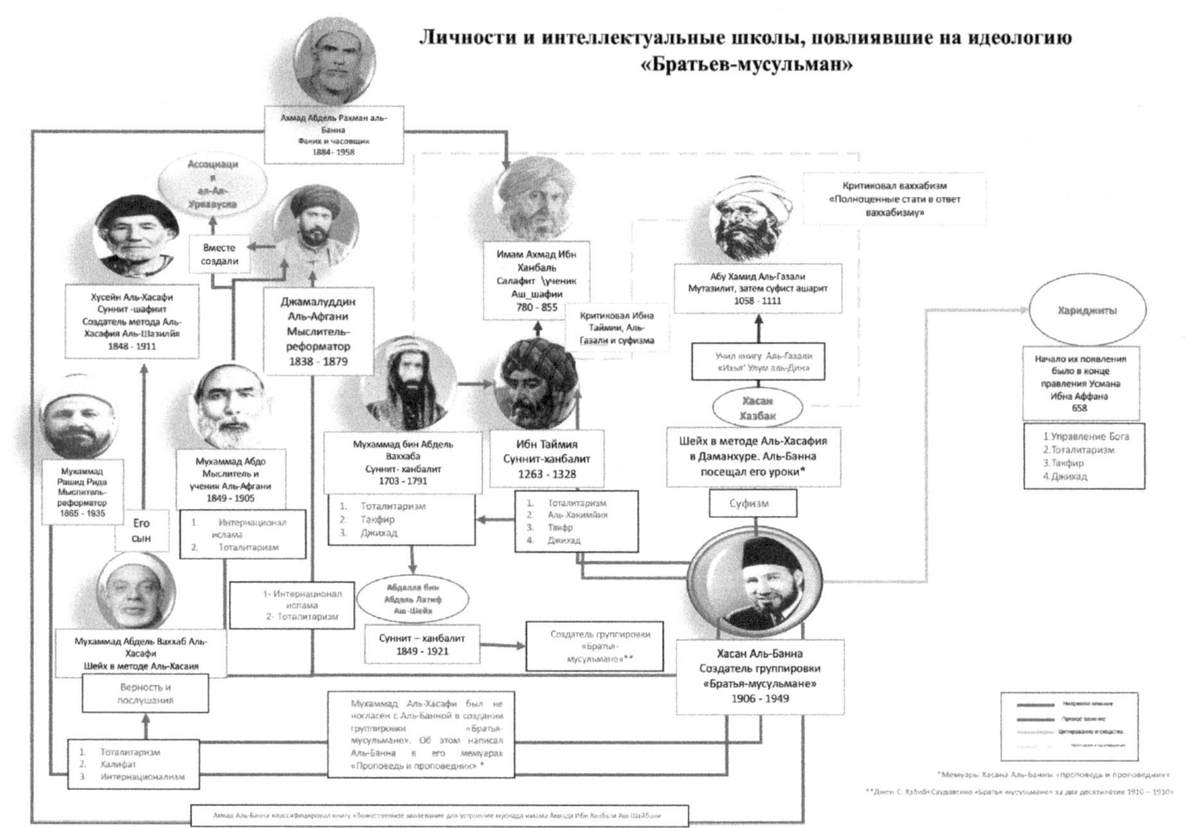

Личности и интеллектуальные школы, повлиявшие на идеологию «Братьев-мусульман»
Ахмад Абдель Рахман аль-Банна Финик и часовщик 1884 - 1958
Ассоциация ал-Ал-Урвавуска
Вместе создали
Хусейн Аль-Хасафи Суннит -шафиит Создатель метода Аль-Хасафия Аль-Шазилйя 1848 - 1911
Джамалуддин Аль-Афгани Мыслитель-реформатор 1838 - 1879
Имам Ахмад Ибн Ханбаль Салафит \ученик Аш_шафии 780 - 855
Критиковал Ибна Таймии, Аль-Газали и суфизма
Абу Хамид Аль-Газали Мутазилит, затем суфист ашарит 1058 - 1111
Критиковал ваххабизм «Полноценные стати в ответ ваххабизму»
Учил книгу Аль-Газали «Ихйа' Улум аль-Дин»
Хасан Хазбак
Хариджиты
Начало их появления было в конце правления Усмана Ибна Аффана 658
1. Управление Бога
2. Тоталитаризм
3. Такфир
4. Джихад
Мукаммад Рашид Рида Мыслитель-реформатор 1865 - 1935
Мухаммад Абдо Мыслитель и ученик Аль-Афгани 1849 - 1905
1. Интернационал ислама
2. Тоталитаризм
Мухаммад бин Абдель Ваххаба Суннит- ханбалит 1703 - 1791
1. Тоталитаризм
2. Такфир
3. Джихад
Ибн Таймия Суннит-ханбалит 1263 - 1328
1. Тоталитаризм
2. Аль-Хакимйия
3. Такфр
4. Джихад
Шейх в методе Аль-Хасафия в Даманхуре. Аль-Банна посещал его уроки*
Суфизм
Его сын
1- Интернационал ислама
2- Тоталитаризм
Абдалла бин Абдель Латиф Аш-Шейх
Суннит – ханбалит 1849 - 1921
Создатель группировки «Братья-мусульмане»**
Мухаммад Абдель Ваххаб Аль-Хасафи Шейх в методе Аль-Хасаия
Верность и послушания
1. Тоталитаризм
2. Халифат
3. Интернационализм
Мухаммад Аль-Хасафи был не ногласён с Аль-Банной в создании группировки «Братья-мусульмане». Об этом написал Аль-Банна в его мемуарах «Проповедь и проповедник» *
Хасан Аль-Банна Создатель группировки «Братья-мусульмане» 1906 - 1949
Ахмад Аль-Банна классифицировал книгу «Божественное завоевание для устроение муснада имама Ахмада Ибн Ханбаля Аш-Шайбани
*Мемуары Хасана Аль-Банны «проповедь и проповедник»
**Джон С. Хэбиб «Саудовские «Братья-мусульмане» за два десятилетия 1910 – 1930»

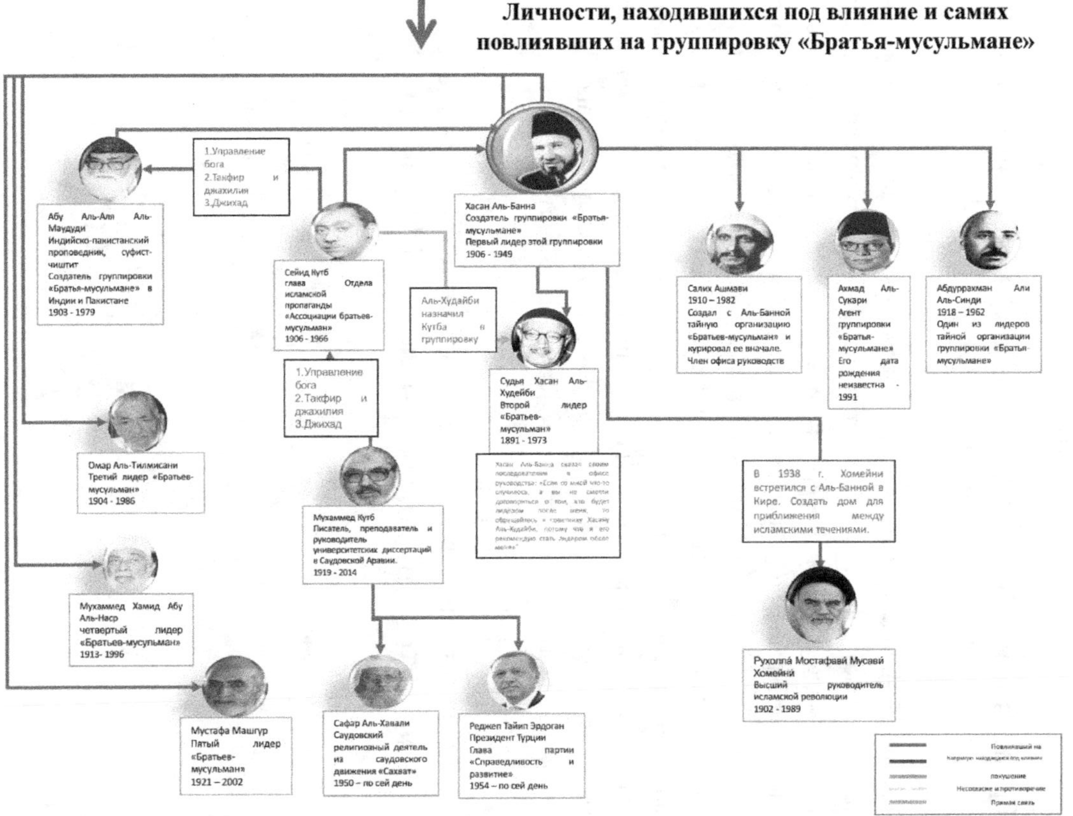

Личности, находившихся под влияние и самих повлиявших на группировку «Братья-мусульмане»

Хасан Аль-Банна
Создатель группировки «Братья-мусульмане»
Первый лидер этой группировки
1906 - 1949

1.Управление бога
2.Такфир и джахилия
3.Джихад

Абу Аль-Аля Аль-Маудуди
Индийско-пакистанский проповедник, суфист-чиштит
Создатель группировки «Братья-мусульмане» в Индии и Пакистане
1903 - 1979

Сейид Кутб
глава Отдела исламской пропаганды «Ассоциации братьев-мусульман»
1906 - 1966

1.Управление бога
2.Такфир и джахилия
3.Джихад

Аль-Худайби назначил Кутба в группировку

Судья Хасан Аль-Худейби
Второй лидер «Братьев-мусульман»
1891 - 1973

Хасан Аль-Банна сказал своим последователям в офисе руководства: «Если со мной что-то случилось, а вы не смогли договориться о том, кто будет лидером после меня, то обращайтесь к советнику Хасану Аль-Худайби, потому что я его рекомендую стать лидером обоих милли»

Салих Ашмави
1910 – 1982
Создал с Аль-Банной тайную организацию «Братьев-мусульман» и курировал ее вначале.
Член офиса руководств

Ахмад Аль-Сукари
Агент группировки «Братья-мусульмане»
Его дата рождения неизвестна - 1991

Абдуррахман Али Аль-Синди
1918 – 1962
Один из лидеров тайной организации группировки «Братья-мусульмане»

Омар Аль-Тилмисани
Третий лидер «Братьев-мусульман»
1904 - 1986

Мухаммед Кутб
Писатель, преподаватель и руководитель университетских диссертаций в Саудовской Аравии.
1919 - 2014

Мухаммед Хамид Абу Аль-Наср
четвертый лидер «Братьев-мусульман»
1913- 1996

В 1938 г. Хомейни встретился с Аль-Банной в Кире. Создать дом для приближения между исламскими течениями.

Рухолла Мостафави Мусави Хомейни
Высший руководитель исламской революции
1902 - 1989

Мустафа Машгур
Пятый лидер «Братьев-мусульман»
1921 – 2002

Сафар Аль-Хавали
Саудовский религиозный деятель из саудовского движения «Сахват»
1950 – по сей день

Реджеп Тайип Эрдоган
Президент Турции
Глава партии «Справедливость и развитие»
1954 – по сей день

Повлиявший на
Катируют находящейся под влиянием
покушение
Несогласие и противоречие
Прямая связь

Четвертая глава

Основатели: Хасан Аль-Банна, Ахмед Аль-Сукри и Сейид Кутб

Группировка "Братья-Мусульмане" между организаций и идеологией

Хасан Аль-Банна и его коллеги из первого поколения группировки, как известно, приложили все усилия, чтобы их группировка стала массовым движением, поскольку она начала свою деятельность в рамках программ социального обеспечения и призывов вернуться к исламу, чтобы позже работать над развитием собственного подхода к политическому видению в Исламе. Особенно после провала проекта модернизации и реформ, провозглашенного пионерами возрождения, Египет попал под власть британской оккупации и падения Османского халифата. Где и возникла группировка »Братья-мусульмане« в то время как политико-религиозное движение в Египте.

Основатели и фигуры, повлиявшие на создание и развитие группировки «Братья – Мусульмане»

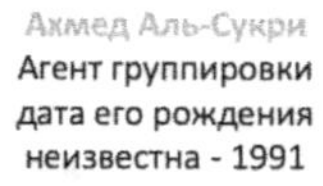

Проект Аль-Банна выходит за пределы национальных границ, он начался в Египте и постепенно перешел к созданию Исламского халифатского государства, в которое должны входить другие страны и основанное на концепции универсальности ислама и его политического режима. Это развитие приняло более серьезный оборот в период после Аль-Банны, представленный в виде образца Идеологии, которое сформулировал Сайде Кутб в свете его борьбы с режимом Насера. Фундамент группы становится все более и более ясным в отношении неверующего общества с ярлыка невежества. Ислам возник только для того, чтобы преодолеть такое неверующее общество и его невежество.

Чтобы прояснить проект группы и преобладающую модель мышления в ней или среди нее, мы попробуем в этой главе обратит внимание на Хасана Аль-Банна, Ахмеда Аль-Сукри и Сейида Кутбу; Так как они Ведущие деятели движения «Братья-мусульмане» и направления политического ислама в целом они играли отчетливые и заметные роли на раннем этапе истории группировки «Братья-мусульмане и укрепления ее организационной структуры и идеологии.

История египетских Братьев - мусульман

Название видео по следующей ссылке

https://www.youtube.com/watch?v=MRML2UMZ5HY

- Группировка «Братья – мусульмане» была создана в 1928 году Хасаном аль-Банной как религиозная исламская организация, целью которой было распространение морали ислама и благих дел через благотворительные организации. Однако эта группировка скоро была вовлечена в политику, в частности для борьбы против британского колониального контроля в Египте.

- Согласно запрету Ахмеда, «Братья – мусульмане» совершили две ошибки, которые изменили путь группировки «Братья – мусульмане»: Первая ошибка заключается в раннем переходе в первые годы от проповеди образования к больше политическим шагам. Вторая ошибка – создание секретной группировки с вооруженной структурой.

https://www.youtube.com/watch?v=MRML2UMZ5HY

4-1 Хасан Аль Банна

Хасан аль-Банна - один из важнейших отцов-основателей политического ислама, сформировавший идеологию группировку Братья-мусульмане, родился в октябре 1906 года в городке Аль Махмудия в религиозной семье. На него повлиял его отец, шейх Ахмед Абдель Рахман, часовой мастер, который учился в университете Аз-Зхар в эпоху Мухаммада Абдо. Аль-Банна познакомился с учением Мухаммеда Абдо и его ученик Мухаммад Рашид Рида [222] И ему удалось использовать свои

---

[222] Смотреть: Ахмет Юсуф Оздемир, «от Хасана аль-Банны до Мохаммада Мурси; «Политический опыт братьев-мусульман в Египте», https://bit.ly/2wF4Ycs.

коммуникативные способности для мобилизации элементов среднего класса в Египте, где он читал лекции в кафе, школах и мечетях а так же с детства был членом ряда организаций социально-нравственная деятельности. Он присоединился к суфийской группе под названием Аль-Хасафия Шадхилия. Поскольку Аль-Банна обучал учеников из Аль-Зхар и Дар Аль-Улума предметам «руководству и проповеди» для пропаганды идей его группировки и продвигал их в местах скопления людей, например, в кафе.

Создатель группировки «Братья-мусульмане»
Хасан Аль-Банна… Родился в Исмаилии
1949
Февраль
1948
декабрь
1946
1944
1942
1939
1932
1928
Март
1906
Октябрь
Аль-Банна был убит при выходе из Ассоциации молодых мужчин
Аль-Банна оставляет преподавание и посвящает себя ведению журнала Аль-Шихаб
Аль-Банна назначает себя избранным представителем Исмаилии от Братьев-мусульман.
Аль-Банна переезжает из Исмаилии в Каир, чтобы работать учителем.
Аль-Банна родился 14 октября 1906 года в провинции Бехейра.
Решение о роспуске Группы по обвинению в подстрекательстве и действиях против государственной безопасности
Братья-мусульмане выдвигают аль-Банну на парламентских выборах
Пятая конференция, посвященная десятой годовщине основания Братьев-мусульман
Создание Братьев-мусульман

Аль-Банна использовал мероприятия, проводимые на местах суфийских мавзолеев, для распространения своих идей и привлечения людей к его группировки. Проводил собрания, чтобы объяснить его взгляды на ислам и надо сказать что он носил полузападную одежду вместо традиционной мантии, отрастил скромную бороду -привлекая внимание большинства египетских обществ к современным тенденциям.[223]

---

223 - Энциклопедия Ближнего Востока, Хасан аль-Банна, https://bit.ly/2Msndw7.

Название видео: Интервью с ведущим диссидентом «Братьев-мусульман» Ибрагимом Рабеем под заголовком «Кто такой Хасан Аль-Банна? И кто назвал группировку ал« Братья-мусульмане »этим именем?»

По следующей ссылке

https://www.youtube.com/watch?v=kp1N6iDbx40

Родословная Хасана аль-Банны и его воспитание неоднозначны, и, согласно тому, что говорится, его отец приехал из Марокко и жил в деревне Махмудия в провинции Гиза недалеко от могилы Абу Хасира (еврейского раввина марокканского происхождения).

- Директор Управления Суэцкого канала британского происхождения предоставил Хасану Аль-Банне финансовую помощь в размере 500 египетских фунтов, чтобы помочь ему в его деятельности. Ибрагим Рабей спрашивает, принимало ли политическое или общественное движение внешнюю поддержку со стороны оккупированной страны, как бы египтяне описали это?

 - Секретность и железная организация, которые создали группировку «Братьев-мусульман», не соответствуют тому, что было объявлено как благотворительная и социальная направленность.

- Секретная организация стремится нарисовать новую политическую карту, на которой «Братьям-мусульманам» удалось захватить власть. В то же время Братья-мусульмане были отправной точкой для всех террористических организаций, которые возникли позже, и пошли по этому пути.

من هو حسن البنا؟ ومن أطلق على الإخوان هذا الاسم؟

https://www.youtube.com/watch?v=kp1N6iDbx40

первостепенное значение в политической работе имеет место частая смена взглядов и для этого нужны мотивированные лидеры в искусстве вовлечения других в командную работу. Активное лидерство является основным фактором в социальных и политических движениях.

Лидеры- способны справиться с неоднозначностью среды, в которой демонстрируют адаптацию к самым суровым и сложным условиям, а также доступность к возможности вербовки для расширения народной базы и помещения движения

в рамки политической и социальной заинтересованности. Вот почему Аль-Банна хорошо использовал свои языковые навыки, выбрал три отличных кафе и каждую неделю проводил урок. Он выбирает тему о которой и говорит и не затрагивает этические аспекты. Он сталкивается с противоречивыми аспектами и демонстрирует прагматическое поведение, избегающее конфронтации с теми, кто с ним не согласен[224].

Параллельно с вышесказанным, отношения с общественностью обеспечивали распространение идей аль-Банны и играли роль по определению целей и программы. В марте 1928 года Аль-Банна основал группировку «Братья-мусульмане» вместе с шестью членами, на которых повлияли его уроки и лекции, которые он читал. Это: Хафез Абдель Хамид, Ахмед аль-Хасри, Фуад Ибрагим, Абдель Рахман Хассабалла и Исмаил Изз и Заки Аль-Магриби, согласно тому, что упомянул Аль-Банна, они общались с ним с уверенностью и твердым решительным голосом, их глаза сверкали, а на лицах – уверенность.[225]

---

224 Ахмад Арафа, «Ибрагим Исса раскрывает причины проникновения Хасана Аль-Банны в провинцию Исмаилия для создания группировки «Братья – мусульмане», Аль-Яум Ас-Сабиа, 23 сентября 2020, доступно по ссылке: https://bit.ly/2GP5k8X

225 Хамдан Рамадан Мухаммад, Мухаммед Махмуд Ахмед, «Социальная и политическая идеи имама мученика Хасана Аль-Банны: Аналитическое исследование в политической социологии, по ссылке: https://bit.ly/31cMKwY:,

---

<table>
<tr><td>

Название видео: Следовал ли Хасан Аль-Банна Книге Бога и Сунне? Альбани отвечает на следующую ссылку

https://www.youtube.com/watch?v=bXAWSeV9xRg

Религиозная мысль Братьев-мусульман - это мысль, основанная на посланиях Аль-Банны, а Хасан Аль-Банна, в свою очередь, не является религиозным ученым, и поэтому его послания не принимаются во внимание, а его использование хадисов и айятов бесплодно для сторонников того, к чему он призывает.

Хасан Аль-Банна - человек не знания, а человек призвания

У Хасана Аль-Банны есть письма, но нет учебы(есть послание , но нет обучения???)

У Хасана Аль-Банны есть только небольшое сообщение

</td><td>

</td></tr>
<tr><td colspan="2">

https://www.youtube.com/watch?v=bXAWSeV9xRg

</td></tr>
</table>

Самым важным изменением в жизни Аль-Банны стало то, что он покинул свой родной город, чтобы учиться в Дар аль-улум в Каире. В этой школа, обучают как исламским, так и современным предметам что привело к расширению своей базы за счет наведения мостов общения с другими. Вот почему Аль-Банна занимался впервые годы первоначального создания офисы и местной организационной структуры во всем Египте. Для укрепления видения группировки в обществе. [226]. Как только сообщество примет видение группы в широком масштабе, он применял свою собственную интерпретацию на государственном уровне до тех пор пока Египет не станет исламской

---

226 Смотреть: Ахмет Юсуф Оздемир, «От Хасана аль-Банны до Мохаммада Мурси», https://bit.ly/2MTKIyv

страной; И этот процесс начинался в нескольких странах для того чтоб всех их объединить под знаменем нового халифата.

Следовательно, Аль-Банна стремился сделать свою группировку сетью имеющей определенную идентичность, способную конкурировать с другими и играть активную роль в процессе социально-политических изменений. Для этого необходимо влиять на осведомленность людей и согласовывать их отношения с политической системой и системой ценностей[227]. На пути к изменению политической агенты и государственной политики, а также общей политики в политических учреждениях и их процессах принятия решений.

С издания   первой египетской конституции 19 апреля 1932 года послужило толчком создания парламентского правительства. В то время Аль-Банна решил перенести центр своей деятельности в Каир из-за своего желания работать в более широком обществе. И подтвердить статус своей группы в свете политического климата, разделенного между британскими оккупационными властями с одной стороны, и королем Фаруком и парламентом с другой.

В 1933 году группировка начала выпускать свой первый еженедельный информационный бюллетень и провела свой первую конференцию. Количество его филиалов было пять в 1930 году, а к 1932 году стало

пятнадцать филиалов, а к концу -30х годов увеличилось до трехсот филиалов[228].

К 1938 году политические тенденции «Братьев-мусульман» были выявлены журналом «Аль-Назир», где   они открыто требовали

---

227 - Смотреть: Елена Маргарет Биде, «Социальные движения и процессы политических изменений: политические результаты чилийского студенческого движения, 2011-2015 гг»., Https://bit.ly/2QPbtT7

228 Для дополнитетелной информации смотреть: Зиад Мансон. (смотреть ранее)

возврата к исламскому режиму[229]. Их участие также поддержало революцию в Палестине, чтобы заявить свою активную позицию в политических событиях. В марте 1936 года Аль-Банна призвал обсудить план движения Братьев-мусульман, чтобы поддержать дело палестинцев, таким образом был сформировав центральный комитет под его руководством, чтобы продолжить поддержку и помощь Великой революции. Они провели информационные кампании, для пояснения палестинского вопроса и роли британцев в заговоре против Палестины. Участие группировки в войне 1948 года было добровольным чтобы добиться распространения и расширения и популяризации базы[230].

<table>
<tr><td>

Название видео: Исламисты, Братья-мусульмане и Хасан Аль-Банна, по следующей ссылке.

https://www.youtube.com/watch?v=pjGChZhJgOE

Исса Салех, египетский историк и главный редактор каирской газеты в программе «Исламисты, Братья-мусульмане и Хасан Аль-Банна», объясняет, что письмам Аль-Банны недостает глубокого теоретического измерения, и они являются речами с политическим подтекстом.

Хасан Аль-Банна имел акцент на группировку, организацию и движение, а не на теоретизирование. Не произошло ничего нового в интеллектуальном теоретизировании или обновлении исламской мысли.

</td><td>

</td></tr>
<tr><td colspan="2">

https://www.youtube.com/watch?v=pjGChZhJgOE

</td></tr>
</table>

229 Ибрагим Кауд, «Братья-мусульмане» в круге недостающей правды». Веб сайт: Википедия «Братьев-мусульман» , доступно по ссылке: https://bit.ly/30WL1x0

230 Ахмед Алаа, «Братья-мусульмане до и во время Накбы в Палестине ... между поддержкой проблиматики и ее политическим использованием». Raseef22, 10 августа 2018 г., доступно по ссылке: https://bit.ly/33NUCZ3

Вот почему Аль-Банна хорошо использовал свои языковые навыки, выбрал три отличных кафе и Аль-Банна предложил о принцип приспособления к массам, означает, что мысль Братьев-мусульман включает в себя различные идеи и идеологии, (Отдельные лица, секты, институты и классы), добровольное участие в идеях своей группировки. Это показывает превосходство во взглядах перед другими движениями, возникшими после группировки «Братьев-мусульман» которые переняли их взгляды и принципы за свою основу. Аль-Банна говорит: «наш призыв стал сильным и распространился на людей, он стал более жестким, способен направлять людей, а не люди направляют этот призыв. Поэтому мы приглашаем известных людей, организации, партии присоединиться к нам. Не поддавайтесь влиянию, мы призываем вас присоединиться к нам и следовать нашим путем, работать с нами и оставить эти пустые явления

дабы объединиться под знаменем Великого Корана, укрывается под знаменем Святого Пророка и методом ислама, и если они положительно ответят, это будет их лучшее счастье в этом мире и в будущем. Этот призыв может сократить время и усилия для достижения целей. А если нет, это нормально для нас, надо немного подождать и искать помощи только у Аллаха пока он не окружит их или не упадет, чтобы они поверили в наши призывы»[231]

После второй мировой войны Аль-Банна был заинтересован в вербовке членов вооруженных сил и полиции. «Братья-мусульмане» внедрилась в египетскую армию с группировкой, которой удалось свергнуть монархию в июле 1952 года. В то же время создали отдел «особый секретный режим » «где его члены прошли обучение обращения с оружием. Аль-Банна также создал базу и прописал ряд правил набора

---

231 - Ахмед Шуша, «Аль-Банна и его понимание элиты». Веб сайт: «Википедия «Братья- мусульмане»», доступно по ссылке: https://bit.ly/36TH4NC

и призыва людей для работы с ними. Таким образов данный отдел стал почти независимым. В 1947 году Египетская полиция обнаружила большой тайник с оружием, принадлежащий группировке на окраине столицы. Спустя год был конфискован полноценный джип Братьев-мусульман с взрывчаткой. В результате Братья-мусульмане были официально распущены в 1948 году. Несколько его членов были заключенывтюрьму.[232]

Группировка »Братья-мусульмане« через свой частный / секретный отдел, также совершали политические убийства, включая убийство премьер-министра Египта - Накраши Паши одним из его членов и это в свою очередь, это привело к роспуску группировки »Братьев-мусульман«, которая превратились в хорошо организованную и мощную группировку и стала второй силой после египетского государства[233].

По словам Синтья Фарахата, Аль-Банна был очарован тайными обществами, сектами и братскими приказами который процветали в Египте в то время и эта навязчивая идея привела его к созданию группировки »Братья-Мусульмане«, как братьев по вероисповеданию, имеющих свою тайную милицию – особый отдел, представляющий собой Секретная аппарат - им было поручено разработать стратегии, финансирование и активировать деятельность в военной подготовке и совершению убийственных операций[234].

С другой стороны, сотрудничество Аль-Банны и националистов было навязано их общим противостоянию Британскому колониализм,

---

232 - Смотреть: Зиад Мансон, «ИСЛАМСКАЯ МОБИЛИЗАЦИЯ: теория общественного движения и египетская группировка «Бартья – мусульмане». (смотреть ранее).

233 - Смотреть: Синтия Фарахат, «Братья-мусульмане, Фонтан исламистского насилия», Middle East Quarterly, весна 2017 г., https://bit.ly/31fyhQE

234 - Там же

оно не достигнет своей цели без единства народа одновременно когда Египет вел битву за свою идентичность. А также осознавая, что сотрудничество с нынешними светский националистами будет поддерживать его стремление распространить свою идеологию за пределы Египта и облегчить задачи членов которых посылают, чтобы распространяют призыв в арабском мире. Соответственно, Аль Банна смог заключить союзы с другими идеологические движениями, такими как: националисты, исламисты, противники Британии.

Несмотря на вышесказанное, такой подход противоречит основной идеологии группировки. Этот национализм конкурирует с универсальностью Ислама и идеей создания единого исламского государства, это показывает прагматизм Аль-Банны. Как он объяснил своим последователям, «обстоятельства» диктуют действия с политическим умом и то, что политическая игра была лишь средством достижения цели [235]

В -40х годах прошлого века начались контакты между официальными лицами США и группировки "Братья-мусульмане" в Египте при жизни его основателя Хасана Аль-Банны. А в главе под названием "Секретарь Посольство США", лидер группировки Махмуд Ассаф в своей книге под названием " имам-мученик Хасан Аль-Банна " говорил подробную информация о встрече между Аль-Банной и первым секретарем американского посольства в Каире, в то время Филип Айрлэнд. Ассаф рассказал подробности встречи, которая произошла между двумя мужчинами, и указал, что статьи Аль-Банны, критикующие коммунизм описывая его как «атеизм, с которым необходимо бороться», были Общим «порталом» для диалога между ними. На встрече Аль-Банна сказал: «Коммунизм, который начал

---

[235] Смотреть: Цви Баэль, «Братья-мусульмане: террористическая группировка, или политическое движение?» Гаарец, 3 мая 2019 г., по ссылке: https://bit.ly/2Vfu68f

распространяться в наших Арабских странах представляет большую опасность для народов региона, как сионизм, и на самом деле он более опасный в краткосрочной перспективе, а также у нас есть много информации о коммунистических организациях в Египте ». Айрлэнд предложил сотрудничать в борьбе с «общим врагом», предложив механизм сотрудничества «С вашими людьми и информацией, а мы с нашей информацией и нашими деньгами», - это то, что Аль-Банна приветствовал, даже если были оговорки по поводу получения денег от американцев, он посоветовав дипломату открыть офис, для борьбы с коммунизмом, обещая ему сотрудничать в этой области «вне всяких официальных договоренностей »[236].

Здесь можно сказать, что аль-Банна принял политический маневр для создания механизма приобретения власти и состояло в том что он маскировал политические цели в своих проповедях. Скрывая политику и проводя общественные работы для восстановления вернуть «халифатского государства». Ниже следует описание относящиеся к Братьям-мусульманам. они специфическая организация. Они похожи на стаю муравьев. Попробуйте заблокировать движущийся строй измуравьев, и вы поймете, что они оставляют свои следы и всегда находят способ обойти. Это именно то, что характерно для организации Братства »[237].

---

236 - Д-р .. Махмуд Ассаф с имамом-мучеником Хасаном аль-Банной (Каир: Библиотека Айн-Шамс, 1993), стр. 13

237 - Абд аль-Рахман Айяш, «Сильная организация и слабая идеология: пути братства в египетских тюрьмах после 30 июня». Веб-сайт «Инициатива арабской реформы», 29 апреля 2019, по ссылке: https://bit.ly/2XJWagp.

Двуличность в риторике группировки «Братья – Мусульмане»

Группировка «Братья – мусульмане» старалась скрыть свои диктаторские тенденции, окропляя свой публичный дискурс либеральными и демократическими фразами, например, как «в рамках принципов ислама». Таким образом, фетвы были представлены как альтернатива законодательству.

Есть множество примеров двоякой риторики «Братьев – мусульман», например, их заявления о своем участии в революции 25 января полностью расходятся с их заявлениями, которые они делали во время и после нее.

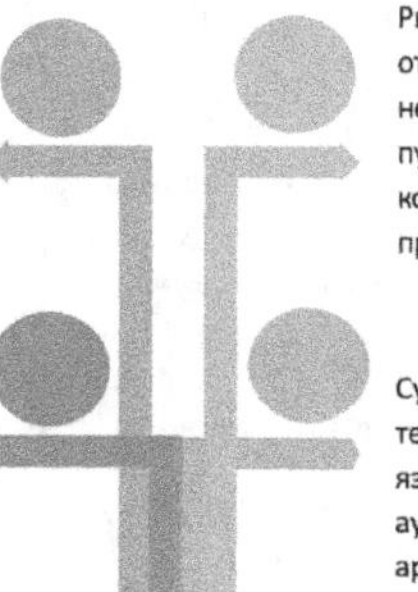

Риторика Братьев мусульман отражает стойкое несоответствие между их публичными заявлениями и конкретными политическими предложениями

Существует большая разница между тем, что они говорят на английском языке для международной (западной) аудитории, и тем, что они говорят на арабском языке для местных аудиторий.

То, что Хасан Аль-Банна понял о том, что у него есть силы для реализации своего проекта, заставило его заинтересоваться привлечением местных деятелей в деревня как актив для изменений, в то же время поддерживая близкие отношения с политиками и советниками короля Фарука, такими как Али Махер и Шейх Аль-Зхар ,Мустафа Эль Мараги и политик Исмаил Сидки, приостановившие действие конституции Египта с 1930 г до 1933 года[238]

Закладывая основы идентичности Братьев-мусульман, Хасан Аль-Банна мог быть намеренно собранным внедряя все интеллектуальные тенденции в одно звено. Братья-мусульмане - это салафитский «вызов». Суннитский метод, суфийская истина, политическая организация, спортивная и научная ассоциация вместе с культурной и социальная идея экономического общества»[239] Это широкая смесь групповой идентичности Братья-мусульмане верят в общественное признание, поддержку и выгоду, поскольку оно задействует все религиозные и социальные кинетические и социальные направления.

---

238 - Смотреть: Роэль Мейер, МУСУЛЬМАНСКОЕ БРАТСТВО И ПОЛИТИЧЕСКИЕ ДАННЫЕ: УПРАЖНЕНИЕ В НЕОБЫЧНОСТИ, по ссылке: https://bit.ly/2wOMPch, стр.299.

239 Д-р. Рашида Буджхефа, «Движение «Бартья – Мусульмане» и его отношения с властью… сравнительное исследование: Египет и Алжир» (Амман: центр академической книги, 2018), стр. 64.

Название видео: Аль-Карадави и неподчинение правителя https://www.youtube.com/watch?v=NvMUqIvxoc8 Противоречие в дискурсе Братьев-мусульман на всех уровнях «Братья-мусульмане» используют свою противоречивую риторику, используя религию, чтобы настроить массы против тех, кто не является «Братьями-мусульманами», и побуждают массы поддерживать тех, кто с ними согласен. Выступления Юсефа Аль-Карадави являются примером этого противоречия. - Аль-Карадави в 2007 году запрещает неповиновение правителю и говорит: «Мы должны работать, чтобы реформировать, призывать и направлять, с добротой и мудростью, а не ссор и столкновений». Аль-Карадави в 2010 году, я говорю людям: «Продолжайте восстание».	

https://www.youtube.com/watch?v=NvMUqIvxoc8	

С другой стороны, движение преобладало над Аль-Банной, который был заинтересован в том, чтобы собрать египетскую молодежь и сформировать египетскую молодежь от основания до вершины. Его путь ведет к исламизации современности. Соответственно, Аль Банна был убежден, что школы, научные и культурные институты, основанные европейцами посреди исламского мира, в конечном итоге наносит большой ущерб исламскому обществу в долгосрочной перспективе больше чем любая военная или политическая сила. Запад использует эти методы чтобы контролировать молодежи.

Следовательно, Братья-мусульмане отдали приоритет работе в учреждениях, которые занимаются идеологической и культурной адаптаций детей и юношества. Хасан Аль-Банна был учителем и хорошо понимал представление о том, что тот, кто захватывает молодежь, укрепляет ислам и сосредотачивает их на Братья-мусульмане. Его постоянные усилия в области образования и общественности описал французский социолог Луи – «Постоянно использование идеологического аппарата государства. Несмотря на преследование Братства властями» Братьям-Мусульманам удалось сохранить сильное присутствие в своих египетских школах и подготавливать учителей в педагогических колледжах, студенческих союзах университетов и после школы в спортивных и летних клубах которые являлись рекрутиногвыми центрами для развития группировки и распространения ее идеологии. Братство и его идеология [240]

По словам аль-Банны, отступление от истинного ислама привело к растворению и уязвимости мусульман во время вестернизации, когда тенденция египетской национальной элиты к принятию светских идей обострилась. И вестернизация за счет веры и практики ислама приведет к его послаблению. Западное вторжение заключается в возрождении истинного ислама. Это требует очищения нации от его нынешних убеждений и практики, подчеркивающие, что работа должна осуществляться путем постепенного создания государства. Ислам исправляет веру, стимулирует праведность и полностью соблюдает шариат что и должно быть основой создания государства[241].

Возможно, он осознавал важность общественной работы, чтобы

---

240 - Смотреть: Линда Эррера и Марк Лотфи, «Электронные ополчения Братьев-мусульман: как загрузить идеологию на Facebook», jadaliyya, 5 сентября 2012 г., по ссылке: https://bit.ly/2LScZDm

241 «Хасан Аль-Банна и политическая идеология ислама в двадцатом веке», перевод: Карим Мухаммад, веб-сайт Хафарата, 10.04.2019, доступно по ссылке: https://bit.ly/30XhaEN

укрепить корни его группировки во время момента слабости государства и доминирования колониальной переменой в ведении своих политических и экономических дел государства. Сама по себе группировка впервые годы основания не занималась политикой. Аль-Банна представил ее нам так «Раз мы братья на службе ислама, тогда мы – группировка «Братья-мусульмане»[242], которое, по сути, является исламским общественным движением. Первый внутренний устав группировки Братьев-мусульман, издан в Исмаилии в 1930 году. В нем говорится что группировка не участвует в политике. В статье (2) устава говорится, что « группировка не будет вмешиваться в политические дела, какими бы они ни были ». В статье (15) подчеркивается, что не будет участвовать в политических делах во время групповых собраний. Самое заметное, что статья (42), которая определяет механизм внесения изменений в правила, полностью запрещает изменение некоторых статей, в том числе статьи (No.2) - вышеупомянутой, которая запрещает группе участвовать в политической деятельности [243].

С учетом этих правил, цели группировки ограничиваются только социальными и моральными целями. Это включает распространение исламского учения, борьбу с неграмотностью и повышение осведомленности здравоохранения (особенно в деревнях) и борьбы с социальными вредителями, такими как наркотики и проституция. Решение экономических кризисов через проповедь и руководство. Соответственно, деятельность группы сфокусирована на открытии школ, проведении лекции и создании штаб-квартиры группировки в различных провинциях[244].

---

242 - Ахмед Хасан Шорбаджи, Столпы метода Аль-Мам, 1-е издание, (Александрия: Дар Аль-Дауах для печати, публикации и распространения, 2011), стр. 25-14

243 - . Аммар Каид, Подталкивает ли ликвидация общественной деятельности Братства в Египте группировку к насилию. Веб-сайт Центра Брокингза, 23 марта 2016, по ссылке: https://brook.gs/ E7wSSa

244 «Роль «Братьев – мусульман» в в реформировании общества и борьбе с коррупцией (3)». Веб сайт: Википедия «Братья – мусульмане», доступен по ссылке: https://bit.ly/34GqGgE

Понятно, что Банна осознал важность постепенного достижения долгосрочных целей и задач. Сначала основное внимание уделялось социальным соображениям, которые описываются как этап возникновения, следующий за ним. Второй этап основан на широкомасштабной мобилизации, чтобы делает недовольство коллективной позицией, инвестирующей в него. Группировка получает последователей, затем наступает третий институциональный этап, который характеризуется уровнями выше в стратегии, организации, планирования и построения.

Вот почему призыв Аль-Банны к созданию государства рассматривается как поворотный момент в исламском современном дискурсе. Перемещая ислам к политической идеологии – путем создания исламского государства. Он позже стал отправной точкой для исламских группировок, которые были основаны впоследствии.

Здесь можно сделать вывод, который позволяет нам сказать, что повествование, использованное аль-Банной в его идеологическом дискурсе, исходит из того, что открытость Египта была связана с подъемом колониального образа жизни. Его использование колонизатором может дестабилизировать формы и модели жизни. Отсюда и его отказ от культурной идентичности. Многогранный египтянин, основанный на целостном видении, в котором говорится, что его группировка имеет на это право.

В том же смысле авторитарный патриархат, предложенный аль-Банной, намеревается придать идеалистический оттенок. О своих неоспоримых идеях, чтобы укрепить завышенное чувство собственного достоинства, поскольку он обладает политической зрелостью и опытом и сознанием. Политик, сообразительность которого находит решение в разработке проблем и угроз.

На основании вышесказанного Аль-Банна отверг партии, созданные в идеологической основе при исламском правительстве. По его мнению, это подрывает основные ценности исламского единства. Тем не менее, он призвал работать с государством на практической и прагматичной основе, поскольку это временная необходимая альтернатива, катализатор реформ, прокладывающий путь к их конечной идеологической цели: восстановлению Халифата.

Несмотря на то, что Аль-Банна с детства был связан со многими общественными и моральными, социальными   организациями, влияние   суфизма кажется очевидным, например, название генерального мурфида (муфтий) из суфийсткого наследия которое означает повиновение шейху всеми учениками и последователями. Следовательно каждый человек, который хочет укрепить свою веру, должен выбрать шейха в качестве своего проповедника. Он предупреждает его о ловушках и растратах, которые могут встать у него на пути, и обещает поддерживать дисциплину духовно-нравственную.

Власть шейха Аль Муршида над своими учениками основана на соглашении между ними, согласно которому первый обязуется оказать помощью второму лечить болезни души (эмоции, телесные желания, эгоизм, тщеславие) очищенное серией духовных упражнений и аскетической практики, пока он не станет достойно принадлежать Богу. Со своей стороны ученик обязуется неукоснительно выполнять приказы шейха. Отношения между ними основаны на послушании, а не на убеждении. Это означает, что ученик обязан повиноваться приказам своего наставника в отношении образования, духовного воспитания и поведения и не должен отвергать приказы муршида, его   мысли или идеи, поскольку муршид (проводник) несет в себе атрибуты, которые являются синонимами качеств Пророка, а ученики следуют за своим Шейхом. Ритуал присоединения к любому суфийскому ордену начинается с верности, что гарантирует верность и послушание муршиду. Полное подчинение воле Вождя [245]

---

245 - Аль-Зубайр Махдад, «Суфизм для политической вербовки» , Веб сайт: Моаменун без границ для исследований и изучений январь 2020 г. По ссылке: https://bit.ly/ KPYZKV

<table>
<tr><td></td><td>

Название видео: Политическое преступление. Убийство Хасана Аль-Банны - Часть первая. По следующей ссылке:

https://www.youtube.com/watch?v=5AidU-EfiP8

- «Братья-мусульмане» решительно навязывают свои взгляды и стремятся применить силу против любого, кто не согласен с «Братьями-мусульманами» и подстрекает против правительства и других религий.

- Частная организация осуществила убийства людей, в том числе Аль-Хазиндара.

</td></tr>
</table>

https://www.youtube.com/watch?v=5AidU-EfiP8

Аль-Банна - многоликий человек, он выступал за использование тактики насилия и милитаризацию группировки Братья-мусульмане для создания особого режима, усилив интеллектуальную сферу материальной силой. Аль-Банна желал навязывать свои видения без сравнения с западными идеями. Находясь под влиянием идей Мухаммад Рашид Рида, который представляет консервативную линию салафитов, а с другой стороны, Банна – мужчина который верит в использование социальных и экономических механизмов в качестве средства мобилизации и усиления влияния для формирования исламского государства, где он будет его лидером и Коран будет его законом. Это в дополнение строгость схемы, которая отражалась в структуре Братьев-мусульман, должна быть структурой произвольная и иерархическая модель управления и контроля просматривалась   у большевиков.[246]

---

246 Смотреть: Мартин В. Сланн, «Сравнение исламизма, фашизма и коммунизма», Техасский университет в Tyler Scholar Works в UT Tyler, 2015. Веб сайт: https://bit.ly/31WyTLQ

Название видео: Редкое видео: Муршид Братьев-мусульман: Мы гордимся и близки Богу с Секретной службой, по следующей ссылке

https://www.youtube.com/watch?v=GD8ltBk5szo

- Муршид наставник Братьев-мусульман, Мамун Аль-Худхайби: Мы гордимся и близки Богу с особым отделом

- Генеральный наставник Братства Мамун Аль-Худхайби в 1992 году (8 января) гордится секретной службой, которая представляет собой вооруженное крыло, совершающее преступления против большого числа египтян,бомбили магазины, включая общественных деятелей и судей-например Аль-Нукраши-паша и судью Ахмед Аль-Хазиндар.

- Доктор Тарват аль-Харбави, ведущий диссидент из Братьев-мусульман, подтвердил в своей книге «Тайна Храма: Скрытые секреты Братьев-мусульман», что Братство скрыло этот отрывок из большинства записей этой конференции, и что Тарват долго исследовал, пока не смог достать эту копию, отметив, Мамун аль-Худхайби отрицал, что он сказал это в статье, которую он ответил доктору Тарвату в конце -1990х годов, когда он опубликовал то, что было упомянуто в этом видео.

https://www.youtube.com/watch?v=GD8ltBk5szo

В том же контексте Аль-Банна двигался на двух уровнях - теоретическом уровне, на котором преобладала сила удара. Религиозное важнее политического, поскольку государство - всего лишь инструмент для реализации и защиты религиозного проекта; Теоретический уровень, на котором религиозные рамки имеют приоритет над политическими, рассматривая государство как простой инструмент для реализации и спонсирования религиозного проекта. Религиозное содержит политическое и контролирует его. Отсюда мы можем понять причины отказа от секуляризма и борьбы с ним. Второй, практический уровень основан на умиротворении с государством, временами покорность ему и иногда сопротивление, и проникновение внутрь.

Продолжение.. Политический проект «Братьев – Мусульман»

Возможно, здесь возникает вопрос о связи группировки «Братьев-мусульман» с ассоциацией Мусульманская молодежь, основанная в 1927 году в Каире и оставшаяся независимой от Братства в дальнейшем. Хасан Аль-Банн учувствовал в основании ассоциации, цели которой были определены в результате конфронтации Миссионерская волна в ответ на процессы христианизации распространяющиеся в Египте.

Похоже, что аль-Банна нанял ассоциацию для поддержки своего проекта, учитывая общие моменты, которые их объединяют. Он объяснил это в его послании пятой конференции, сказав: «Совместная цель - это работа для укрепления ислама и счастье мусульман, но есть незначительные различия в способе призыва и в планах ее руководителей и направляющих свои усилия в обеих группах. Но в то время, когда все исламские группировки выступят единым фронтом,

я думаю, недалеко! Достигнув этого, с Божьей помощью, [247]. Добавлю к этому, что в ассоциацию вошли известные личности, из которых председатель Д-р Абдул Хамид Саид в качестве председателя, д-р Яхья Дардири и шейх Мохебаддин аль-Хатиб. Эти члены ассоциации не согласились подчиняться руководству Аль Банны и получать от него инструкции[248].

---

247 - Абдо Мустафа Десуки, «Братья-мусульмане и их отношения с Ассоциацией мусульманской моло-дежи (1)», Википедия Братьев Мусульман по ссылке: https://bit.ly/37mvjM,

248 «Братья-мусульмане и их отношения с Ассоциацией мусульманской молодежи (1)». Веб сайт: «Бра-тья – мусульмане», 4 октября 2008, доступен по ссылке: https://www.ikhwanonline.com/article/40831

Основополагающие фундаменты группировки
«Братья-мусульмане»
Мухаммед Абдо
Мыслитель-реформатор
1849 - 1905
Имам Ахмад Ибн Ханбаль
Салафит \ученик
Аш_Шафии
780 - 855
Ибн Таймия
Суннит-ханбалит
1263 - 1328
Имам Аш-Шафии
767 - 820
Ахмад Абдель Рахман аль-Банна
Факих и часовщик
1884- 1958
Ахмад Аль-Сукари
Агент группировки «Братья-мусульмане»
Его дата рождения неизвестна -1991
Мухаммад Абдель Ваххаб Аль-Хасафи
Шейх в методе Аль-Хасаия
Салафитский призыв
Суннитский метод
Суфитская правда
Социальная идея
Экономическая компания
Научно-культурная ассоциация
Политический орган
Спортивная группировка
Мухаммад Рашид Рида
Мыслитель-реформатор
1865 - 1935
Мухаммад Абдо
Мыслитель-реформатор
1849 - 1905
Джамалуддин Аль-Афгани
Мыслитель-реформатор
1838 - 1879
Египетское движение скаутов
1914
Христианская ассоциация молодых людей
1923
Мухаммад Рашид Рида
Мыслитель-реформатор
1865 - 1935
Джамалуддин Аль-Афгани
Мыслитель-реформатор
1838 - 1879

4-2 Сейид Кутб

Сейид родился в 1906 году в деревне недалеко от Асьюта в Верхнем
Египте, а с началом революции в 1919 году под руководством Саада
Заглула, Сейид Кутб, которому было тринадцать лет, начал выступать
с речами в мечетях и на публичных собраниях. Затем он переехал
в Каир в 1921 году. Он продолжил высшее образование, которое
закончил в колледже Дар Аль Улум, получив диплом по арабскому
языку и его литературе. Этикет. Кутб был в то время одним из новых
интеллектуалов, которые были заняты закреплением социально-
экономического прогресса в Египте, социально-экономическую
ситуацию в Египте, в том числе стремление обновить египетскую
самобытность, которая значит отказ от западной аккультурации [249]

---

249 Смотреть: Драгош К. Стойка, «В тени суверенитета Бога: антисовременная политическая теслогия
   Сейида Кутба в кросс-культурной перспективе». Веб сайт: https://bit.ly/31fjKVl

Название: «Сайед Котб присоединился к Братству на египетском канале Аль-Нахар» по следующей ссылке.

https://www.youtube.com/watch?v=6Ume0oioncg

- Преобразования Сайида Кутб, поскольку он начал с поэзии и литературы, когда он был связан с Аббасом Махмудом аль-Аккадом, и он написал много статей, в которых критиковал Хасана аль-Банну и Братьев-мусульман

- Кутб был в хороших отношениях с Гамалем Абдель Насером, и призвал нанести удар по противникам Насера, и вскоре между ними возник спор.

[12.10.2020 ,17:22] Nabil: - Сайед Кутб принадлежал к Братьям-мусульманам и начал писать в прессе Братства после возвращения из учебы в Соединенных Штатах Америки, где он напал на Абдель Насера и начал публиковать статьи в журнале Brotherhood под названием «В тени Священного Корана». Сайед Кутб основал организацию в 1965 году.

Юсеф аль-Гархави считал, что Сайед Кутб не имеет ничего общего с исламом, и сказал, что Сайид Кутб вышел за рамки Ахль аль-Сунна валь-Джама.

https://www.youtube.com/watch?v=6Ume0oioncg

Возможно, трансформации, которые Сейид Кутб испытал в своей жизни, заслуживают дальнейшего изучения. Изначально он колебался между литературной критикой и романтической поэзией, в которой преобладали патриотизм и чистый национализм. После этого он обратился к исламскому исследованию, а затем решил окончательно двигаться в направлении ислама и присоединился к группировке «Братья-мусульмане» в 1953 году. [250]

Между тридцатыми и сороковыми годами Кутб был плодовитым писателем, интересовавшимся литературой и имеющим дело с секуляристами, он принадлежал к партии Вафд и выражал симпатии Западу по нескольким позициям. В -1940х годах двадцатого века его взгляды начали меняться из-за британской политики в отношении Египта во время второй мировой войны. Объявление об основании Израиля. Что касается отношений запада с арабским миром, связано с тем, что действия Запада не соответствуют провозглашенным Западом либеральным ценностям. Таким образом, труды Кутба стали более критичными по отношению к социальным вопросам[251]

---

250 Смотреть: Джеймс Тот, обзор Имонна Гирона, «Сайид Кутб: Жизнь и наследие радикального исламского интеллектуала», Совет по политике Ближнего Востока, Веб сайт: https://bit.ly/2Mv68BX

251 - Смотреть: Сэмюэль Хелфонт, «Суннитский раскол: понимание политики и терроризма на арабском Ближнем Востоке», ноябрь 2009 г., Веб сайт: https://bit.ly/2QPLACN, стр. 15.

Сейид Кутб
1966
1965
1964
1954
1953
1952
1948
1944
1942
1933
1906
Был казнен
Был снова арестован после того, как он отправил письмо с претензией в службу расследований по причине ареста его брата Мухаммада по обвинению в участии в группировке 1965 г., организовавшей переворота против режима.
Был освобожден из-за проблем со здоровею. В тот же год окончил свою книгу «Вехи на пути» (Мухаммед Бакир Ас-Садр попросил иракского президента Адбул Салама Арефа походатайствовать перед Гамалем Абдель Насером о его освобожднеии
Был арестован с другими по обвинению попытки покушения на Насера
Присоединился к группировке «Братья - мусульмане
Поддержал революцию 23 Июля. Гамаль Абдель Насер обещал дать ему министерство образования, однако он занял пост редакционного секретаря
получил стипендию в США по основам образования и учебной программы.
Работал инспектором в министерстве просвещения
Присоедини лся к партии Аль-Вафд
Окончил институт Дар Аль-Улум
Родился и вырос в деревне Муша в египетской провинции Асьют.
Книга «Социальные основы Ислама» стала первым шагом в отношениях Кутба и «Братьев – мусульман»

Этот сдвиг в писаниях Кутба не был радушно принят со стороны
короля Фарука и он решил поймать и арестовать его. Кутб же с
помощью членов партии Вафд сумел избежать ареста через своего
рода добровольную ссылку. Организовал поездку по поручению
Министерства образования в Соединенные Штаты для изучения
американской системы образования. И это было в 1948 году. Его
отправили с образовательной миссией в Соединенные Штаты Америки
для изучения западных методов обучения. В течение двух лет в
Педагогическом колледже Вильсона (в настоящее время - Университет
округа Колумбия) при университете Северный Колорадо, где получил
степень магистра образования. Кутб вернулся в Египет в начале -1950
х годов. На обратном пути он посетил Великобританию, Швейцарию
и Италию, [252]. Однако, Американский опыт Кутба не произвел
желаемого эффекта, так как он боялся расизма, сексуальной свободы
и материализма который он видел. Он начал атаковать Запад и
критиковать их идеи, социальную и экономическую политику и так
же их религиозные убеждения. [253]

Вначале -1950х монархия была свергнута организацией свободных
офицеров. Кутб имел тесные связи со своим лидером Гамалем
Абдель Насером и участвовал в июльской революция 1952 года.
Некоторые современники сравнивали Кутба с французом Мирабо,
сыгравшим роль в прелюдии к французской революции, поэтому
они назвали его «Мирабо египетской революцией». [254]254 . Но
после революционных событий Кутб не согласился   с офицерами

---

252 Смотреть : Адам Хмаис Мвамбури, «Основные черты сочинений Сайида Кутба». Веб сайт: https://
bit.ly/2Mt3dto

253 Смотреть :Роберт Манн, «Кутб: Отец салафитского джихадизма, предшественник Исламского государства», 7 ноября 2016. Веб сайт: https://ab.co/2HYGQaS

254 Али бин Яхья Аль-Хаддади, Важные страницы из жизни Сайида Кутуба, по ссылке
https://bit.ly/2YmfrFD

из-за идеологических разногласий, считал, что ислам необходим и станет основой новой египетской системы [255]. Абдель Насер вскоре осознал угрозу, исходящую от группировки «Братья-Мусульмане» после неудавшегося покушения на него 26 октября 1954г., когда Махмуд Абдулатиф, член особого отдела, пытался убить Абдель Насера который выжил и решил покончить с группировкой «Братья-мусульмане». Кутб и тысячи членов группировки были арестованы и приговорены

к 15 годам лишения свободы. В общей сложности были арестованы 000 19 участников, около 900 были приговорены к пожизненному заключению и тяжелым работам. Шесть из них были казнены, [256]

---

255 - Адам Хамис Мвамбури. (смотреть ранее).

256 - Сэмюэль Хелфонт, (смотреть ранее), стр. 14.

Название видео: Аудиокнига - Вехи на пути Сайеда Кутб, по следующей ссылке

https://www.youtube.com/watch?v=-VW0BmhzC2Q

Вехи на Пути являются важным ориентиром для джихадистских группировок, которые возникли позже, и он в своей книге Сайид Кутб оправдывает необходимость взять власть силой, применить исламский закон, как он видит его, основываясь на идее управления только для Бога и отказе от законов, установленных людьми, и именно на это Саид Кутб ссылается в своей книге Глава «Джихад ради Бога» на странице 60.

- Сабд Кутб говорил в своей книге «Вехи на пути» в целом об историческом феномене, который он назвал (Уникальное кораническое поколение) и означал поколение Сподвижников, да будет Бог доволен ими, в истории ислама и истории человечества, а не повторение этого поколения. Причина особенностей дороги не в отсутствии Пророка, да благословит его Аллах и приветствует, а в нескольких причинах, таких как различие в источнике, из которого поколение сподвижников получает от поколений, пришедших после них.

- Сайид Кутб сослался на то, что он назвал разными методами источников, поскольку он объяснил это, сказав (Источник метода реализации и работы - это тот, кто создал первое поколение, а источник метода развлечения и изучения - тот, который создал поколения, которые пришли после первого поколения.

- Сайид Кутб определил причины уникальности первого поколения и его отличия, чтобы прояснить веху, на которой носители исламского призыва должны следовать и придерживаться его, и более четкие характеристики, характеризующие первое поколение, должны быть выполнены, потому что без достижения этого поколение, подобное поколению сподвижников, не может быть сформировано.Должно появиться как поколение - Сподвижники, потому что состояние, в котором сегодня живут мусульмане, совпадает с ситуацией, в которой первое поколение воспитывалось во времена невежества.

https://www.youtube.com/watch?v=-VW0BmhzC2Q

Следовательно, Кутб занял критическую позицию против режима, которую он представил в своих трудах и выразил в них свое разочарование в правительстве и его неспособность остановить моральный и общественный упадок в результате принятия западных ценностей. После того, как Кутб был освобожден на короткий период времени в 1964 году его снова арестовали в августе 1965г., приговорили к 10 годам тюремного заключения, а затем казнили в 1966 году.[257].

В тюрьме Кутб написал большинство своих исламских произведений, среди которых: «В тени Корана», «Социальная справедливость в исламе», «Будущее для этой религии» и позже он написал другую книгу «ислам и проблемы цивилизации» - это философский труд, состоящий из двух частей, а в 1964 году закончил работу в своей книге «Вехи на пути».[258]. Кажется, что тюрьма оставила свой след в политической мысли Кутба, сделала его фанатиком и отвергла растущий светский национализма в Египте в то время. В итоге Кутб стал первым исламистом, объявившим культурную войну против западной цивилизации, полагая, что исламские общества вернулись к состоянию невежества, которое было на аравийском полуострове до возникновения ислама. Также в его сочинениях иллюстрируются ошибки, несправедливость, моральная бедность, человеческое господство и обладание властью, что позволило власти установить законодательство и определить принципы справедливости и истины в соответствии со своими взглядами и интересами. [259]

---

257 - Лук Лобода, «Идеи Сейида Кутба».веб сейт: https://bit.ly/2EV8Haj, стр. 2

258 - Смотреть:Ронни Азоулаи, «Сила идей. Влияние Хасана Аль-Банна и Сейида Кутба на группировку «Братья – мусульмане». Веб сайт: https://bit.ly/2Im2zZw

259 - Адам Хамис Мвамбури и. (смтореть ранее).

Название видео Смотрите на Asr с учителем Фаридом Абдель Халеком, членом предыдущего консультационного офиса, по следующей ссылке

https://www.youtube.com/watch?v=kbo6RR2hhjU

Свидетельство учителя Фарида Абдель Халека, члена бюро, предыдущее руководство и консультирование, сопровождавшее Хасана Аль-Банну, гласило:

Я просмотрел черновик книги Сайеда Кутба «Вехи на пути» до того, как он был напечатан в 1963 году, посоветовался с Хасаном Аль-Худхайби по поводу содержания книги и попросил его не печатать его, потому что он содержит идеи, которые могут иметь негативные последствия при неправильном понимании, такие как Аль-Хакимийя, на котором он позже построил идею искупления.

Сам аль-Маудуди столкнулся с проблемой в идее управления иметься в виду не управления а алхакимия

Хасан Аль-Худхаиби написал «Защитников, а не судей», чтобы ответить на идею искупления и эмиграции.

в месте защитников написать призыв

https://www.youtube.com/watch?v=kbo6RR2hhjU

Отсюда мнение Кутба о том, что мир — это черное и белое. Существуют исламские и неверные (джахилия) общества. Мусульманские общества живут реальной жизнью и подчиняются Аллаху во всех вопросах. В то же время неверное (джахилия) общество игнорируют руководство Аллаха и принимают законы, созданные человеком. Более того, Кутб утверждает, что правительство неверных (джахилия) не только отрицательно влияет на человека, но и разрушает все общество .

Следовательно, термин джахилия относится к возвращению исламских обществ и их правителей к невежественному обществу[260] в доисламский период. Кутб судит о нынешней исламской ситуации по описанию, которое Пророк Мухамед (мир ему и благословение) дал об обычаях и традициях существовавших в доисламскую эпоху, а ислам пришел, чтобы их изменить. Кутб утверждал, что Коран и хадисы Пророка содержат все, что нужно мусульманину для организации общества в соответствии с теорией Мухамеда ибн Абдулваххаба о том, что ислам стал странным, а также Кутб утверждал, что мусульмане разрешили неисламские мысли и практики оскверняющих ислам. Чтобы жить истинной исламской жизнью требуется, чтобы мусульмане не только верили, но и действовали в соответствии с исламским шариатом.

Кутб сказал, что для восстановления веры в единобожие (таухид) Аллаха требуется формирование группы верующих, называемых «Авангард» для достижения сущности ислама и для обеспечения этого авангарда «вехами» которые направят их по извилистой дороге к конечному пункту назначения[261]. Следовательно, те, кто называют себя современными мусульманами, должны быть реалистичными. Их главная задача – дать объективную оценку своих сильных и слабых сторон и уточнить контуры борьбы.[262]

Возможно, он опирался на прямую цитату из идеи марксистской авангардной партии и необходимости захвата власти для установления диктатуру Пролетариата, революция для обоих «революционному авангарду марксизма» и «Верующему авангарду»,

---

260 - Мухаммад Эмара, Очерки религиозных и нерелигиозных преувеличений, (Каир: Международная библиотека Аль Шорука, 2004 г.), стр.36

261 - Сейид Кутб, «Вехи на пути», (Бейрут: Дар Аль Шорук, 1981) стр. 8-9

262 - Предыдущий источник, стр.11-13

это единственное средство «очищения от всей старой и разлагающейся грязи и имеют возможность построить новый мир». Мир, который построит «революционный класс» или «Исламское движение» будет новым, потому что это первый в своем роде мир, в котором человек не будет рабом для «капитала» или «системы политеизма».[263]

В связи с вышеизложенным, Кутб выразил свою враждебность по отношению к либерализму, многопартийности и институтам, легитимность которых проистекает из выборов, как он утверждал: «Истинно верующий должен оставить свою веру выше идеологии, созданной человеком, чтобы не стать жертвой временных капризов и желаний. Вот почему Кутб занял авторитарную позицию в отношении взглядов и идей, которые противоречили его убеждениям описанных обществом как невежественное, это можно будет решить, только изменив себя, чтобы позже мы смогли изменить невежественное общество».[264]

По словам Кутба, джахилийя возникает из созданных людьми политических систем, которые игнорируют «Решения Аллаха». Поэтому мусульманское общество должно быть возвращено к законам шариата, которые должны управлять «всей вселенной», чтобы жизнь человека, живущего по законам шариата, была бы в гармонии с остальной Вселенной.[265]. Кутб осудил все существующие общества и режимы как неисламские, включая египетский режим со светской, социалистической и националистической ориентацией. Он стремился сформировать небольшую группу мусульман, как введение в построение нового исламского общества в качестве модели для

---

263 - . Джордж. Тарабиши, «Классовая стратегия революции», 2-е издание, (Бейрут: Dar Al Taleea, 1979), стр.10.

264 - Адам Хамис Мвамбури, (смотреть ранее)

265 - Лук Лобода, «Идеи Сейида Кутба», (смотреть ранее)

первого поколения мусульман, бежавших из Мекки, чтобы построить интегрированное исламское общество в Медине и подготовиться к неизбежному конфликту с не исламскими обществами, преобладающими в сегодняшнем мире.[266].

Группировка «Братья-мусульмане» заявляют об отказе от насилия и революции, но они настаивают на сохранении наследия Сейида Кутб. Следовательно, то, что осталось от Кутба, основанное на искуплении, все еще стоит в мыслях группировки и в списках для прочтения для ее членов и о том, что их заявление о том, что они не прибегают к насилию. Требуют от них не цепляться за идеи кутба, отрицать их и существование секретной агенты, над которой можно работать, когда позволяют обстоятельства.

Мысль Абу Аль-Аля Аль-Маудуди оказал большое влияние на формирование идей Кутб, поскольку ислам не рассматривается группой концепций, которым обучают в теологии, не ограничиваясь группой ритуалов выполняемые Мусульманами. Абу Аль-Аля Аль-Маудуди сказал: «Я хотел признать и раскрыть свою правду по поводу предмета. Сейчас мы говорим о том, что ислам - это не просто группа теологической доктрины и нескольких ритуалов, как они понимаются из значения религии наших дней. Ислам, по сути это целостная, всеобъемлющая система. Он хочет положить конец всем недействительным, репрессивным режимам, которые действуют в мире, отсечь их и преобразовать в новый режим. Ислам должен заменить эти режимы на намного более гуманную и лучшую систему для человечества, чем другие режимы». [267]

В дополнение к вышесказанному, Аль-Маудуди считает, что тем, кто придерживается идеологических идей, необходимо навязать

---

266 - Там же.

267 - Цитата Абу Аль-Аля Аль-Маудуди: «Джихад ради Аллаха», предыдущий источник. Страница: 10.

логику и восприятие, даже насильственно - это призыв к изменению существующих режимов, и поэтому Аль-Маудуди считается автором термина »хакимия«, в этой связи он говорит: «Тот, кто верит в доктрину и порядок, является индивидуумом или Группой, по природе его веры вынужден стремиться к ликвидации любой системы правления основанной на идеях противоречащей идеи мусульман, а также приложить все усилия для создания системы правления, основанной на идее в которую он верит «[268]

Доктор Мухамед Эмара говорит в оправдание формирования термина аль-Хакимия: «Аль-Маудуди сформулировал свою идею аль-Хакимия в своих основных книгах, написанных им в период с 1937 по 1941 год до полураздела индийского субконтинент и возникновение Пакистана как независимого государства в 1947 году. В то время в единой Индии, Мусульмане - численное меньшинство, их популяция не превышает %25 населения, и Аль-Маудуди видел в такой демографической, цивилизованной и политическая реальности – альхакимию (управления людьми). В противном случае парламентские выборы - это катастрофа для ислама и мусульман, поэтому он запретил выборы и увидел в Демократии противоположность исламу.. »[269].

4-3 Ахмед Аль-Сукри

Один из лидеров первого ряда группировки »Братья-мусульмане« и даже личный друг Аль-Банны и его соратника на пути к созданию группировки, его даже называют истинным основателем группировки, это вызывало обеспокоенность Аль-Банны позицией Аль-Сукри, который был выдающимся оратором, что заставило Аль-Банну

---

268 - Предыдущий источник, с. 12

269 - Мухамед Эмара, Статьи о религиозных и нерелигиозных преувеличениях, предыдущий источник, стр.16

использовать все средства массовой информации для нападок и клеветы на Аль-Сукри. Аль-Сукри сформировал подразделение группировки в Махмудии и стал заместителем подразделения в 1929 году, а также участвовал в первом собрании Консультативного Совета (Ашура) группировки 15 июня 1933 года, затем он был выбран в качестве управляющего директора офиса Аль-Иршада (руководства). Затем его выбрали в качестве заместителя Аль-Банны в 1939г[270].

Название видео: **Генерал-майор Фуад Аллам направляет молодежь группировки Братьев-мусульман, статьи, раскрывающие скрытые извращения Хасана Аль-Банны по следующей ссылке**

https://www.youtube.com/watch?v=qAD1JGlSeZ0

- Генерал-майор Фуад Аллам объяснил в документах, что Ахмед аль-Суккари был основателем Братьев-мусульман, а Хасан аль-Банна присоединился к Братьям-мусульманам позже.

- Али Ашмави является движущей силой организации Братства в дополнение к Сайиду Кутбу, а это означает, что эти двое представляют полярную идеологию такфири, породившую все группы, которые призывают к неверности обществ и заявляют, что это джихад во имя Бога.

https://www.youtube.com/watch?v=qAD1JGlSeZ0

270 Раздор Ахмада Аль-Сукри, Отход господина Ахмада Аль-Сукри от группировки "Братья-Мусульмане" в 1947 году ...причины и последствия», веб-сайт «Братья Вики», по ссылке: http://bit.ly/37l7nIQ

Аль-Сукри возглавил отдел политического управления в ежедневной газете «Братья-мусульмане». Он был на этой должности пока его не уволили с нее в 1947 году, согласно заявлению на сайте группировки "Братья-Мусульмане". Причины его увольнения - нарушения подхода и идеологии группировки "Братья-Мусульмане" и принятие политики партии "Вафд" насчет принципов и законов группировки»[271]

Название видео: Найеф Аль-Асакер: Братство начало призыв Ахмеда Аль-Суккари, но Хасан Аль-Банна превратил его в политическую группу по следующей ссылке

https://www.youtube.com/watch?v=fHXsVWdOnCs

- Наиф аль-Асакер, исследователь по делам исламских группировок, подтвердил, что Ахмед аль-Суккари был основателем «Братьев-мусульман».

- Братья-мусульмане возникли через четыре года после распада Османской империи, были основаны Ахмедом ас-Суккари и имели религиозную направленность.

- Затем Хасан Аль-Банна присоединился к организации «Братья-мусульмане» в 1924 году, и с самого начала организация была чистым призванием.

- Через некоторое время Хасан Аль-

- Банна смог удалить Ахмеда Аль-Сукари из Братьев-мусульман, а Хасан Аль-Банна и Запад преобразовали движение группировки «Братья-мусульмане» из движения своего призыва в политическое движение.

https://www.youtube.com/watch?v=fHXsVWdOnCs

---

271 Тот же источник.

На страницах египетских газет Аль-Вафд и Голос Нации Аль-Сукри опубликовал серию статей под названием: «Как шейх Аль-Банна поскользнулся, призыв группировки?», В котором он защищает свою позицию, обвиняя Аль-Банну в практике тирании в своем управлении группировкой и приближение к обычным египтянам с религиозными лозунгами времен, когда в политике Египта доминировали колонизаторы. Его статьи также касались отношений Аль-Банны с политическими силами, Аль-Сукри считал это отношение уходом из национальных рядов Египта до такой степени, что он описал группировку, в то время как полностью подчинявшуюся органам правящейвласти.[272]

Из вышеизложенного мы можем сделать вывод, что обе стороны обвиняли друг друга в том, что благосклонно относятся к власти. Льстили ей и уходили из национальных рядов Египта. Одним словом, это борьба между конкурентами за лидерство и полномочия. Конкуренция заключалась в том, чтобы использовать исламские лозунги для привлечения больших масс и увеличения политического участия.

---

272 - Таха Али Ахмед, статьи Аль-Сикри разоблачают связь Аль-Банны с группировкой в сторону без-дны , веб-сайт Аль-Марджа, 27 июля 2018 г.Ссылка: https://www.almarjie-paris.com/1636

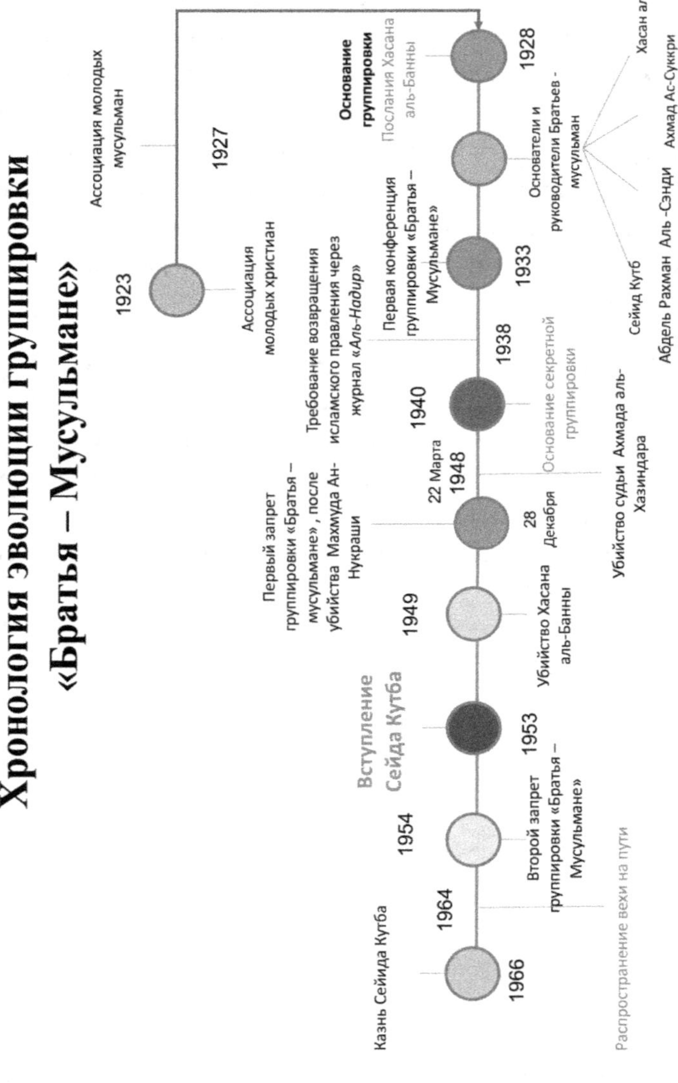
Хронология эволюции группировки «Братья – Мусульмане»
Ассоциация молодых мусульман
1927
1923
Ассоциация молодых христиан
Требование возвращения исламского правления через журнал «Аль-Надир»
Основание группировки
Послания Хасана аль-Банны
1928
Первая конференция группировки «Братья – Мусульмане»
1933
1938
1940
Основание секретной группировки
Основатели и руководители Братьев - мусульман
Хасан аль-банна
Ахмад Ас-Суккри
Сейид Кутб
Абдель Рахман Аль -Сэнди
Первый запрет группировки «Братья – мусульмане», после убийства Махмуда Ан-Нукраши
22 Марта
1948
28 Декабря
Убийство судьи Ахмада аль-Хазиндара
Убийство Хасана аль-банны
1949
Вступление Сейда Кутба
1953
Второй запрет группировки «Братья – Мусульмане»
1954
Казнь Сейида Кутба
1964
Распространение вехи на пути
1966

Глава V

Братья-мусульмане ... Интеллектуальные предпосылки

Момент основания группировки "Братья-мусульмане" произошел в Египте в 1928 году руками его основателя Хасана аль-Банны. Группировка была основан на многих интеллектуальных принципах, которые рассматриваются как подход к мышлению и движению относительно на разных этапах, через которые она прошла. И через литературу группировки, написанную Хасаном Аль-Банной и одним из его самых выдающихся теоретиков Сейидом Кутбом. Наиболее важные из этих предпосылок в следующем:

«Братья-мусульмане» и мобилизационная власть идеологии

- Название видео по следующей ссылке

https://westminster-institute.org/events/j-michael-waller/

- Мобилизационная власть идеологии - это то, что наше правительство не способно понять, независимо от того, кто находится в политической власти, кто находится на политической должности.

- «Братья-мусульмане» и их мобилизационная власть идеологии. Она действует как мобилизатор для создания такой воли, при которой, как только мы слышим о движении, мы готовы двигаться и делать что-то.

https://westminster-institute.org/events/j-michael-waller/

5-1 Основные цели

Масштабные, широкие и амбициозные цели, поставленные и мобилизованные группировкой "Братья-мусульмане" выражено в лозунге «Ислам - это решение» [273] не изменилось с момента основания группировки в 1928 году. Принципы группировки "Братья-мусульмане" включены в слоган: «Аллах - наша цель, Коран - наша конституция, Пророк-Наш лидер, Джихад - это наш путь, а смерть во имя Аллаха - наша цель », - говорится в высказываниях ее основателя Хасана Аль-Банны. Аль-Банна и в речи Мохаммеда Мурси 13 мая 2012 г., во время избирательной Президентской кампании. Ислам - это решение[274].

5-2 Ислам есть решение.

Основные принципы, заложенные Хасаном Аль-Банной при создании группировки "Братьев-мусульман" ужесточаются по следующим пунктам:

- Ислам - это целостная и самодостаточная жизненная система.

- Ислам - это система, которая сформирована и построена на двух основных источниках: Корана и мудрости Пророка в его биографии и его Сунне.

- Ислам - это система, применимая во все времена и во всех местах мира[275].

---

273 - BBC News, Профиль: «Египтская группировка «Братья – мусульмане»», 25 декабря 2013.

274 Мухаммад Хаджадж, «Мурси: Коран – наша конституция… и мы можем «сейчас» принять Шариат». Веб сайт «Аль-Яум Ас-Сабиа», 13 мая 2012, по ссылке: https://bit.ly/3jU7G4O

275 - Смотреть: Аль-Банна у Речарда Мичелла, «Общество «Братьев – мусульман»», Пресса оксфордского университета (1993), страница. 14

Название видео по следующей ссылке

https://www.youtube.com/watch?v=QueuwqfzFOc

Беседа Братства - яркая и обманчивая речь, и Ахмед Марани,

член-диссидент запрещенного Исламского фронта спасения и бывший министр по делам религии, цитирует речи Сайеда Кутба, в которых он использует литературные слова, имеющие широкое общественное влияние, с кораническими стихами и пророческими хадисами.

https://www.youtube.com/watch?v=QueuwqfzFOc

Основные принципы были взяты в первую очередь у исламских мыслителей-реформаторов, которые жили в девятнадцатом веке, в том числе: Мухамеда Рашида Рида и Джамалуддина аль-Фагани, который считал, что единственный путь — это позволить исламскому миру противостоять проблемам, которые вызваны волной

западного подражания, а современность - это возвращение к «неиспорченным» ценностям известным в прошлом ислама.

Видение Хасана Аль-Банны относительно цели «Братьев-мусульман» ясно выражено в его «Прощальном послании». Названным «Препятствия на нашем пути», который он написал своим последователям в 1943 году, когда его собирались отправить в Изгнание британцами. Вот что он написал - «Мои братья: вы не благотворительная организация и не политическая партия, не местная организации с определенными целями. Скорее, вы - новый дух в сердце этой нации, который дает ей жизнь посредством Корана; Вы - новый свет, который сияет и сияет, чтобы положить конец тьме материалистической философии через познание Аллаха ... ‹›[276]

Аль-Банна признал, что его видение может потребовать использования насилия как средства для достижения цели, и он объяснил это в своем послании «Препятствия на нашем пути»: Если они обвинят вас в революционности, скажите им: «Мы голоса истины и ислама, в которые мы глубоко верим и которыми гордимся. Если вы восстали против нас или встали в рамках нашей миссии Аллах дал нам право на самозащиту от вашейнесправедливости»[277].

5-3 Комплексные Реформы

Хасан Аль-Банна верит в философию комплексных реформ на всех уровнях, начиная с человека, семья, экономика, общества ... и т.д., следовательно "группировка "Братья-мусульмане" считают, что Аллаха есть его Величеством, когда был ниспослан Коран и приказал своим слугам следовать за Пророком Мухамедом, да благословит его Бог и дарует ему мир. Он заложил в этой

истинной религии все основы, необходимые для возрождения и счастья нации[278]... " Ислам установил порядок в мире благодаря своему порядку и человек может распространять добро и избегать опасности, несчастья и бед:

---

276 Смотреть:.А. Паргетер, «Братья –мусульмане» из оппозиции во власть», Книги Saqi, 2013, страницы: 9 – 20.

277 Послания Хасана Аль-Банны, предыдущий источник.

278 смотреть:Хасан Аль-Банна, «Сборник посланий мученика имама Аль-Банны». Издательство «Дом священного Корана», 1981, страницы 46 – 47

- Стремление навязать всеобъемлющую и интегрированную систему, в которой Хасан аль-Банна описывает Братьев-мусульман, как: «салафитское послание, суннитский метод, мистическая правда, политическая организация, спортивная группа, культурно-просветительский союз, экономическая компания, и социальная идея ».

- Как говорит Хасан аль-Банна: «Мы уверенны, что положения ислама и его учения всеобъемлющи и содержат все дела жизни людей в этом и в потустороннем мире ... потому что ислам - это вера, ритуалы, отечество и Нация/Гражданство, Ислам это религия и государство, дух и действие, священный текст и меч ... Благородный Коран... считает [эти Вещи] сущностью и сутью ислама...»[279]

- Выражение всеобщности ислама было повторено Омаром Аль-Тилмисани, третьим муршидам (общим руководителем) группировки "Братья-Мусульмане" в Египте, где он сказал: «Ислам - это вера, поклонение, отечество, национальность, творчество и материальная культура, закон, терпимость / прощение и толерантность, власть»[280]

5-4 Права или Божественный мандат

Группировка «Братья-мусульмане» считают, что ее видение является правильным религиозным видением, а все остальное - ошибочным. И что ее метод - это подход к реформировании вселенной, и

---

279 -. Смотреть: Аль-Банна у Ричарад Мичелла, (сомтр. ранее) страница 233.

280 смотреть: Омар Ат-Тальмасани, «Есть ли у миссионеров бога программа?», О Сейиде Кутбе, «Комбинационная речь: Цели и стратегия группировки «Бартья – мусульмане» в Египте", 27 (3) международный журнал ближневосточних исследований, 1995, страница 323.

группировка считает себя обладательницей мандата от Аллаха для проведения реформ, и один из авторов выражает это значение, говоря: «Группировка "Братья-Мусульмане" признают волю народа, когда им это удобно, но в основе их религиозно-политических убеждений они только исповедуют волю Аллаха и то, что эта воля материализуется или исполняется в них. Народ для них — это божественный инструмент, который превратился в их руках в то, что от них требует божественный мандат »[281].

<table>
<tr><td>

Название видео: Организация: Хасан Аль-Банна ... и идея восстановления исламского халифата, по следующей ссылке

https://www.youtube.com/watch?v=NUT_DN-BdvY

Риторика Братьев-мусульман блестящая и обманчивая, и Ахмед Марани, член-диссидент запрещенного Исламского фронта спасения в Алжире и бывший министр по делам религии, цитирует речи Сайида Кутба, в которых он использует литературные слова, имеющие широкое общественное влияние, а также аят из Корана и пророческие хадисы.

</td><td>

</td></tr>
</table>

https://www.youtube.com/watch?v=NUT_DN-BdvY

Название, которое Хасан Аль-Банна выбрал для группировки «Братья-мусульмане», указывает на идею божественного права группировки и она ограничивает описание мусульман теми, кто принадлежит к группировке, и дает себе право классифицировать людей как принадлежащих к группировке "Братья-мусульмане" и не

---

281 - Аль-Фадель Шалак, На пороге революции «2» (Бейрут: Дар аль-Фараби, 2014), стр. 100

принадлежащих к ним282, как будто бы они имеют Божественный мандат по этому выводу.

Название видео: Организация: Хасан Аль-Банна ... и идея восстановления исламского халифата, по следующей ссылке

https://www.youtube.com/watch?v=NUT_DN-BdvY

Хасан Аль-Банна: Но мы, люди, представляем собой идею, доктрину, систему и метод, не определяемые предметом и не ограниченные полом или географическим барьером, и это не закончится, пока Бог не унаследует землю и тех, кто на ней, потому что наша система - это система Властелина Миров и методология верного Посланника Аллаха, что указывает на то, что группировка Братья-мусульмане это религиозная группа. Представьте истинную исламскую религию.

Подчеркивая, что Братья-мусульмане - это божественная группа, что означает, что Братья-мусульмане избраны Богом, слава Ему, и наделены божественным мандатом

https://www.youtube.com/watch?v=NUT_DN-BdvY

Группировка «Братья-мусульмане» считают себя группой, избранной всемогущим Аллахом. Это было выражено одним из принадлежавших к группировке журналистом в интервью для прессы с Мустафой Машхуром по поводу его вступление в должность Муршида-Ам, главного руководителя группировки в 1996 году, когда он сказал, что

---

282 - Абдулазиз Аль-Самари, «Течения политического ислама и теория божественной истины», Аль-Джазира, Эр-Рияд, 9 мая 2016 г., на сайте: http://www.al-jazirah.com/ 016/0160111 /ar5.html

«Аллах создал девиз группировки »Братья-мусульмане”» на его глаза он наметил путь, определил ее цели и выбрал для нее благоприятие на всех этапах и стадиях. Даже в состоянии поражений и переломов, руководство группировки стало больше похожи на божественный выбор, мыслями, действиями, личными решениями и возможно, в своем описании и именах, они стали отражать Божественный выбор. Призыв группировки »Братья-мусульмане”, расставляет все на свои места, поэтому неслучайно, что Хасан Аль-Банна был первым муршидом (руководителем), положивший начало призыву в группировку и он с Хасаном Аль-Худхайби – вторым руководителем, который “вел корабль” призыва в ее испытаниях и противостоять приближавшим к группировке противникам. Аль-Худхайби был платом, на котором разрушались планы и замыслы врагов. После него пришел Омар Аль-Тилмисани перегруппировал группировку и направил своим путем. После испытаний Абдель Насера, и после Аль-Тилмисани пришел Хамид Абу Насер как четвертый муршид (руководитель), во время руководства которого группировка »Братья-мусульмане” достигла побед в союзах, клубах и органах обучения, местных советах и в парламенте исключительно в период до его смерти. После смерти Хамид абу Нассера пришел Мустафа Машхур, на которого надеялась группировка чтобы вернуть ее международную популярность. Поэтому он приложил огромные усилия для создания всемирной организации группировки »Братья-мусульмане”»[283].

Группировка»Братья-мусульмане”написала о своей истории, их борьбе и битвах со своими противниками, кто бы ни читал он обнаружит, что они изображают эту борьбу и сражения как борьба между верой, которой обладает группировка, и неверием, которым обладают их противники, или между правдой группировки и ложью противников.

---

283 - Хусам Тамам, Преобразования группировки “Братьев-мусульман”. Распад идеологии и конец организации, 2-е издание, (Каир: Библиотека Мадбули,. 2010), стр.109.

Группировка не говорит о разногласиях как о политических конфликтах или разногласиях что можно очевидно наблюдать в книге «Истина разногласий между Братьями-мусульманами и Абдель Насером», которую написал четвертый муршид группировки - Хамид Абу Насер, в которой часто цитирует аяты Корана, с помощью которых он пытается изобразить разногласия между группировкой и режимом Гамаля Абдель Насера, как религиозный спор, а не политический. Он даже завершает каждую главу или часть книги аятами из Корана которые говорят о борьбе между верующими и неверующими. Автор также показывает противников группировки, как людей, работающих противрелигии.[284]

5-5 Принцип Альхакимия (управления)

Группировка "Братья-мусульмане" полагают, что верховная власть над вселенной принадлежит абсолютному владыки Всемогущему Аллаху, следовательно он имеет исключительное право издавать законы для людей и определять стандарты правильного и неправильного, дозволенного и запрещенного, никому кроме Аллаха из людей не разрешено выполнять эту функцию, будь то парламент, партия, правительство или что-то еще. Сейид Кутб считается одним из самых важных теоретиков этой концепции в истории группировки "Братья-мусульмане".Аль-Хакмия была повторена в своей книге «В тени Корана» около 77 раз.[285][284]. Сейид Кутб пришел к пониманию Аль-Хакимийи от Абу Аль-Аля аль-Маудуди, заложившего основу этойконцепции.[286]

---

284 См. Это подробно: Мухамед Хамид Абу Аль-Наср, Истина разногласий между Братьями-мусульманами и Абдель Насером (Каир: Дар Аль-Саламия, Для Распространение и Издательства, 1988 г.

285 284. Фарук Хамаде, Аль Хакимия в мысли Аль Хвана. Отправная точка экстремизма и насилия, газета Аль-Иттихад, Абу-Даби, 2 августа 2016 г.

286 Мухамед Афан, «Модель государства в идеологии Сайида Кутуба», Мадарак, 20 февраля 2013 г., по ссылке: https://bit.ly/31m5ASn

Альхакимия (Управление) у Сейида Кутба обозначена двумя типами, первый из которых - божественное универсальное управление, и это воля Аллаха, которая является общей волей, окружающей все существа, и второй тип – это божественная законодательная Альхакимия (управление), которое интересует нас здесь на политическом уровне, и это религиозная воля Аллаха, что представлено в религиозных законах, ритуалах, морали, методах, ценностях и представлениях, которые Аллах открыл это своим слугам и он обязал их поверить в это, принять его требования и выполнить их.[287]

Сейид Кутб выражает концепцию Альхакимии в своей интерпретации слов Всемогущего Аллаха (и тот, кто не судит по тому, что было открыто Аллахом, тот неверующие)[288], говоря: «Причина в том, что мы предшествовали, в том, что тот, кто не судит по тому, что Аллах есть, но отвергает божественность Аллаха, поскольку божество является одной из его характеристик и одним из его основных требований. Законодатели и те, кто правят помимо того, что открыл Аллах, отвергают божественность Аллаха, и его характеристики с одной стороны, а также заявляют для себя, что это право божества и его характеристик с другой стороны. Что же это такое ни неверность?![289]». Он добавляет в тексте, что« к атрибутам неверия и несправедливости добавляет описание безнравственности, поскольку оно дополняет их и не рассматривает как отдельный от них случай. Неверующие отвергают божественность Аллаха и подстрекают людей к иному кроме закона Божьего. Распространяют порчу в их жизни, отклоняясь от пути Аллаха и следуя путем отличным от пути Аллаха, который идет ко всем кто призывает к этому без исключений. Бог

---

287 Абдул Хамид Омар Абдул Хамид Абдул -Вахид, Аль Хакмия в тенях Священного Корана, диссертация, представленная для получения степени магистра по основам религии, Высшая школа, Национальный университет Ан-Наджа в Наблусе, Палестина, стр. 31

288 Сура АЛЬ-Маеда айят 44

289 Сайид Кутуб, В тени Корана, (Каир: Дар аль-Шорук, 1980), стр. 898

и следование — это Его путь, поскольку они являются качествами, содержащимися в первом глаголе, и все они применимы к предмету ион их всех вспоминает, не расходясь»[290].

Кутб также говорит: «Теоретическая основа, на которой ислама строился на протяжении всей истории человечества. Это основа свидетельства того, что нет Бога, кроме Аллаха, то есть Всемогущий Бог выделяет божественность, божественность управление и Султан. Правление Единства Аллаха - это вера в совесть, ритуальное поклонение и законность в реальной жизни свидетельство «нет Бога кроме Аллаха» считается юридическим основанием и определяет человек является мусульманином или нет. Интегрированный образ, который дает ему реальное, серьезное существование, на котором можно считать его говорящего мусульманином или нет. Теоретически означает ,что вся человеческая жизнь должна вернуться к правлению Аллаха в любом аспекте своей жизни. они должны вернуться к Божьему суду, чтобы следовать за Ним »[291].

Сайде Кутб считает, что любой закон, провозглашенный людьми, который является попыткой обожествить людей, должен встречать всякую строгость, чтобы Аллах был Единственным - монотеист уникален.[292] Сайде Кутб также связывает между альхакимией (управлением аллаха) и (тавхид) монотеизмом, говоря: « Вера в ислам основана на свидетельстве о том, что нет бога, кроме Аллаха и исключает многобожие. Следовательно, управление совершается только Аллахом. Все суды и законодательство для малого —

---

290 - Предыдущий источник, с. 901

291 - Сайид Кутуб, Ориентиры на дороге Q (Каир: Дар аль-Шорук, 1979) стр. 48-49

292 - Раджи Юсеф, чтение в концепции Хакимия у Сайеда Кутуба, Освещения, 29.08.2016, по ссылке:
https://bit.ly/2IPchnx

осуществляется управлением так же как законодательство для большого »[293].

Сейид Кутб связывает концепцию Аль Хакимию (управления Аллаха) с другой концепцией, концепцией джахилийа, то есть невежество. Современное общество, он называл «джахилийа двадцатого века». Включая исламские невежественные общества, так как они отошли от правления Бога и его пути.

Кутб говорит: «Сегодня мир живет в невежестве с точки зрения истока основных компонентов жизни и ее систем. Невежество (Джахилийя), которое не уменьшается этими огромными материальными возможностями и этой великой материальной креативностью. Потому, что это невежество основано на агрессии против власти Аллаха на земле, в частности, на характеристике божественности, которая является управлением (Аль-Хакимйя), потому что оно отдает Аль-Хакимийю людям, делая их властителями друг над другом. Но не в той примитивной, наивной форме, которую знала первая джахилийя, а в форме права устанавливать концепции, ценности, законы и ситуации в обход божественной концепции Аллаха относительно жизни, и на то, что Аллах не разрешил[294].

Его Высокопреосвященство Аль-Мам Ахмад Аль-Тайиб, шейх мечети Аль-Азгар аш-Шарифа, ответил на концепцию правления Сейида Кутба. Указав, что такфиристы использовали эту концепцию как повод и предлог для совершения убийства, насилия и террора, и он считал, что «идея управления - это идея, которая зародилась еще со времен хариджитов. Хариджиты убили лидера правоверных Али бин Аби Талиба и считали его кафером (невежественным). После того

---

293 - Сайид Кутб, В тени Корана, предыдущая ссылка, стр. 1211

294 - Сайед Кутб, Вехи на пути, предыдущий источник, стр. 8

как его убили, Аль Хакимия прекратила свое существование и снова появилась благодаря индийскому ученому по имени Абуальахля Аль-Маудуди, который жил в эпоху господства англичан пришедших в Индию и боролся против британцев по средствам концепции Аль-Хакимия, затем в руках Сейида Кутб, а после него в Террористических группировках, появившихся после 1965 года и считавший парламент (народное собрание) кафер (неверием), а также выборы и демократию - это кафер (неверие), потому что эти группировки открывают путь человеческому правлению, и поэтому общество является неверным, а тот, кто им управляет тоже кафир (неверный) и всякий, кто принимает их не называя кафирами (неверными) также является неверным »[295].

Шейх мечети аль-Захр объяснил истинное или правильное значение концепции альхакимия, вопреки концепции, что представил Сейид Кутб, сказав: «Власть Всемогущего Аллаха - это особое управление Аллаха, оно дало мусульманам возможность встретиться, а затем принять решение по конкретному вопросу для достижения консенсуса, считается источником законодательства, которое после Корана и Сунны".[296]

5-6 Искупление и невежество общества

По словам Сейида Кутба, пока общество невежественно, необходимо сопротивляться неверующему обществу. Вот что говорит Кутб: «Сегодня мы живем в джахилие, подобно той джахилие, которая стала известна исламу или более темной Джахилие. Все что окружает нас - Джахилия ... представления и верования людей, их обычаи и традиции, ресурсы их культуры, их искусство и этикет, законы и

---

295 - Шейх Аль-Азхар: «понимание неправильной «Альхакимии » является причиной насилия и экстремизма « такфири»» ;Газета «Аль-Шарк аль-Аусат», Лондон, 13 февраля 2015г.

296 - Предыдущий источник.

законодательство. Даже многое из того, что мы считаем исламской культурой, исламскими источниками, исламская философия и исламское мышление ... это тоже порождение этого невежества (Джахилия)».[297]

<table>
<tr>
<td>

Название видео: Ахмед Марани: Саид Кутуб использует блестящие и обманчивые лозунги по следующей ссылке:

https://www.youtube.com/watch?v=GWX8ob5FxEU&feature=youtu.be

Сайид Кутб использует эмоции мусульман и выкрикивает яркие и вводящие в заблуждение лозунги о том, что эти режимы являются неверными.

</td>
<td>

</td>
</tr>
<tr>
<td colspan="2" align="center">

https://www.youtube.com/watch?v=GWX8ob5FxEU&feature=youtu.be

</td>
</tr>
</table>

Он добавил: «Человечество разделено на множество народов и религий, и все они - джахилия. Эти народы называют себя мусульманами, но следуют за людьми законодателями, переходящими не из религии Аллаха, а из религии, созданной человеком. Времена изменились с момента появления Ислама, и все образы превратились в невежество»[298]

Кутб сказал: «Мы должны избавиться от давления исламского общества, доисламских представлений и традиций, а так же невежественного руководства в наших душах. Это не наша миссия мириться с реальностью такого невежественного общества и не

---

297 - Сайид Кутуб, "Вехи на пути", Предыдущий Источник , стр. 17-18.

298 Сайид Кутуб, В тени Корана ... Сурат Аль-Арраф, Минбар Таухида и Джихада, стр.19-20 https://tafsirzilal.files.wordpress.com/ 01/06/7 .pdf

обязаны быть лояльным к доисламскому обществу поскольку это свойство является характеристикой невежества, и с ним невозможно справиться. Наша миссия - сначала изменить себя, а потом изменить это общество. Это меняет реальность этого общества. Наша миссия - изменить эту доисламскую реальность в корне. Эта реальность в основном противоречит исламскому подходу и восприятию. Это наша первая задача. И давление заключается в том, чтобы жить так, как того требует божественная подход. Первый из этих шагов должен превзойти это доисламское общество и его представления. Мы не должны подстраивать наши ценности или идти на компромисс ни на один шаг. Наши дороги расходятся в разных направлениях и если мы на один шаг идем с ними на компромисс, то потеряем наш путь божественного пути[299].

Кутб считает, что сейчас нет исламской нации, что указывает на то, что нынешние мусульмане являются неверными. Они живут в Джахилии, говоря: «Считается, что существование мусульманской общины, было, прервано откатилось на много веков назад» «Исламская нация - это не земля на которой может существовать ислам, и она не из той нации, чьи предки жили при исламском режиме. Мусульманское сообщество - это группа людей, у которых жизнь, восприятие, ситуации, системы, ценности и их масштабы - все исходит, и зависят из пути Ислама. Такая нация, с этими характеристиками перестала существовать с момента прекращения суда по закону Аллаха на земле. Поэтому необходимо возрождение такой нации и ее существования чтобы мир сыграл ожидаемую роль в руководстве человечества снова»»[300]

---

299 Предыдуший источник, страница 19

300 - Мухаммад Джумаа, «Джихадист Хвания... Интеллектуальные и оперативные аспекты», Египетский центр мысли и стратегических исследований,
https://bit.ly/ wILBiv: 31 октября 2018 г., по ссылке

Основатель группировки «Братьев-мусульман» Хасан аль-Банна обращается к членам группы: «Я помню хорошо братья, Аллах благословил вас, чтобы вы поняли ислам чистым, ясным, легким и всеобъемлющим пониманием, который соответствует нашему времени. Достаточно и адекватно, идти в ногу с возрастом, удовлетворять потребности жизни и приносить счастье людям, вдали от застоя, жесткости, жестокости. Поэтому нельзя пренебрегать Книгой Аллаха и Сунной его пророка и учением салафитов. « Логическое и справедливое сердце искреннего верующего и точный математический ум», [301] Эта формула является косвенным указанием аль-Банны на то, что группировка Братьев мусульман является единственной верущей. Все остальные - политеисты или неверные.[302].

Хотя хоаны отрицают свое богохульство по отношению к обществам, они используют этот метод как своего рода тактика или техника, особенно в периоды слабости или периоды, когда им нужна поддержка.

5-7 Джихад и применение силы

Хотя «Братья-мусульмане» заявляют, что не поддерживают насилие и пытаются продвигать себя как группировка, проводящая умеренные реформы, однако по факту, насилие является основным элементом в ее подходе достижения власти и установление исламского государства в соответствии с взглядами группировки «Братья-мусульмане» в соответствии с правильным божественным подходом. Хотя Сайде Кутб теоретизировал подход группировки к насилию, основатель Хасан Аль Банна разработал полную теорию применения силы где считается создание исламского правительства одним из столпов

---

301 - Послания Хасана Аль-Банны, предыдущий источник.

302 - Ахмад Бан, «Правила братской мысли (9): искупление налагает опеку над обществами», 25 января 2018 г., Хафрйят, по ссылке: https://bit.ly/ wTBVSB: следующая ссылка

ислама, говоря: «Этот ислам, в который верят Братья-мусульмане, делает правительство одной из его опор, и оно зависит как от реализации, так и от рационализации. В прошлом, третий халифа сказал «да будет Бог доволен им: чтобы Бог властно властвовал над тем, что не оспаривается Кораном»[303].

Аль Банна считает рассмотрения исламского правительство как столп ислама, который должен стремиться использовать силу для достижения этой цели, чтобы оправдать применение силы он говорит: «И сила была не чем иным, как горьким лекарством, которое человечество приняло, чтобы нанести ответный удар, сломать ее пропасть и сокрушить противников ислама. Ибо ислам - это теория меча у мусульманина, так же как скальпель в руке хирурга для лечения социальной болезни »[304].

Хасан аль-Банна не верит в демократию и ее механизмы для осуществления власти и достижения власти. Он говорит: «Это наш призыв. У него нет метода, кроме Священной Книги, и нет солдат, кроме вас и нет лидера, кроме нашего достопочтенного Посланника, да пребудут с ним молитвы Аллаха и ислам. Какое место занимает наш режим среди многих мелких рушившихся систем как демократия, коммунизм и диктатура »[305].

---

303 - «Послания Хасана аль-Банны», предыдущий источник.

304 - Рифаат аль-Саид, Египетские политические лидеры (Arabic Books, 2007), стр. 225

305 - Бабакер Фейсал Бабакер, «Действительно ли политический мир потерпел неудачу?» Судан Три-бьюн, 3 апреля, 2

Название видео: Послания Хасана Аль-Банны, Послания Джихада - Сообщение Братства, по следующей ссылке

https://www.youtube.com/watch?v=b9TKedYLjR0

Хасан Аль-Банна (Послание Джихада)

Аль-Банна написал это письмо, чтобы доказать, что джихад является обязанностью каждого мусульманина, перечислив некоторые аяты джихада в Коране, затем хадисы Пророка, затем мнения правоведов нации, затем задал вопрос и ответил на него:

«Почему мусульмане воюют?»

Затем он проявил милосердие в исламском джихаде и в том, что связано с джихадом, затем он закончил свое послание коротким сообщением, в котором сказал, что нация, знает, как умирает законная смерть, Бог дарует ей дорогую жизнь в этом мире и вечное блаженство в День Воскресения, и что слабость, которая унизила нас, - это любовь к смерти и ненависть к смерти. Готовьтесь к великой работе и берегитесь смерти, вам будет дарована жизнь

https://www.youtube.com/watch?v=b9TKedYLjR0

В этом смысле Аль-Банна призывает к тому, чтобы власть была отнята у правительств силой, если они не идут по пути мусульманского метода, в которую верят Братья-мусульмане, и в которой говорится: «Может быть понятно, что он убеждает Исламских реформаторов путем проповеди и консультаций, прислушиваться к заповедям Аллаха и выполнять его предписания, аяты и хадисы Его пророка. Но, к сожалению, то, что происходит у нас-совсем другое. Что касается ситуации, как мы видим, исламское законодательство в одной стороне и действующее законодательство в другой стороне. В связи, с чем отказ и неспособность реформаторов ислама потребовать власть, считается исламским преступлением, которое невозможно искупить, кроме как ликвидировать исполнительную власть - не верующую в постановление истинного ислама. Группировка Братья-мусульмане не требует власти для себя. Если есть кто-нибудь из нации готовый управлять по Кораническому, исламскому методу группировка готова помогать им и быть надежными

сторонниками. Если они не найдут таких, то они будут стремиться вывести власть из рук любого правительства, которое не выполняет приказы Аллаха »306.

---

306 - «Письма Хасана аль-Банны», предыдущий источник

Название видео: Все джихадистские группы такфири были основаны на книгах Сайида Кутб, со свидетельством Абу Мусаба по следующей ссылке

https://www.youtube.com/watch?v=LdrRmC_aNsU

Сайид Кутб, по свидетельству салафитов и джихадистов, является источником джихадистской мысли.

Абу Мусаб аль-Сури сказал, что школа мысли об организации джихада началась с библиотеки Сайида Кутб, которая

включает в себя основы современной джихадистской мысли.

Мысль Сайида Кутба состоит в том, чтобы править с недоверием и отступничеством против существующих систем правления, а также явным призывом к джихаду и рисованием черт пути джихада.

Мысль Аль-Маудуди и Сайида Кутб унаследовала насильственные действия в обществе.

https://www.youtube.com/watch?v=LdrRmC_aNsU

Аль-Банна считает, что применение силы будет достигнуто, когда группировка «Братья-мусульмане» будут обладать достаточным количеством инструментов. Вот что он имел ввиду когда говорит: «Братья-мусульмане будут применять практическую силу там, где только не найдет другого выхода». А когда они будут уверены, что выполнили данную клятву единства. Когда используют силу они должны быть осторожны и честны, неся все последствия за свое решение.[307]. Аль Банна добавляет « в то время, когда у нас есть триста батальонов оснащенных психологически и духовно, вооруженных верой, интеллектуальной наукой и культурой, физическими тренировками и спортом – в это время требуйте от меня штурмовать небо и землю и море вместе с вами для того что бы получить власть. Я отведу вас к морю и вместе с вами вхожу в небо. И я нападу на вас всех упрямых и могучих, потому что я сделаю это с божьей помощью» Посланник Аллаха пророк Мухаммед говорил, «что небольшая группа не может победить двенадцать тысяч человек»[308]

Тот же смысл подтверждается Хасаном Аль-Банной в послании к пятой конференции, где говорится: «Они знают, что первая степень силы - это сила веры и доктрина, за которой следует единство и связь, за тем сила оружия, и мы не сможем считать группировку сильной, пока она не будет иметь все вышеперечисленные качества. И если группа использует силу оружия, когда она разобщена слаба в вере, то она будет обречена. После всех этих взглядов и оценок я говорю всем, кто задает вопрос: Братья-мусульмане будут применять практическую силу там, где нет другого выбора, и где они могут быть полны единства и веры.[309]

Аль-Банна также заявляет, что «Братья-мусульмане» обратятся с призывом «к ответственным лидерам Страны, ее руководителям, министрам, правителям, шейхам, депутатам и партиям, и мы будем приглашать их принять наши методы и программы без каких-либо препятствий. И мы потребуем, чтобы они пошли по этой мусульманской стране путем ислама. Путь к исламу - смелый, без

---

307 - Предыдущий источник.

308 - предыдущий источник стр.104

309 - «Послания Хасана аль-Банны», предыдущий источник.

колебаний, с недвусмысленной ясностью, без двусмысленности так как времени на дискуссии не позволяет. И если они ответят на приглашение и пойдут по пути ислама к цели – значит, мы поддержим их, а если они прибегнут к двусмысленности и прикроются отговорками и аргументами, тогда мы будем бороться с каждым лидером или главой партии, которая не работает в поддержку ислама и не идет по пути восстановления правления ислама. Затем объявим бескомпромиссным спор с ними (лидерами и главами партий) до тех пор, пока Аллаха не будет решать споры между нами с истинной. Он и будет лучшим из правителей».[310]

Если мы хотим суммировать видение Аль-Банны в этом отношении, оно основывается на следующем: Создание Исламского правительства — это один из столпов Ислама с точки зрения группировки "Братья-мусульмане", и существующие правительства не применяющие ислам, группировки не доверяют демократическим механизмам достижения власти. Следовательно, сила должна использоваться, когда у них есть свои инструменты.

Что касается Сейида Кутб, то он связал понятие невежества с применением силы или джихадом, пока ислам невежественен далекий от Ислама, ему нужен призыв и этот призыв имеет три этапа: Первый этап слабости, который похож на мекканскую стадию призыва Пророка Мухамеда (мир ему и благословение), где сторонники призыва пострадали от доисламского сообщества, лозунгом братства на этом этапе было терпение. Второй этап - это этап расширения, на которой мусульмане применяют силу для контроля власти согласно благородному аяту, «Дозволен тем, против кого сражаются,

---

310 - Мунир Адиб, «Послания о насилии в мысли братьев-мусульман», веб-сайт Аль-Аван, 28 сентября 2018 г., по ссылке:
https://bit.ly/ Xzi9ar

сражаться, потому что с ними поступили не справедливо. Воистину Аллах способен помочь им.» (Аль-Хадж 39), и они сражаются с силами ненависти, но победа будет Союзником Хезболлы, которая борется с неверными, как это было в боях в Бадре и Аль-Хандаке с солдатами которых знает только Аллах - как говорит Кутб. Третий этап - это глобальный этап призыва, или этап «взрослого халифата» как это называет Сейид Кутб, и ее лозунг: «Сегодня мы вторгнемся к ним, а не они к нам», где Исламский призыв является победным и мусульмане контролируют мир.[311]

В главе под названием «Джихад во имя Аллаха» в своей книге «Вехи на пути» Сейид Кутб критикует высказывание, что ислам стремится только защищать, и считает, что миссия Ислама заключается в «устранении тиранов с земли». Все люди со всего мира, поклоняются одному Аллаху и выводят их из рабства человека к служению единому Аллаху, не путем принуждения их принять его веру, но путем отказа от них между ними и этой верой после уничтожения правящей политическая система и разрушения или подчинения, пока джизья (дань) не будет уплачена и объявлена капитуляция власти и отказа от ихневерия»[312]

Кутб считает, что «Ислам с Аллахом - это универсальная связь, которую должно заплатить все человечество, чтобы быть мирным, поэтому никакое препятствиями со стороны политической системы или материальной силы не должно остановить призыв к исламу между ним и любым человеком, который выбирает или не выбирает ислам по собственной воле, но не сопротивляется ему и не борется с ним.

---

311 - Бабокор Фейсал Бабокор, "Братья-мусульмане" и насилие: Хасан Аль-Банна и Сайид Кутуб - две стороны одной медали (2), веб-сайт Аль-Хурра, 08 августа 2018 г., по ссылке: https://arbne.ws/ XAiBoO

312 - Сайид Кутуб, Ориентиры на дороге, Предыдущий источник, стр. 58

Ислам должен сражаться с людьми, которые мешают его принять до смерти или объявлении его полный сдачи»[313]

Исходя из этого, Сейид Кутб считает, что джихад является судьей взаимоотношений мусульман с другими, он отвергает концепцию оборонительной войны и призывает к борьбе с любой страной, народом или нацией, которые препятствуют исламу от освобождения людей от рабства, то есть Кутб считает, что мусульмане имеют право распространять принципы ислама как он видит даже допускает использование силы, а также что у группировки "Братья-Мусульмане" есть универсальное послание на благо реформирования мира. А всем странам, препятствующим исламу должна быть объявлена война и мусульмане останутся в состоянии постоянной борьбы с ними.

Помимо литературы группировки, ее практики подтверждают оригинальность ее агрессивного подхода, и в этой связи Ахмед Адель Камаль, член особого отдела группировки, говорит в своей книге «Точки над буквами «Братья-мусульмане и особый отдел»[314]. «Братья-мусульмане» готовили программы обучения для всех членов, особенно для членов особого отдела, заканчивающиеся экзаменами для членов ее военного крыла включая такие военные вопросы, как: Перечислите, что вы знаете о характеристиках бомбы энергия? Для чего ее используют? Если вам нужно 75 бомб, и вы не можете их найти, скажите подробно, как их создать на месте? Для чего их используют? Что вы знаете об использовании электричества и взрывных работах с фитилем? [315]. Среди вопросов, на которые членам Особого отдела

---

313 - Предыдущий источник, страницы 58-59.

314 - См. Подробнее: Ахмед Адель Камаль , точки над буквами: Братья-мусульмане и особый отдел (Каир: Аль-Захра для Арабских СМИ, 1987)

315 - . Мунир Адиб, «Насильственные послания в мышлении братьев-мусульман», веб-сайт Международаа родной политики, Аль-Кахра, 24 октября 2018 г.
http://www.siyassa.org.eg/News/15774.aspx

было предложено ответить на конце тренировочной программы: кратко объясните тактику отступления? В чем важность патрулей? Опишите их виды? И какие правила должен соблюдать лидер группы, когда его группа проникает в тыл врага? упомяните о смертельных местах нанесения ударов и о том, как вы попадаете по противнику? Объясните, как использовать коктейль Молотова? [316]

Братья-мусульмане - это источник насилия из которого террористическая группировки черпают свои идеи, в первую очередь Аль-Каида и ИГИЛ, это подтверждает лидер Аль-Каиды Айман Аль-Завахири указал, что Сейид Кутб был пионером в направлении мусульманской молодежи к методам силы и насилия, говоря: «Этот путь, которым шел Сейид Кутб ..., сыграл большую роль в направлении мусульманская молодежи второй половины XX века, в частности, в Египте и в арабском регионе в целом. После казни Сейида Кутба его слова приобрели большое влияние в глазах молодых людей, принадлежавших к группировке "Братья-Мусульмане.[317]

В связи с этим Аль-Завахири признал, что Усама бен Ладен «был из группировки «Братья-мусульмане», а Юсеф Аль-Карадави признал, что Абубакр аль-Багдади лидер ИГИЛ «был сыном группировки «Братья-мусульмане», но «он поспешил».[318]

Более уверенно свидетельствует об укоренившемся методе к насилию в идеологии Братьев-мусульман, чем то, что произошло после свержения Мохаммед Мурси, где он был отстранен от власти в Египте в июне 2013 года. После его свержения появились террористические

---

316 - Предыдущий источник.

317 - Айман аз-Завахири, Рыцари под флагом Пророка, часть 1, издание 2, электронная версия, стр.13, по ссылке: https://bit.ly/31mMbjZ

318 - Мунир Адиб, Письма о насилии на тему «Братья-мусульмане», Алван, предыдущая ссылка.

группировки ведущие деятельность против государства. Они практиковали насилие против государства, такие группировки как «Хасм» и «Лива аль-Таура» и систематически делали заявления, подтверждающие что они оправдывали методы насилия, включая «заявление о готовности», которое было опубликовано на сайте (Brother Online) в январе 2015 г, заявление, которое подстрекало к вооруженным действиям и восхваляло установление Хасаном Аль-Банной «особого отдела». В заявлении говорится что Аль-Банна создал программы работы группировки. Данные программы содержали и включали военные действия как инструмент перемен во времена угнетения и кризиса [319]. Группировка также издала заявление «религиозная юриспруденция народного сопротивления и переворота» совершенное против Мухаммеда Мурси.

Популяризация переворота , в котором было заявлено, что президент Сиси и его правительство и его режим являются несправедливым для людей. Утверждая, что они выступили против законного президента по «исламскому законодательству» Мохаммеда Мурси. В это случае, Сиси с его правительством и режимом - будут считаются врагами, которых необходимо убить, согласно исламскому шариату.Второе заявление[320] - «зов кинаны», изданный в 27 мая 2015 г. подтвердил правомерность применения насилия в отношении государственных учреждений и военных ведомств и органов системы безопасности[321]..

---

319 - Мухаммад Джумаа, «Джихадист Хвания ... Интеллектуальные и практические аспекты будущего», Исследования, Каир, Центр исследований Аль-ахрам. Политика и стратегия, 2 мая 2018 г., по ссылке http://acpss.ahram.org.eg/News/16611.aspx:

320 Предыдущий источник.

321 - Предыдущий источник.

5-8 Ислам - это религия и жизнь.

Братья-мусульмане придерживаются целостного взгляда, понимая, что ислам — это религия и жизнь, политика, экономика, культура и др. В «Рисала аль-Таалим» (послание учений) Хасан аль-Банна говорит: «Ислам — это всеобъемлющая система. Все аспекты жизни. Это: государство и родина или правительство и нация, и это творение и сила или милосердие и справедливость, это культура и закон или наука и судебная власть, это материальные блага, прибыль и богатство и это джихад и призвание или армия и мысль, так как это истинное учение и истинное поклонение»[322]. Аль-Банна считает, что« мусульманин не будет считаться полноценным в исламе, если только он не политик» [323].. Также он говорит: « Ислам - это нечто иное, чем то, чего хотят его противники, и враждебность со стороны тех, кто называют его ограниченным, поскольку ислам обеспечил всеобъемлющую систему социальной жизни во всех жизненных областях, и нет никакого разделения между религией и жизнью или религией и государством. Ислам это: вера и поклонение, родина и национальность, терпимость и сила, творчество, материя, культура и искусство. От мусульманина требуется, чтобы он занимался всеми делами своей нации, и тот, кто не заботится о мусульманах, не входит в их число[324].

---

322 -.«Послания Хасана аль-Банны», Предыдущий источник

323 -. Предыдущий источник

324 - Тот же источник.

Использование религии для политических целей

Группировка «Братья – мусульмане» использует аяты Корана и пророческие хадисы для достижения своих политических целей. На выборах в египетский парламент в 1945 г. «Братья – Мусульмане» призвали к избранию Хасана аль-Банны в избирательном округе Исмаилия, полагая, что это принесет им одобрение Аллаха и Его Посланника (мир ему и благословение).

Окончательные результаты исследования

В заключении этого исследования, содержание которого было посвящено выяснению обстоятельств возникновения группировки «Братья-мусульмане» и ее создание было бы полезными обстоятельствами, которые были представлены на предыдущих страницах, чтобы их можно было читать в контексте разработки видения будущего, которые предвидят будущее и предложений возможный решений.

Братья-мусульмане возникли в Египте благодаря сочетанию внутренних и внешних критических факторов и обстоятельств в истории Египта и Арабской и Исламской нации. Отмеченной глубокими политическими, социальными, культурными и экономическими преобразованиями. Помимо этих преобразований и событий происходит коллапс Исламского халифат 1924 года со всеми его истоками и символической силой для мусульман в целом и Арабского региона в частности, установление светской системы правления в Турции, и подчинение большинства мусульманских стран Пацифизму западной колониальной волны и кристаллизация идеологий, вдохновленных зарубежным историческим опытом, особенно с Запада, за которым последовало появление национального государства как альтернативной концепции исламского халифата со всеми вытекающими отсюда проявлениями стереотипов мышления. Образ жизни внутри Исламского общества находился под влиянием западной модели.

В то же время вопросы иностранного колониализма для многих арабских стран, особенно британская оккупация Египта в то время была одной из проблем, которые Хасан Аль-Банна использовал, чтобы заручиться поддержкой Египетского народа, отвергающего иностранное присутствие и что позволило ему пропагандировать свою группу в нынешнем виде в авангарде национальных сил, отвергающих продолжение британской оккупации, используя в своих интересах религиозные и патриотические чувства египетского народа, чтобы избавиться от этой оккупации, которая была причиной ухудшение политических, экономических, социальных и научных условий и попыткой показать свою группировку. Поскольку она представляет символ надежды египетского народа.   Интерес Хасана Аль-Банны к делу палестинцев также способствовало широкому росту поддержки группировки в Египте.   Благодаря чему Палестинская проблема имеет большое значение для арабских и исламских народов, что было оправдано для введения и продвижение положительного имиджа и его группировки внутри Египта за его пределами. Это помогло группировке, которую он возглавляет, расшириться и распространиться в арабских странах через несколько лет после ее создания. А конкретно в тридцатые годы прошлого века.

Во многом ухудшение экономических и социальных условий, которые были в Египет, в первой трети двадцатого века способствовали появлению группировки »Братья-мусульмане«, так как в это время в Египте состояние бедности и безработицы было широко распространенным явлением в обществе в результате разрушения национальной промышленности и отсутствия развития, а также отсутствия стандартов социальная справедливость и снижение интереса к образованию вызвали массовое недовольство среди большая часть египетского народа, которую использовал Хасан аль-Банна, готовясь к становлению и популяризации группировки »Братья-мусульмане«.

Интеллектуальная борьба между двумя течениями - модернизации и консерватизма, которая характеризовала Египет в период первой трети ХХ века, способствовала появлению религиозных движений с политическими целями, среди них группировка "Братья-мусульмане", поскольку эти движения воспользовались этим конфликтом для своей пропаганды, которая в то же время смешивалась с религиозными, социальными и политическими целями. Хасан аль-Банна оказался вовлеченным в эту интеллектуальную борьбу и представил свое видение важности возрождения халифата или поиск альтернативной формулы выражает

сущность исламской религии, как целостную систему гражданской и политической жизни.

Если социальные, экономические и культурные условия сформировали общий контекст, которым воспользовался Хасан Аль-Банна в предисловию к созданию своей группировки, то его интеллектуальный и религиозный авторитет был одним из основные детерминантов в формировании ориентации и взглядов «Братьев-мусульман» ко многим проблемы, особенно если учесть, что эти источники основаны на Исламской мысли, традиционной и современной.

Что касается традиционного аспекта, то здесь присутствует отсылка к наследию, включая идеи Хариджитов, которые позволяют им восстать и свергнуть законное правительство. Связь с Хараджитами осуществляется на уровень идей и символического политического воображения - именно Хараджитами заложена основа политической доктрины под названием «АльХакимия», которую Сейид Кутб сделал центром своего мышления. После этого «АльХакимия» стала важным фактором доктринального восприятия политических исламских групп. Политическая власть является прерогативой только Аллаха, и поэтому все законы не соответствуют этой «АльХакимия» считается отходом от ислама.

Что касается присутствия современной салафитской мысли в интеллектуальных источниках группировки "Братья-мусульмане" это воплощено в пронизывающих дискурсах мыслителей возрождения, особенно Джамальадина Аль-Фагани, Мухамед Абдо и Мухамеда Рахид Рида и также их последователей. Лозунг «Ислам - это решение», вдохновил группировку "Братья-мусульмане" с позиции Мухаммеда Абдо и его видение характера отношений между Западным Миром, на основе его предыдущего высказывания. Этот слоган получил широкое распространение в исламских группировках в течение последних десятилетий после включения его в идеологию группировки и других организаций политического ислама и стал идеологическим оружием в процессах социально-политических изменений. На более позднем этапе, на нее повлияли теории пакистанского мусульманина Абу Аль-Аля Аль-Маудуди. Это в основном очевидно в трудах Сейида Кутба, которые имеют такфири и джихадистскую тенденцию.

Такой идеологический проект был выражен как основателем группировки Хасаном аль-Банной, так и его преемником Сейидом Кутбом, они представили идеологическую основу Братьев-мусульман, которая проистекает из нескольких принципов: Основные из них:

- Ислам - это решение

- Целостная реформа

- право или Божественное мандат

- Принцип Альхакимия

- Искупление и невежественное общество

- Джихад и применение силы

Вместе эти обстоятельства предоставили Хасану аль-Банне историческую возможность сформировать первое ядро политической организации. За жестко-бюрократическую организацию, которая выдвигает лозунг исламских обид и самовозврата. Он обещает восстановить былую славу, используя религиозный дискурс, основанный на лексике Корана и Сунны. Наследие салафитов и практика выборочного чтения религиозных текстов, которая дает ему возможность политических действий согласно прагматическому видению.

В этом контексте необходимо подчеркнуть важность исламского наследия в предоставлении юридических оснований для работы организаций политического ислама, затем потребность в критическом мышлении в кругу Арабо-исламкой культуры и запуск обновленных инициатив на уровне шариатских наук с необходимостью использования современных научных механизмов для чтения нашего наследия и рационализации религиозного дискурса, а так же сделать это рычагом для прогресса и развития.

Точно так же нельзя упускать из виду социальную, экономическую и политическую реальность и ее роль в создании благоприятной среды. Что касается дискурса экстремизма и насилия, это обнаружилось в обстоятельствах Египта период до появления группировки "Братья-Мусульмане" и первые годы ее существования, где это стало популярным проявлением хаоса и широко распространенной неграмотностью, ощущением несправедливости и лишений. Это также подтверждает опыт ряда стран, в настоящем и прошлом, о роли ухудшающихся условий жизни, отсутствия стабильности и задержки понимания части общества в эскалации феномена религиозного экстремизма и возрождении языка вражды, пуританства и замкнутости.

Что требует учета этих политических, социальных и экономических условий, со стороны режима, дабы потом не превратиться в инструмент группировки "Братья-Мусульмане". В других группировках есть движения за политический ислам, чтобы подстрекать правительства и восстать против них. Важно не превращается в питательную среду для распространения экстремистской идеологии, особенно со стороны группировок такфири и терроризма, которые часто использует эту ситуацию для продвижения своих идей и набора новых членов в свой состав. Правительство должно двигаться по параллельному пути для укрепления надлежащего управления, гендерного равенства и стимулирования возможностей, вопросы религиозной терпимости (толерантности), открытости для других, интеграции в глобальную цивилизацию и достижения экономического развития и справедливого распределение богатств.

С другой стороны, эта задача должна сопровождаться реформированием системы образования путем обучения молодежи. Практиковать рациональное мышление и поощрять его, критиковать постулаты, повышать осведомленность СМИ и активизация институтов гражданского общества, в основном в сфере культуры, а затем пересмотр роли мечети и ее кураторов, таких как имамы, муршиды и др...., чтобы сделать ее предохранительным клапаном в отношении достижения духовной безопасности для общества.

Опыт прошлых лет доказал, что группировка «Братья-мусульмане» и политические исламские движения в целом пользуются любой социальной, экономической, политической или культурной ситуацией и используют их таким образом, чтобы они в основном служили их политическим проектам, в рамках их стремлений к захвату власти, даже если происходит за счет национального государства, разрушения его основных составляющих и возможно позиций группировки «Братья-мусульмане», убедительным доказательствам этого являются события так называемой «арабской весны». Группировка «Братья-мусульмане» пытались использовать требования протестующих которые были подняты в ряде арабских стран для подстрекательство к правительству и выступлений против него, не имея конкретного альтернативного проекта управления или видения сохранения государства и предотвращения краха, и поэтому опыты правления группировки «Братья-мусульмане» в Египте и Тунисе были раскрыты не только потому, что продемонстрировали свой политический оппортунизм, но и потому, что продемонстрировали свое неверие в демократию, что также означает, что они исключили большинство сил, которые стояли за них. Группировка так же работала, чтобы навязать свое видение обществу, что привело к его полному провалу, а затем к революции против правления группировки "Братья-Мусульмане" в Египте в июне 2013г.

Список источников и ссылок

Первое: источники на арабском языке

документы:

1. Хасан Аль-Банна, Послание пятой конференции, Братья-мусульмане, Википедия, 4 января 2003 г., через https://bit.ly/2QhypdJ: следующая ссылка

2. Сообщения Хасана Аль-Банны и Википедия Братьев-мусульман по ссылке: https://bit.ly/2UKiMzq

Книги:

3. Ибрагим Араб, Политический ислам и современность, (Касабланка: Восточная Африка, 2000 г.)

4. Ибрагим аль-Баюми Ганем, Политическая мысль имама Хасана аль-Банны, (Орбиты для исследователей и публикаций, Каир, 2012 г.)

5. Ибн Форк аль-Асбехани, «Просто статьи шейха Аби аль-Хасана », Восточная библиотека, 1987 г.

6. Ахмед Аль-Мулла, Корни исламского фундаментализма в современном Египте: Рашид Рида и журнал Аль-Манар, Дар Аль-Кутуб и национальные документы, 2008 г.

7. Ахмед АбдельКадер Абу Фарэс, Подход к переменам среди мучеников Хасана Аль-Банны и Сейида Кутб, Танта, -1е издание (Египет: Дар Аль-Башир для науки и публикаций, 1999) Цитата из послания к молодежи, сборник писем аль-Банны, стр. 16

8. Ахмед Ауф, Условия Египта от эпохи до эпохи, от фараонов до наших дней, (Каир, издательство Аль-Араби для публикаций и распространения...).

9. Ахмед Бадир Белаих, Проблема развития Египта с девятнадцатого века, Александрия: Дар Аль-Маарек, без даты.

10. Ахмед Хасан Шорбаджи, Столпы методологии имама, -1е издание, Александрия: Дар Аль Дауа для печати, публикаций и распространение,   2011

11. Ахмед Адель Камаль, Точки над буквами: Братья-мусульмане и особый отдел (Каир: Аль-Захра для Арабской прессы, 1987)

12. Ахмед АбдельРахим Мустафа: Развитие политической мысли в современном Египте (Институт исследований и арабских учений), Каир, 1972

13. Ахмед АбдельКадер Абу Фарис, Подход к изменению среди мучеников Хасана Аль-Банны и Сейида Кутб, (Танта, Египет, Дом Аль-Башир для науки и публикаций, 1999 г.)

14. Условия Египта от эпохи до эпохи, от фараонов до наших дней, (Каир, издательство Аль-Араби для публикаций и распространения...)

15. е. Эдвард Саид, Ориентализм, перевод Мухамеда Анани, Каир: Дар Руя, 2017г.

16. Полные собрания сочинений Рафаа Рафэ Тахтави; Часть вторая Политика, патриотизм и образование; Управление египетской книги , 2010 г.

17. Амин Изз Эль-Дин, История египетского рабочего класса с момента его основания, Дом арабских публицистов по вопросам печати и издательства, Министерство культуры, без года публикации.

18. Амин Мустафа, Экономическая и финансовая история Египта в современную эпоху; Англо-египетская библиотека: Каир,1954 г.

19. Джума Амин Абдулазиз, Бумаги из истории Братьев-мусульман: Братство и Египетское/Международное общество /в период с 1928 1938-г., (Каир, издательство Дар для исламских публикаций и распространения, 2003)

20. Джордж Тарабиши, Классовая стратегия революции, -2е издание, (Бейрут: Дар аль-Талеа, 1979г.)

21. Хусам Тамам, Салафиты и Хвана: размывание братского дискурса и подъем салафитов в группировке "Братья-Мусульмане". (Александрия: Александрийская библиотека, 2010 г.)

22. Хасан Тавалбех, Насилие и террор с точки зрения политического ислама, Модель Египта и Алжира в качестве примера, (Амман: Мир современных книг, 2005 г).

23. Хамада Махмуд Исмаил, Хасан Аль-Банна и группировка "Братья-мусульмане" между религией и политикой (1949 – 1928), (Каир, Дар аль-Шорук, 2010)

24. Халед Мухамед Наим, Исторические корни иностранных христианских миссионеров в Египте 1986-1756г. (Каир: Аль-Мухтар аль-Ислами для публикации и распространения, 1988 г.)

25. Халиль Аль-Анани, Братья-мусульмане в Египте: старость борется со временем, (Международная библиотека Аль-Шорук,2007 г.)

26. Герой Дилиб, Исламская душа в современное время, перевод Абдальхамида Фахми аль-Джамаля, (Египетское общее книжное управление, 1997 г.)

27. Раид аль-Самхури, Критика салафитского дискурса, «Ибн Таймия как модель», Тава для публикации и прессы, 2010.

28. Рифат аль-Саид, Египетские политические лидеры (Арабские книги, 2007)

29. Роберт Тиджнуд, Политическая экономия распределения доходов в Египте, (Каир: Египетское общее книжное управление, без даты).

30. Саид Исмаил Али, Египетское общество в эпоху британской оккупации, 1923-1882г., (Каир: Англо-Египетская Библиотека, 1972 год.)

31. Сейид Кутб, В тени Корана (Каир: Дар аль-Шорук, 1980г.)

32. Сулейман бин Салех Аль-Гисим, хариджиты: их происхождение, команды, характеристики, ответ на их наиболее известные верования (Эр-Рияд: Дом сокровищ Севильи, 2009 г.)

33. Салех бин Ахмед, Биография имама Ахмада бин Ханбала, Дар аль-Салаф для публикаций и распространения, 1995 г.

34. Абдулрахман Салем, Политическая история мутазилов, Дар Руия, 2013 г.

35. Абдельрахим Али, Братья-мусульмане от Хасана Аль-Банны до Махди Акефа, (Каир: Центр Аль-Махруса для Издательства, пресс-службы и информации, 2007 г.)

36. Абдельазим Рамадан: Классовая борьба в Египте с 1952-1837г. (Каир: Библиотека Аль-Осра, 1997)

37. Абдулла Аль-Уруи, Реформы Суннитов, Арабский культурный центр, Касабланка, 2008 г.

38. Али аль-Мухафаза, Интеллектуальные тенденции у арабов в эпоху Возрождения, (Бейрут: Аль-Ахлия для публикаций и распространение, 1987)

39. Фахри Абдельнур, Мемуары Фахри Абдельнура, революция 1919 года, роль Саада Заглула и роль Аль-Вафд в национальном движении (Каир: Дар Аль-Шорук, 1992 г.)

40. Аль-Фадал Шалак, В разгар революции «2», первое издание (Бейрут: Дар аль-Фараби, 2014)

41. Фуад Закария, Исламское пробуждение в балансе разума, -2е издание, (Каир: Дом современной мысли, 1987г.)

42. Касим Амин, Женское освобождение, (Каир: Библиотека литературы для печати, публикации и распространения, 2009 г.)

43. Латифа Мухамед Салем, Фарук и падение монархии в Египте, 1952-1936 г., -2е издание, (Каир: Библиотека Мадбули, 1996 г.)

44. Маджида Барака, Высший класс между двумя революциями -1919 1953г.(Каир: Национальный центр переводов, 2009 г.)

45. Максим Родинсон, Феномены пацифизма и консерватизма в каждом месте: попытка прояснения в салафитском движения в Марокко 2004-1971, (Абдельхаким Абу аль-Лоуз, Бейрут: Центр арабских исследований единства, 2009 г.

46. Мухамед Абу Аль-Исад, Политика образования в Египте под британской оккупацией 1922-1882г. (Каир: Фивы, 1993г.)

47. Мухаммад Ахмед Абдельяти, Исламские движения в Египте и вопросы демократических преобразований, (Каир, Центр Аль-Ахрам для переводов и издания, 1995 г.)

48. Мухамед Аркун, Исламская мысль: научное чтение, перевод Хашима Салеха, -2е издание, (Бейрут: Арабский Культурный центр, 1996г.)

49. Мухамед Айт Хаму, Горизонт диалога в современной арабской мысли, (Рабат: Дар Аль-Ман, 2012 г.)

50. Мухамед Джабер Аль-Ансари, Арабская мысль и конфликт оппозиций, -2е издание, (Бейрут: Арабский фонд исследований,1999 г.)

51. Мухамед Саид Аль-Ашмави, Политический ислам, -4е издание, (Каир: Библиотека Мадбули Аль-Сагир, 1996г.)

52. Мухамед Абдельрахман Аль-Мурси, «Подход реформ и перемен у имама Аль-Банны», -2е издание, (Каир, Дар Аммар,2005г.)

53. Мухамед Ибрагим Хайри аль-Вакил, Правовая организация политических партий между теорией и практикой, Центр арабских исследований для публикации и распространения, 2015г.

54. Мухаммад Эмара, Очерки религиозных и нерелигиозных преувеличений, -1е издание, (Каир: Международная библиотека Аль Шорук, 2004г.)

55. Самый известный спор двадцатого века (2), Египет между гражданским и религиозным государством (Каир: Библиотека Вахба, 2011 г.)

56. Силы исламской мысли (Каир: Дар аль-Шорук, изд. 1997 ,2г.).

57. Махмуд Абдель-Фадил, Экономические и социальные преобразования в сельской местности в 1970-1930г. ((Египетское общее книжное управление, 1978 г.)

58. Махмуд Ассаф с имамом-мучеником Хасаном аль-Банной (Каир: Библиотека Айн-Шамс, 1993 г.)

59. Махмуд Метвалли, Исторические истоки египетского капитализма, (Египетское общее книжное управление, 2011г.) Египет - парламентская и партийная жизнь до 1952 года, историческое и документальное исследование (Каир: Дом культуры для типографии и издательства, 1980 г.)

60. Насер бин Абдулкарим аль-Акль, Хариджиты - первая группа в истории ислама, (Издательство: Дар Аль-Нашер: Дар Ашбиля,2008 г.)

61. Юсеф Аль-Дини, "Братья-Мусульмане" и установление символической власти и поглощение образовательной сферы в Саудовской Аравии, (Дубай: Центр для исследований и изучение Аль-Месбар, 2018 г.)

62. Юньнань Лабиб Ризк, Модернизация Египта в эпоху Мухаммеда Али, (Александрия: Александрийская библиотека, 2007г.)

Газеты и периодические издания:

63. Египетскому университету 100 лет, Серия дней Египта, выпуск (2007 (30,

64. Палестинские исследования, Бейрут, Институт палестинских исследований, выпуск 99, лето 2014 г.

65. Бабакер Фейсал Бабакер, действительно ли политический ислам рухнул? Судан Трибьюн, 3 апреля 2014 г.

66. Абдул-Разик Хусейн, Экономическое, политическое и социальное развитие между двумя войнами, журнал Аль-Иштараки, выпуск 17

67. Абдулазиз Аль-Сымари, «Потоки политического ислама и теория божественного права», Аль-Джазира, Эр-Рияд, 9 мая 2016 г.

68. Фарук Хамаде, Хакимия в мысли Братства. Перспектива экстремизма и насилия, газета Аль-Иттихад, Абу-Даби, 2 Август 2016 г.

69. Валид Аль-Хальди, Палестина и палестинские исследования через столетие после первой мировой войны и Декларации Бальфура, Журнал палестинских исследований, Бейрут, Институт палестинских исследований, выпуск 99, лето 2014 г.

Тезисы и послания:

70. Бельид бин Джаббар, салафизм в Алжире, метод фильтрации и обучения, докторская диссертация, представленная в университет Вохран 2, Алжир, на 2016-2015 учебный год

71. Абдулхамид Омар Абдулхамид Абдулвахид, Альхакмия в тенях благородного Корана, представленная диссертация о требовании к получению степени магистра по основам религии, Колледж последипломного образования, Национальный университет Аль-Наджа, г.Наблус, Палестина, 2004 г.

72. Хазарши бин Джалул, шейх Мухаммад Рашид Рида и Османская империя, магистерская диссертация, представленная в Алжирский университет / Исторический факультет,2003-2002 г., электронная копия, по ссылке: Издательство, 1999 г.,

Веб-сайты:

73. Ибрагим Кауд, Братья-мусульмане в круге недостающей истины

74. Абуальахля аль-Маудуди: Джихад ради Аллаха, на веб-сайте Минбар аль-Таухид и Джихад. по ссылке:

75. Ахмед Бан, «Грамматика мысли Хвани» (9): Искупление требует опеки над обществом », Хафриат, 25 января 2008 года, по следующей   ссылке:

76. Братья-мусульмане и их отношения с Ассоциацией мусульманской молодежи, по ссылке

77. Идрис Аль-Канбури, Осуществил ли Аль-Багдади мечту Рашида Риды? сайт Хэпрэсс, 20 октября 2014 г., по ссылке

78. Айман Аль-Завахири, Рыцари под флагом Пророка, Часть -2 ,1е издание, по ссылке:

79. Такфир: скрытая связь между Маудуди и Сейидом Кутбом, веб-сайт лондонской газеты Аль-Араб, 2014/06/02 г., по ссылке:.

80. Прожив в Стамбуле год ... Рашид Рида: Османского халифата не существует, на сайте Османлы, 16 июля 2019г., по ссылке:

81. Аль-Банна и столкновение с английской оккупацией Египта, сайт Википедия Братья-мусульмане, без даты, по следующей ссылке:

82. Портал исламских движений: окно для изучения политического ислама и меньшинств.

83. Политическое образование у Братьев-мусульман, сайт Википедии Братьев-мусульман, по ссылке:

84. Отчет Комитета по торговле и промышленности египетского правительства без даты.

85. Братья-мусульмане и партия Вафд ... Факты из истории, Википедия Аль-Хван,

без даты, по следующей ссылке

86. Усилия имама Аль-Банны в реформировании и развитии образования, сайт Википедии Братьев-мусульман, без даты, по следующей ссылке

87. Худайфа Хамза, Женщина и группировка "Братья-мусульмане", Сайт Нун Пост, 6 февраля 2016 г., следующая ссылка

88. Хуссам Таммам, «Почему Аль-Хван не пишет свою историю?»

89. Хамдан Рамадан Мухамед, Мухамед Махмуд Ахмед, общественная и политическая мысль мученика Имама Хасана Аль-Банны: Аналитическое исследование политической социологии

90. Хамид Занар, «Действительно ли Мухаммад Абдо нашел ислам на Западе?», 24 декабря 2010 г., веб-сайт Аль-Хивар Аль-Мутемадин.

91. Халед Газаль ,Ибн Таймия не перестают руководить мусульманами

92. Раджи Юсеф, «Изложение концепции Альхакимия для Сейида Кутб», Идаат, 29 августа 2016 г., по ссылке:

93. Рахма Диа, Арабская женщина: Более века на пути к освобождению, 8 марта 2019 г., следующая ссылка:

94. Рашид Эхум, «Аль-Маудуди, теоретик Альхакимия, невежество и исламское государство», 10 мая 2018 г., веб-сайт центра исследований изучений Аль-Месбар, по ссылке:

95. Маудуди теоретик Аль-Хакимия и Невежества.

96. Рашид Рида: Аль-Хиляфа и ложные Исламские реформы, веб-сайт Аль-Баваба, 27 октября 2018 г., по ссылке:

97. Альзубайр Махдад, Суфизм в политической занятости, по ссылке

98. Заки Аль-Милад, «Шейх Мухамед Рашид Рида и трансформация современной исламской мысли», 19 декабря 2010 г. Сайт Афак

99. Экстремизм и кризис рациональности в исламской сфере », 18 ноября 2017г., веб-сайт фонда Моаменун Бела Хидуд., по ссылке

100. Самех Файез, Абдельрахман Аль-Синди: Загадка сильного человека в истории «Братьев-Мусульман», по ссылке:

101. Саид Исмаил Али, Египетское общество в эпоху британской оккупации, 1923-1882 г., Каир: Англо-Египетская Библиотека, 1972г..

102. Сулейман бин Салех Аль-Ганан, хариджиты: их происхождение, группа, характеристики, ответ на их наиболее известные верования Эр-Рияд: Дом сокровищ Севильи, 2009г.

103. Самир Халаби, аль-Фагани ... реформатор, несмотря на разногласия (в годовщину его смерти: 5 Шавваля 1314 г. хиджри.).

104. Шейх мечети Аль-Азхар: «Неправильная концепция альхакимия является причиной насилия и экстремизма такфири, газета «Аль-Шарк Аль-Аусат» Лондон, 13 февраля 2015 г.

105. Тарик Абу Аль-Саад, какова правда о роли женщин в группировке и как возникла секция мусульманских сестер? Сайт Хафрият, 14 ноября 2018г., по следующей ссылке

106. Таха Али Ахмед, статьи Аль-Суккари разоблачают сползание Аль-Банны и группировки "Братья-Мусульмане" к пропасти, по ссылке:

107. Абдулрахман Айяш, Сильная организация и слабая идеология: все пути братства в египетских тюрьмах 30 июня, по ссылке:

108. Абдула бин Биджад Аль-Отайби, Аль-Банна основал организацию убийств, и группировка поддержала переворот 1948 года в Йемен (первая серия), газета Аль-Шарк Аль-Аусат, 5 апреля 2014 г., по ссылке:

109. Абдулхак Аль-Санаби, Особый Орден или Секретная Служба: для группировки "Братьев-мусульман", по ссылке:

110. Абдо Мустафа Десуки, "Братья-Мусульмане" и реформа образования ... Противодействие евангелизации в иностранных школах, веб-сайт: Википедия Братьев-мусульман без даты, по следующей ссылке

111. Али бин Яхья аль-Хадади, Важные страницы из жизни Сейида Кутб, по ссылке: Амар Каид, Подтолкнет ли прекращение деятельности Братства в Египте к насилию? По ссылке:

112. Амро Абдельмонейм, «Перевернутое изображение» ... Путешествие Имама Мухамеда Абдо от терроризма к обновлению, Сайт Аман, 29 мая 2018 г., по ссылке:

113. Раздор Ахмеда Аль-Сукри, по ссылке:

114. Палестина в мысли Аль-Банна, веб-сайт Братьев-мусульман, 13 февраля 2008 г., по следующей ссылке:

115. Фуад Ибрагим, Еще одно прочтение в движении за религиозное возрождение, Центр исследований и изучений Афак. По ссылке:

116. Фавзи Аль-Бадави, О среде инкубации, газета Аль-Иттихад в ОАЭ, 6 декабря 2017 г., по ссылке:

117. Рахма Диа, Арабская женщина: Более века на пути к освобождению, 8 марта 2019 ., следующая ссылка:

118. Современные инноваторы, Сайт Мидад 8 ноября 2007г., по ссылке:

119. Мухамед Джубрил, Джамальадин аль-Афагани: Был ли «крестный отец пробуждения» исламистом? по ссылке:

120. Мухамед Джума, «Джихадистская группировка... Интеллектуальные и оперативные аспекты», Египетский центр мысли и стратегического изучения , 31 октября 2018 г., по ссылке:

121. Мухамед Харб Фарзат, Партийная жизнь в Сирии: историческое исследование возникновения политических партий их развитие в 1955-1908г., Арабский центр исследований и политических изучений, электронная копия по ссылке:

122. Мухамед Шабан, Аль-Манар: журнал, основанный на современной салафитской мысли в Египте, Сайт Расиф 22,25 марта 2017 г., по ссылке:

123. Мухамед Аффан, «Модель государства и идеологии Сейида Кутба», Мадарак, 20 февраля 2013 г., по ссылке

124. Мухамед Али Ата, Будущее женщины при группировке «Братья-мусульмане», веб-сайт Ахван Вики, без даты, по следующей ссылке:

125. Махмуд аль-Сабаг, Реальность особого отдела и его роль в призыве в группировку «Братья-мусульмане», по ссылке:

126. Мустафа Обей, Сказки о вооруженной борьбе египетских женщин, газета Аль-Вафд, Каир, 19 августа 2016 г.

127. Мунир Адиб, «Насильственные послания в мышлении группировки братья-мусульмане», Сайт Аль-Алван, 28 сентября 2018 г., по ссылке:

128. (Абуальахля Аль-Маудуди ... Гигант исламского призыва), сайт «Путь Ислама», 2014/06/26

129. Нермин Хафаджи, учение г-на Джамальадина о необходимости реформирования жизни и религии, Аль-Иштираки, 1 июля 2007 г., по ссылке: https://revsoc.me/revolutionaryexperiences/tl ymlsydjmlldynfywjwbslhldnywldyn

130. Вагди Гонейм, «Источники братства, кредо братства», Ютуб, по ссылке: https://www.youtube.com/watch?v=y_p609sStzY

131. Валид Аль-Хальди, Палестина и палестинские исследования после столетия первой мировой войны и обещание Бальфура, Журнал палестинских исследований, Бейрут, Институт палестинских исследований, выпуск 99, лето 2014 г.

132. Википедия Братьев-мусульман, Братства и борьбы с евангелизацией на рубеже двадцатого века, без даты, по ссылке: https://bit.ly/2ul2DoP

Второе: иностранные источники

Книги

1. AlBanna, H., "Majmu 'at Rasa'il alImam alShahid alBanna" The Collected Letters of the Martyred Imam alBanna, (Dar alQur'an alKarim 1981).

2. Alberto Melucci, Nomads of the present: Social movements and individual needs in Contemporary Society, (Philadelphia: Temple University Press, 1989).

3. Bourdieu, Pierre. 1990b. The Logic of Practice. (Stanford University Press, .(1990

4. Bourdieu, Pierre. 1991a. "Genesis and Structure of the Religious Field." Comparative Social Research .143 :13

5. Christophor Melchert, Ahmad Ibn Hanbal, (oneworld Publications, 2001).

6. David Lerner, the passing of traditional society: modernizing Middle East, (Free Press of Glencoe, New York, 1959).

7. Durkheim Emile, Les Formes élémentaires de la vie religieuse: le système totémique en Australie, Paris, Félix Alcan, coll. (Bibliothèque de philosophie contemporaine,.(1913

8. Gilles Kepel, Jihad: the trail of political Islam. (I.B. Tauris, 2006) Olivier Roy, L'echec de l'Islam Politique, (Edition Seuil ,1992).

9. Gramsci, Antonio, Selections from the Prison Notebooks. (New York: International Publishers .(1971

10. Jeffrey T. Kenney, Muslims Rebels: Kharijites and Politics of Extremism in, Egypt, Oxford University Press, 2006.

11. Khalil AlAnani, Inside the Muslim Brotherhood: Religion, Identity, and Politics, Oxford University Press, 2016.

12. Lisa Anderson, "Fulfilling Prophecies: State Policy and Islamist Radicalism," in John L. Esposito, ed., Political Islam: Revolution, Radicalism, or Reform? (Boulder, CO: Lynne Rienner, 1997).

13. Lukács, György, History and class consciousness; studies in Marxist dialectics. Cambridge, Mass., MIT Press,.1971

14. Mark Tessler, "The Origins of Popular Support for Islamist Movement, in John Pierre Entelis, ed., Islam, Democracy, and the State in North Africa (Bloomington: Indiana University Press, 1997).

15. MARTINW. Slann, Comparing Islamism, Fascism and Communism, (university of Texas, 2015).

16. Masoud, Tarek, Counting Islam: Religion, Class, and Elections in Egypt. (Cambridge University Press, (.2014

17. Max Weber, The Sociology of Religion, (Boston: Beacon Press,1993).

18. Michael Hudson, Arab Politics: The Search for Legitimacy, Yale University Press, New Haven & London (September 10, 1979).

19. Michael J. Thompson, ed., Islam and the West: critical perspectives on modernity, (Maryland: Rowman &Littlefield Pub Inc., 2003).

20. Michel Foucault (Author), Colin Gordon (Editor)Power/Knowledge: Selected Interviews and Other Writings, 1972-1977, (Pantheon books, New York,1980).

21. Michel Foucault, James D. Faubion (editor), Power, (New Press, 2001).

22. Michel Foucault, L'archeologie du savoir, (Gallimard, 1969).

23. Moaddel Mansoor, Islamic Modernism, Nationalism, and Fundamentalism: Episode and Discourse (University of Chicago Press 2005).

24. Moaddel, M. a. Jordanian Exceptionalism: An Analysis of State Religion Relationship in Egypt, Iran, Jordan and Syria. (New York: Palн grave .(2002

25. Pargeter, A., "The Muslim Brotherhood: From Opposition to Power", (Saqi Books 2013).

26. Quintan Wiktorowicz, The Management of Islamic Activism: Salafis, the Muslim Brotherhood, and State Power in Jordan (Suny Series in Middle Eastern Studies Paperback – 2000).

27. Ropert Mabrow & Samir Radwan: The industrialization of Egypt (1939 – 1973) policy and performance. Clarendon press, Oxford, 1976.

28. Salwa Ismail, Rethinking Islamist Politics, Culture, the State and Islamism (London: I. B. Tauris, 2006).

29. Sami Zubaida, Islam, the People and the State, (New York: I.B. Tauris & Co. Ltd, .(2009

30. Samuel Hutington, The Clash of Civilizations and the Remaking of World Order, (SIMON & SCHUSTER, 2011).

31. Sidney Tarrow, "Mentalities, Political Cultures, and Collective Action Frames: Constructing Meanings through Action." in Frontiers in Social Movement Theory, edited by Aldon D. Morris and Carol M. Mueller. New Haven, CT: Yale University Press, 1992. Power in Movement: Social Movements and contentious Politics (Cambridge: Cambridge University Press, 1994).

Периодические издания

32. ASEF BAYAT, Islamism and Social Movement Theory, in Third World Quarterly, Vol.26, No.6, pp 981-908, 2005.

33. Deepa Kumar, Political Islam: A Marxist analysis, International Socialist Review, no 76, March 2011.

34. Robert L. Tignor, Bank Misr and Foreign Capitalism, International Journal of Middle Eastern studies, Vol., 8, No. 1977.

35. Tilmisani, U., "Do the Missionaries for God Have a Program?", in AbedKotob, S., "The Accommodationists Speak: Goals and Strategies of the Muslim Brotherhood in Egypt", 27(3) International Journal of Middle East Studies 1995.

Тезисы

36. Hussah A. S. R. S. Al Senan, The Change in Vocabularies of Freedoms and Rights in Egyptian Political Writings from alṬahṭāwī until 1952, thesis for the degree of Doctor, University of Exeter, 2016.

37. Yelena Margaret Bidé, Social Movements and Processes of Political Change: The Political Outcomes of the Chilean Student Movement, 2015-2011, Senior Thesis, BROWN UNIVERSITY, PROVIDENCE, RI, MAY 2015 https://bit.ly/2QPbtT7

Приложения

Приложение номер 1

Программа, видение и подход группировки "Братья-мусульмане" (послание Хасана Аль-Банны пятой конференции)

Во имя Аллаха Милостивого и Милосердного

Дорогие братья:

Я хотел, чтобы мы всегда работали, а не разговаривали и только действия говорили о братстве и его шагах и мне бы хотелось, чтобы ваши последующие шаги спокойно относились к вашим предыдущим. Это сделано для того, чтобы оценить последние десять лет джихада, чтобы снова продолжить вечный джихад для реализации нашей благородной идеи.

Но вы этого хотели, и порадовали нас этой всеобъемлющей встречей, спасибо, и нет ничего плохого в том, что мы воспользуемся этой прекрасной возможностью, чтобы проанализировать наши результаты и просмотреть список того, что мы сделали. Чтобы смутная идея стала для нас ясной, надо исправить неправильную точку зрения, распознать неизвестное и восполнить недостающее звено, чтобы люди знали правду о призыве братьев-мусульман без двусмысленности

В этом нет ничего плохого, и нет ничего плохого в том, что кто-то получил это приглашение. Кто слышит и читает этот метод. В этом нет ничего плохого. Каждый человек, который пришел на призыв братства, слышал или читал это заявление со своим мнением о наших целях, средствах и шагах, чтобы извлечь пользу из их мнения, ибо религия – это совет Аллаха, Его Посланнику, а также мусульманам.

Дорогие братья:

Я считаю, что мне не нужны ваши приветствия и благодарности за то, для описания того какое счастье, я испытываю в моем положении среди вас.

Я выражаю вам свою благодарность и радость от встречи с вами и вашей поддержки. Дай Аллах нам успехов. Я полон эмоций, потому что эта встреча переполняет меня, все в ней говорит о глубокой любви, тесной связи, искреннем братстве и тесном сотрудничестве. Пусть Аллах благословит вас за то, что хорошо для вас.

Братство – идея в сердцах четверых

Дорогие братья:

Я много смотрел, экспериментировал и был свидетелем многих событий и после этого долго периода был твердо убежден в том, что:

счастье, которое люди желают, исходит из их душ и сердец и никогда не приходит к ним извне и то, что страдания, в которых они находиться и убегают от них также подтверждают их души и сердца, а также это подтверждается священным Кораном со слов Аллаха, что - Аллах не меняет положение людей, пока они не изменят самих себе. (Сура гром, аят 11)

Я считаю, что в счастье человеческих душ нет никаких систем и учений, которые направляют людей на путь счастья, как ясные и исконные учения ислама, и у нас нет времени, чтобы углубляться в детали этих учений или демонстрировать, что они гарантируют счастье всего человечества. Это другая область, хотя мы все считаем, что являемся партнерами в верности этой теории. Многие немусульмане признают, что ислам всеобъемлюще совершенен.

Вот почему я с самого начала посвятил себя одной цели - направлять людей к исламу в действии. Вот почему идея «Братьев-мусульман» была чисто исламской по своей цели и своим средствам. Она не связана ни с чем, кроме ислама.

Эти мысли остались в моем сознании, и я говорю их окружающим меня людям индивидуально или в виде проповеди и исследования в мечетях, если позволяют обстоятельства, или в форме призывов некоторых друзей и ученых приложить больше усилий для спасения людей и направления их к исламу.

В Египте и других исламских странах произошли некоторые события, которые взволновали меня и привлекли мое внимание к необходимости серьезной работы и следования по пути оповещения и установления после обучения во благо людей, которые руководили этими событиями, произошедшими в Египте и других исламских странах.

Таким образом, я начал обсуждать с высокопоставленными лицами о продвижении и работе, поэтому, бывало, что я находил разочарование, также поддержку, а иногда и ожидание, но я не обнаруживал интереса к объединению преданных, практических сил. В этом контексте я вспоминаю покойного Ахмеда-Пашу Таймура. У него было полная готовность к созданию группировки и доскональное знание работы, а помилует его Аллах.

Так же некоторые из братьев, с которыми у меня были близкие, искренние отношения и чувство долга, проявили свою готовность работать, были наиболее верны и разделяли мое мнение, среди них выдающиеся братья: Ахмед Эфенди аль-Сукри, покойный шейх Хамид Аскария, шейх Ахмед Абдельхамид и многие другие.

Целью всего этого было преобразование общей ориентации в чисто исламскую.

Одному Аллаху известно, сколько ночей мы проводили, анализируя состояние нации и то, до чего дошел уровень ее жизни. Мы анализируем причины и думаем о решении и иногда мы доходим до слез из-за состояния нашей нации, которая достигла этого уровня. Мы спрашиваем людей, почему вы дошли до такого несоблюдения ценности ислама? – они отвечают, что они делают это из-за свободного времени. Но они не понимают, что свободное время убивает их, потому что время – это жизнь.

Мы были удивлены тем, что многие из них были образованы и некоторые были даже выше нас, они могли взять на себя задачу по просвещение людей, но этого не сделали. Возможно,

это самая опасная угроза для нации. Они знают свои ошибки, но не думают об их исправлении. Поэтому мы взяли на себя эту задачу, чтобы исправить эти ошибки и коррупцию. Слава Аллаху, что мы есть среди этих людей, чтобы призывать их к Аллаху и идти на пути религии Аллаха.

Со временем мы вчетвером разошлись, так что Ахмед Эфенди Аль-Сукри оказался в городе Махмудия, покойный шейх Хамид Аскария был в городе Загазиг, а шейх Ахмед Абдельхамид был в городе Кафр Аль-Давар. Я был в городе Исмаилия.

Дорогие братья:

В городе Исмаилия, была заложена первая ячейка, и было заложено первое скромное отделение, которое должно работать и обещать Аллаху трудиться в его делах под названием «Братья-мусульмане». Это было в месяце Зуаль-Ка'да (по Хиджри 1347г.)

Ислам «Братьев-мусульман»:

Позвольте мне, мои братья, использовать термин, под которым я не подразумеваю, что у Братьев-мусульман есть новый ислам, который видит ислам принесенный пророком Мухамедом, да благословит его Аллах и дарует ему мир. Скорее всего, я имею в виду, что многие мусульмане во многие эпохи сильно различались в интерпретации значений ислама, и некоторые образы ислама запечатлелись в сердцах мусульман, которые были далекими, близкими или относились к первому исламу - исламу, который лучше всего представлял Посланник Аллаха и его сподвижники.

Среди людей, которые не видят ислам, кроме как в явлении поклонения, если человек его исполняет или видит кого-то, кто его выполняет, тогда можно уверенно сказать, что мусульмане достигли сути ислама, и это общее значение ислама среди простых людей.

Некоторые люди видят ислам как добродетельное творение, переполненное духовностью, философскими приливами разума и души и их удаленности от угнетающей материи.

И среди мусульман есть те, чей ислам основан на восхищении практическим, жизненно-важным значением. Они не требуют ни смотреть, ни думать о других.

Некоторые из них видят в исламе не что иное, как своего рода унаследованные верования и традиции, которые не дают им понимания ислама и всего, что связано с ним, и мы находим этот смысл ясным в сердцах многих, кто получил образование в иностранной культуре и не имел возможности узнать об исламских фактах, поэтому они не могли ничего знать об исламе. Действительно, эти люди знали, что имели искаженное представление об исламе из-за того, что общались с людьми недостаточно сведущими в сути ислама.

К этим разделам относятся другие разделы, каждый из которых имеет свой взгляд на ислам, и лишь немногие люди осознают полную и ясную картину ислама.

Эти образы ислама заставили людей различаться в понимании «Братьев-мусульман» и восприятии их идеи.

Некоторые люди представляют «Братьев-мусульман» как проповедническую и поучительную группу, главная задача которой - предложить людям проповедь в этой жизни и напомнить им о загробной жизни.

Некоторые из них представляют «Братьев-мусульман» как суфийский метод, связанный с обучением людей тому, как поклоняться и что следует за беспристрастностью и аскетизмом.

Некоторые из них думают, что группировка «Братья-мусульмане» – это факийская (Юриспруденциальная) теория, все они заинтересованы в оспаривании определенных постановлений, к которым они стремятся и призывают людей поверить в них, а также ссориться с теми, кто в них не верит и дружить с теми, кто в них верит.

Мало кто смешивается с Братьями-мусульманами и не удовлетворены исламскими проповедями группировки и при этом они не навязывают Братьям-мусульманам ислам, который они себе представляют. Эти люди знали правду о группировке и понимали значения их призывов. Поэтому я хочу поговорить с вами о значении ислама и его образе в сердцах Братьев-мусульман, чтобы ислам стал тем к чему мы призываем и гордимся, к чему принадлежим и из чего ясно извлекаем образ жизни.

(1) Мы считаем, что положение ислама и его учения являются всеобъемлющими и регулируют дела людей в этом мире и в будущем и тот, кто считает, что эти учения касаются только аспектов поклонения или духовных, но не других, ошибается, потому что ислам - это доктрина, поклонения, нации, национальности, религии, государства, духовности, работы, Корана, меча и Священного Корана, чтобы подтвердить все это и считать это сущностью Ислама и 77 аят, суры Аль-Касас (Рассказ) показывает: «А посредством того, что Аллах даровал тебе, стремись к Последней обители, но не забывай о своей

доле в этом мире! Твори добро, подобно тому, как Аллах сотворил добро для тебя…»

И вы можете прочитать в Коране и в молитве, если хотите, слова Аллаха, Благословенного и Возвышенного, в вере и поклонении в суре Аль-Баййина (Ясное знамение), -5ом аяте написано: «А ведь им было велено лишь поклоняться Аллаху, служа ему искренне, как ханифы, совершать намаз и выплачивать закят. Это — правая вера»

И высказывание Всевышнего в сфере управления, судебной власти и политики в суре Ан-Ниса (Женщины), -65ом аяте написано: «Но нет — клянусь твоим Господом! — они не уверуют, пока они не изберут тебя судьей во всем том, что запутано между ними, не перестанут испытывать в душе стеснение от твоего решения, и не подчинятся полностью»

И прочтите Всемогущее изречение в религии и торговле в суре Аль-Бакара (Корова), -282ом аяте: «О те, которые уверовали! Если вы заключаете договор о долге на определенный срок, то записывайте его, и пусть писарь записывает его справедливо. Писарь не должен отказываться записать его так, как его научил Аллах. Пусть он пишет, и пусть берущий взаймы диктует и страшится Аллаха, своего Господа, и ничего не убавляет из него. А если берущий взаймы слабоумен, немощен или не способен диктовать самостоятельно, пусть его доверенное лицо диктует по справедливости. В качестве свидетелей призовите двух мужчин из вашего числа. Если не будет двух мужчин, то одного мужчину и двух женщин, которых вы согласны признать свидетелями, и если одна из них ошибется, то другая напомнит ей. Свидетели не должны отказываться, если их приглашают. Не тяготитесь записать договор, будь он большим или малым, вплоть до указания его срока. Так будет справедливее перед Аллахом, убедительнее для свидетельства и лучше для избежания сомнений.

Но если вы заключаете наличную сделку и расплачиваетесь, друг с другом на месте, то на вас не будет греха, если вы не запишите ее. Но призывайте свидетелей, если вы заключаете торговый договор, и не причиняйте вреда писарю и свидетелю»

И прочтите изречение Всевышнего о джихаде, борьбе и завоеваниях в суре Ан-Ниса (Женщины), -102ом аяте: «Когда ты находишься среди них и руководишь их намазом, то пусть одна группа из них встанет вместе с тобой, и пусть они возьмут свое оружие. Когда же они совершат земной поклон, пусть они находятся позади вас. Пусть затем придет другая группа, которая еще не молилась, пусть они помолятся вместе с тобой, будут осторожны и возьмут свое оружие. Неверующим хотелось бы, чтобы вы беспечно отнеслись к своему оружию и своим вещам, дабы они могли напасть на вас всего один раз (покончить с вами одним разом). На вас не будет греха, если вы отложите свое оружие, когда испытываете неудобство от дождя или больны, но будьте осторожны. Воистину, Аллах приготовил неверующим унизительные мучения» И в дополнение ко многим другим аятам, которые подходят для тех же целей и для другой общественной морали это дела общества.

Вот как отношения Братства с Книгой Аллаха и как они руководствовались ей, поэтому они поняли, что ислам - это всеобъемлющее значение и что он должен доминировать во всех

жизненных делах, и также необходимо соблюдать положения, правила и учения ислама, если нация хочет быть истинно мусульманской, но если она считает, что ислам - это только поклонение и подражание немусульманам в других делах, то Ислам этой нации неполон. Это сравнимо с тем, что сказал о них Всевышний в суре Аль-Бакара (Корова), -85ом аяте:

«Неужели вы станете веровать в одну часть Писания и отвергать другую часть? Воздаянием тому, кто совершает подобное, будет позор в мирской жизни, а в День воскресения они будут подвергнуты еще более ужасным мучениям. Аллах не находится в неведении о том, что вы совершаете»

(2) В дополнение к этому, Братья-мусульмане полагают, что основа исламских учений - это Книга Аллаха и Сунна Его Посланника, да благословит его Аллах и приветствует. Если нация придерживается их, она никогда не сбивается с пути, потому что другие науки и мнения, которые веками приписывались исламу, представляют образ жизни тех эпох и народов, в которых они жили, и поэтому мы должны брать исламские системы только из Книги Аллаха и Сунны Его Посланника и что мы понимаем Ислам так, как его понимают сподвижники и последователи праведных Салафитов, да будет Аллах доволен ими, и что мы стоим у божественных границ, чтобы не ограничивать себя ничем, кроме того, что Аллах связывает нас, и мы не связываем нашу эпоху с другой моделью, которая не соответствует с нашей моделью .

(3)Братья-мусульмане также считают, что ислам как всеобъемлющая религия, регулирующая дела народов и наций, хороша для любого места и времени. Ислам организует, все жизненные дела и не только ведет часть их жизнь, но также направляет людей на их жизненном пути к осуществлению этих учений и их следованию и в пределах его границ.

Чтобы гарантировать выполнение этих учений или их запрет, ислам сосредоточил внимание на лечении человеческой души, которая является источником систем и материалом для

мышления, визуализации и морфологии. Он дал человеческой душе эффективное лекарство, которое очищает ее от вреда и ведет к добродетели. Если душа верна, то, что исходит из нее, становится действительным. Говорят, что справедливость не в тексте закона, а в душе судьи.

Можно дать полный и справедливый закон судье и применить его несправедливо, и вы можете дать неполный и несправедливый закон добродетельному и справедливому судье, и он применяет его в справедливом контексте, в котором вся доброта, праведность, милосердие и справедливость, следовательно, и человеческая душа является предметом большой заботы в Книге Аллаха, поэтому первые души, сформулированные в исламе, были примером природы ислама совпадая с эпохами, нациями вмещая все цели и требования. Следовательно, ислам также не возражает против использования всех праведных систем, которые не противоречат его общим правилам и принципам.

Я не хочу долго мусолить вас в этом отношении, потому что это обширный раздел, и он предназначен только для того, чтобы подчеркнуть значение исламской идеи в сердцах Братьев-мусульман.

Братство - это всеобъемлющая идея реформы

Результатом всеобъемлющего понимания ислама среди «Братьев-мусульман» стало то, что их идея включала все аспекты реформы в нации, а также включала идею реформы для других. И каждый искренний реформатор, достигший своей цели, таким образом, надежды всех людей, любящих реформы, встретились с идеями Братьев-мусульман, которые знали и понимали их идею, поэтому можно сказать, не выходя из идеи группировки:

(1) Салафитский призыв:- они призывают к возвращению ислама исходя из Книги Аллаха, Сунну Его Посланника.

(2) Суннитский метод: потому что они работают с очищенной сунной во всем, особенно в верованиях и актах поклонения

(3) Суфистская истина, потому что они учат основам добра, чистоте души, сердца, настойчивости в работе, признакам творения, любви к Аллаху и приверженности добру.

(4) Политическая организация: потому что они требуют реформы правления изнутри и анализ отношений исламской нации с другими странами за рубежом и просвещение людей о гордости, достоинстве и заботе о национализме.

(5) Спортивная группа: потому что они заботятся о своем теле и знают, что сильный верующий лучше слабого верующего и что Пророк, мир ему и благословение, говорит: (Заботьтесь о своём теле). Последователи ислама и его учения ислама не могут полноценно выполнять свои обязанности, если не обладают сильным телом. Молитва, пост, хадж и закят нуждаются в теле, которое несет это бремя и эту работу в поисках средств к существованию, а также потому, что они заботятся о своих формированиях и командах. Спорт - это гораздо больше, чем клубы, специализирующиеся только на физических тренировках.

(6) Научное и культурное сообщество: потому что ислам создает поиск знаний - обязанность каждого мусульманина (в независимости от пола), и поскольку клубы Братства на самом деле являются школами для образования и культуры, институтами для развития тела, разума и духа.

(7) экономические компании: Поскольку Ислам заботится о капитале и заработках. Пророк, мир ему и благословение Аллаха, говорит (Да, хорошие деньги для хорошего человека), а также говорит (Каждый человек получает свою зарплату в результате своих усилий, будет благословлен Аллахом) и (Аллах любит профессионального верующего).

(8) Социальная идея: потому что они знают проблемы исламского сообщества и пытаются их решить.

Таким образом, мы видим значение универсальности ислама, из

которой группировка приобрела свою тоталитарную идею, поскольку Братство направило свою реформистскую деятельность на все сферы реформ, в то время как другие обращаются к одной сфере без другой, хотя они знают, что Ислам требует их всех.

Таким образом, многие сферы действий Братства показались людям противоречивыми, хотя они и не противоречат друг другу.

Люди могут видеть в мечети мусульманина, плачущего, а через некоторое время вы увидите его проповедником, призывающим к Адану (призывающим к молитве), а затем вы увидите его как спортсмена, занимающимся бегом или плаванием, а затем вы увидите, что он в своем магазине или в своей лаборатории добросовестно и искренне практикует свое трудолюбие, люди могут посчитать их противоречивыми, даже если они знают, что все они объединены Исламом. Ислам повелевает ими, и вызывает их, чтобы они знали, что они являются гармоничными и совместимыми аспектами. С этой всесторонностью группировка Братья - мусульмане терпит в свой адрес критику и недостатки.

Они были направлены на них, поскольку группировка избегала ярлыков и титулов, потому что всеобъемлющий ислам объединил их вокруг одного имени, которым являются — Братья-мусульмане.

Характеристики призыва Братства

Призыв «Братьев-мусульман» к исмаилизму появился после факхиским (религиозно-юридическим) спором между теми, кто интересуется религиозными делами, и разногласий, длившихся 7 лет по некоторым подпунктам, которые привели к расколу. Это совпало с эпохой сильной и насильственной борьбы между иностранным фанатиком и патриотом, борцом и моджахедом. Таким образом, одним из результатов этих обстоятельств было то, что этот призыв группировки «Братья-Мусульмане» характеризуется спецификами, которые отличается от других призывов свидетелями которых они были и среди этих характеристик:

(1)   Уход от областей разногласия

(2)   Уход от гегемонии видных деятелей и высокопоставленных людей

(3)   Отстранение от партий и организаций

(4)   Забота об обучении и постепенных шагах

(5)   Сосредоточение внимания на продуктивном, практическом аспекте вместо рекламы и маркетинга

(6)   Интенсивность явки молодежи

(7)   Скорость распространения в деревнях и городах

1. Уход от областей разногласий

Уход от областей разногласий, как и в отношении расстояния от областей факхийского (религиозно-юридического) спора, потому что Братство считает, что разногласия в ветвях необходимы, потому что истоки ислама - это аяты, хадисы и дела, которые различаются по своему пониманию. Таким образом, разногласия возникли между самими сподвижниками и останутся таковыми до Дня Воскресения. В этой связи Имам Малик Посланник Аллаха, да благословит его Аллах и дарует ему мир, сказал Аби-Джафару который хотел принудить людей поверить в то, что было в книге Малика «Аль-Муата», «что сподвижники посланника Аллаха были распространены по всем районам, и у каждого народа есть знания, поэтому, если вы сведете их к единому мнению, тогда будет мятеж». Дефект не в разногласиях, а в нетерпимости к мнению, в том, чтобы останавливать умы и мнения людей. Этот взгляд на спорные вопросы объединяет разбросанные сердца на одной идеи, люди должны договориться о том каким должен быть мусульманин, как сказал Зейд, да будет Аллах доволен им. Это представление было необходимо для группы, которая хочет распространять идею в стране по вопросам, не имеющим значения для споров или разногласий по ним.

2. Уход от гегемонии видных деятелей и высокопоставленных людей

Уход от гегемонии видных деятелей и высокопоставленных людей, потому что уход от призывов, абстрактных целей, к призыву, приносящему пользу, даже если это влияет на отношения людей. Другая модель методов, которую продвигает эта группировка - и чтобы никто не пытался использоваться методами или их частью для целей, отличных от намеченной, потому что многим из великих не хватает исламских знаний, которыми должен характеризоваться мусульманин несущий исламский призыв направлять людей. Вот почему этот тип был далек от авторитета Братстьев-мусульман, немногие из избранных поняли их идею, цель и пожелали им успехов.

3. Отстранение от партий и организаций

Что касается отстранений от партий и организаций из-за разногласий между этими органами и партиями, которые не входят в противоречие с исламским братством, потому что призыв к исламу в целом соединяет и не разделяет человека, который работает на призыв ислама, за исключением тех, кто избавляется от всего и становится чистым для Аллаха и избавляется от всего, кто хочет достичь своих целей через партии или органы власти и поэтому мы решили избегать всех, даже если мы потеряли некоторые элементы, до тех пор, пока их картина не станет ясной и люди не осознают факты этих партий и органов власти.

Теперь, когда призыв может направлять, а не его направляют и не влияют на него, мы приглашаем старейшин, знатных людей, органы и партии присоединиться к нам и работать с нами, а также оставить бесполезные   и объединиться под знаменем Великого Корана и следовать под знаменем Благородного Пророка и истинному подходу Ислама. Если они согласны, это лучше для них. И для их счастья в этом жизни и в загробном мире, а также призыв с их помощью может сэкономить время и силы, иначе они не согласятся мы будем ждать, и просить помощи только у Аллаха, пока они не будут вынуждены работать с нами не как руководители, а как обычные члены. Как сказано в суре Юсефа, -21ом аяте: «Аллах властен вершить свои дела, однако большинство людей не ведает об этом»

4. Поэтапная градация (шаги)

Постепенный прогресс и опоры на образование, ясность шагов на пути Братьев-мусульман являться важными аспектами группировки, потому что они считают, что каждый призыв должен иметь три этапа: первый - этап пропаганды (представление и проповедь идеи, и ее доведение до масс). Второй — обучение (отбор, подготовка и мобилизации сторонников), а затем третий - этап реализации (работы и производства). Все эти три этапа связаны с призывом и являются единым целым с ним, поэтому тот, кто пропагандирует призыв одновременно с этим работает, а также воспитывает и выбирает лучших членов группировки для дальнейшей подготовки кадров, но нет никаких сомнений в том, что цель последнего не появится до тех пор, пока не появится поддержка сторонников и улучшиться уровень образования.

В рамках этих этапов наш призыв был и продолжается. Мы начали с призыва, поэтому мы направили его к нации в виде последовательных уроков, в многократных поездках, в публикациях, на общественных и частных слушаниях, а также через первую газету Братьев-мусульман, а затем еженедельный журнал Аль-Надир. Группировка уверенна в своей истине и правоте и будет продолжать распространять безупречные призывы истины пока не найдётся человек, который не оставил это без внимания. Аллах проливает свой свет своей мудрости на всех. Я считаю, что на этом этапе мы достигли степени уверенности в призыве и пути через него, мы сделали второй шаг, который является этапом выбора и формирования, чтобы мобилизовать людей.

Мы сделали второй шаг в трех формах:

1. Аль-Кятаиб (дошкольное): предназначен для укрепления класса через знакомство, смешение душ, противодействие вредным привычкам и обычаям, тренировки для укрепления связи с Аллахом, будь он Благословен и Возвышен, и добиться победы призыва от Аллаха. Это и есть Институт образования Братьев-Мусульман.

2. Скаутские команды и спортивные игры: их цель – физически укрепить и развить тела участников Братства, приучить их к послушанию и порядку, а также спортивной морали, подготовить их к правилам, которые Ислам требует от каждого мусульманина. Это и есть институт физического воспитания Братьев-мусульман.

3. Уроки Аль-Кятаиб, клубах Братьев-мусульман: развитие идей и ума Братьев, изучение важные вещей, которые мусульманин должен знать о своей религии и жизни, это Институт научного и интеллектуального образования для Братьев-мусульман, в дополнение к другим аспектам деятельности, которым обучается Братья, чтобы подготовить людей к руководству нацией и Миром.

Убедившись в своей позиции на этом этапе, мы приступаем к третьему этапу, который является практическим шагом, на котором проявляются полные плоды призыва Братьев-мусульман.

Откровенность

Дорогие братья-мусульмане, особенно восторженные энтузиасты:

Послушайте это от меня, громкое слово с этой трибуны вашей конференции, ваш путь, его пределы и лаги определенны, я не хочу нарушать эти пределы, которые, как я убежден, являются лучшим способом достичь третьего этапа. Путь может быть длинным, но другого пути нет

Мужество проявляется с терпением, настойчивостью, усердием и кропотливым трудом. Кто хочет от вас, чтобы вы поскорее сорвали плоды до их созревания, я с ним не согласен и этому человеку

лучше поскорее оставить наш призыв и уйти к другим призывам, а те, кто хочет подождать со мной, пока плод не вырастет. Плод готов к сбору, поэтому награда за это лежит на Аллахе, и мы не упустим награду благотворителей, будь то победа и суверенитет или мученичество и счастье.

Братья-Мусульмане

Устраните прихоти эмоций и замените их взором разума, озарите лучи разума пламенем эмоций, превратите воображение в истину реальности и откройте факты в ярких огнях воображения. Ждите часа победы, а он не далеко от вас.

Братья-Мусульмане

Вы работаете ради Аллаха, чтобы получить его награду и удовлетворение, он гарантирует вам успех, если вы искренни и Аллах не просил вас о результатах работы, но он просил вас об искренности руководства и хорошей подготовки. Нет другого пути, кроме вашего, нет производства, кроме вашего плана и нет ничего правильного, кроме того, что вы делаете, поэтому не рискуйте своими усилиями и лозунгом вашего успеха и работы. Аллах с вами и вашими делами и помогает рабочим. Как сказано в

Суре Аль-Бакара (Корова), -143ом аяте: «Аллах никогда не даст пропасть вашей вере. Воистину, Аллах сострадателен и милосерден к людям.»

Когда наши исполнительные шаги?

Братья-Мусульмане

Мы здесь на конференции, которую я считаю семейной, в которой участвует семья Братьев-мусульман, я хочу быть очень откровенным с вами, так как откровенность принесет нам пользу, потому что поле речи - это не поле воображения, а поле труда - не поле речи, а поле джихада - не поле труда, а поле истинного джихада не поле неправильного джихада.

Многим легко представить, но не каждое воображение, происходящее в уме, можно преобразовать в слова с помощью языка, и многие могут сказать, но только малая часть их высказываний доказана в действии, многое из этого малого может сработать, но немногие из них могут вынести бремя тяжелого джихада и труда.

Моджахеды - это немногочисленная элита сторонников «Братьев-мусульман». Они могут ошибаться на пути и не достичь цели, если их не встретит забота Аллаха. В сказке Талута есть то, что я говорю, Подготовьтесь и примите правильное образование и тщательное тестирование, проверьте себя на работе и отучите себя от желаний, норм и вредных привычек.

В то время, когда у Братьев-мусульман есть триста батальонов психологических и духовных, с верой и интеллектом, с наукой и культурой, физически с тренировками и спортом, в это время попросите меня отправиться с вами в глубины морей и подняться с вами в небо.

Чтобы мы достигли победы надо быть упрямыми, я сделаю это, и правильно Посланник Аллаха сказал: (небольшая группа против двенадцати тысяч не победит). И я установил для этого (сбора трёхсот батальонов) время вскоре после примирения Аллаха, его помощи и воли, вы депутаты Братства и их представители, возможно, сможете сократить это время, если приложите больше усилий. Если вы пренебрегаете результатами, они будут другими.

Осознайте бремя и формируйте Аль-Кятаиб, формируйте команды, присутствуйте на уроках, спешите тренироваться и распространяйте свой призыв к джихаду среди людей. Доберитесь к ним как можно ближе, не теряйте ни минуты без работы.

Те, кто слышит это, могут подумать, что количество «Братьев-мусульман» невелико или их усилия слабы. Я не имею в виду это, и это не является концепцией моих слов, потому что «Братьев-мусульман», слава Аллаху, их много, и «Братья-мусульмане» представлены на этой конференции тысячами своих членов, и каждый депутат представляет целую группу членов и сподвижников идеи. Как я говорил раньше, человек говорящий, отличается от рабочего человек, работающий человек отличается от джихадиста. Простой рабочий человек отличается от производительного человека, который достигнет большей прибыли с меньшими жертвами.

5. Практический альтруизм

Процесс альтруизма - это процесс, который поднят в сердцах Братства и призыв к нему в учебных программах, включая ряд вещей:

говорится в исламе о практическом аспекте, чтобы действия, проводимые Братьями-мусульманами, не были нарушены, и был баланс между этим взглядом и благотворительной деятельностью.

Включая естественное отвращение Братства к зависимости людей от ложной пропаганды и клоунады, не связанной с работой и то, что эта ложная пропаганда обманула нацию, потому что никакого эффекта она не дала.

В том числе то, что Братство боялось столкнуться с вызовом с острым соперничеством или вредной дружбой, которая помешала бы маршу Братства и достижению ее целей.

Все эти вопросы были приняты во внимание Братством, члены группировки предпочли приступить к своему призыву старательно и быстро, даже если призыв людей слышали только те, кто их окружал, и даже если их влияние было только на их окружение.

Мало кто знает, что проповедник Братьев-мусульман заканчивает свою личную работу в четверг вечером, а ночью он читает лекцию людям в городе Минья, а на пятничной молитве он проповедует в городе Манфалут, а вечером он читает лекцию в городе Асьют, а ночью он читает лекцию в городе Сохаг, затем возвращается в свой дом со спокойствием. Спокойное сердце, слава Аллаху за его успехи, и это могут почувствовать только те, кто его слушает.

Если бы совершил такие усилия кто-то другой, кроме группировки «Братья-мусульмане» вызвало бы большую рекламу, но Братство не сделало этого, потому что они хотели чтобы люди видели их, как они работают. Тот, кто убеждён -будет работать ,а тот, кто не убеждён его не уговорить. Проповедник проводит месяц или два вдали от семьи, дома, жены и сына, он взывает к Аллаху, по ночам он читает лекции, а днем – шествует между городами.

В течение этого периода он прочитал более 60 лекций с востока на запад страны, также на некоторых лекциях присутствовали тысячи людей из разных социальных классов, после этих приложенных усилий он не рекомендует внедрять рекламу.

Братство организует образцовый лагерь в городе Александрия примерно на месяц, который объединяет спортивные интересы и дух со спортом физического тела, в котором полностью представлены спортивные и военные секции, а также в лагере присутствуют сто чистых и верных молодых людей, и об этом лагере было известно только участникам группировки «Братья-мусульмане».

Ваша конференция, которая на самом деле является самым истинным парламентом Египта, созывает Братьев-мусульман в этом благословенном месте в присутствии представителей разных управлений, центров и деревень из разных социальных слоев, представляющих членов группировки с самыми искренними представлениями, и ваше присутствие подтверждает твердое желание продуктивной   работы.

Братья-мусульмане проводят эту и другие реформы, которые имеют наилучший эффект, но они не рекламируют это, не хвастаются, не преувеличивают и даже не упоминают правду. Но есть   другие организации, кроме Братьев-мусульман проделавших эту   работу, чтобы провести большую пропаганду в свою пользу на Востоке и Западе. В какую чудную эпоху пропаганды мы живем….

Дорогие братья:

Цель, которую вы имеете в виду, действительно прекрасна, ваш план достоин похвалы Аллаха, поэтому продолжайте ее, но запомните, с чего вы начинали. Вы должны преодолеть барьеры, чтобы достичь большего масштаба, и призыв проявился, люди начали спрашивать о призыве и о группировке, а с другой стороны, некоторые любопытные люди начали говорить о группировке негативно, они ничего не знали о группировке и ее делах. Вы должны разъяснить людям свои цели, идею и действия. Вы должны объявить об этом людям не для того, чтобы выставлять напоказ, а для того, чтобы направлять и приносить пользу нации и ее сыновьях и дочерях. Так что напишите об этом в журнале Аль-Надир, поскольку это ваш язык (газета – язык группик ровки), а также напишите об этом в

местных газетах. Пропаганда вашего призыва должна быть в рамках безупречной морали и добродетельных манер, а также крайне большого стремления объединить сердца и гармонию душ. Знайте, когда ваше призвание развивается, заслуга всего этого – Аллах. Как сказано в священном Коране в суре Аль-Худжурат (Комнаты), 17-ом аяте:

«Это Аллах оказал вам милость тем, что привел вас к вере, если вы вообще говорите правду»

6. Молодые люди принимают призыв

Призыв нашёл большой отклик в сердцах молодежи и особенно рабочего/среднего класса, которые являются наиболее плодородными прослойками населения для призыва. Молодые люди отовсюду приняли призыв Братства, веря ему. Поддержите призыв и обещайте Аллаху продвигать его и работать для него

Шесть молодых людей из Каирского университета несколько лет назад продвинулись вперед, да ниспошлет Благословение их душам Аллах за их усилия. Аллах узнал об их усилиях и поддерживал их. Все университеты поддерживает Братьев-мусульман благодаря им. Университет любит и уважает их и желает им успехов. Среди университетской молодежи есть группа, которая верит в призыв и проповедует его повсюду.

То же самое верно и для Университета при мечети Аль-Азхар, которые считаются оплотом исламского призыва и домом ислама. Поэтому для Аль-Азхара нет ничего странного в том, что он считает призыв Братства своим призывом и своей целью, а классы и клубы

Братства должны быть заполнены подрастающей молодежью, выдающимися учеными, учителями и проповедниками, также все они имеют большое влияние в распространении и поддержке этого призыва везде. Группировка не ограничивалась призывом молодежи и большим количеством студентов, а скорее тем, что многие прослойки населения и верующих людей приняли приглашение в неё,

это было хорошим подспорьем для пропаганды призыва. Многие из молодых людей были заблудшими, они были сбит с толку, поэтому Аллах вел их, также они были непослушны, так что пусть Аллах дарует им успех в послушании, и цели стали им ясны. Как сказано в священном Коране в суре Аль-Нур (Свет), -35ом аяте: «Аллах направляет к Своему свету, кого пожелает»

Мы считаем это признаком успеха, и каждый день видим новый прогресс в области молодежи, это даёт нам силу, надежду и удваивает усилия. Как сказано в священном Коране в суре Алю Имран (Семейство Имрана), -126ом аяте: «Поскольку победа приходит только от Могущественного и Мудрого Аллаха»

7. Быстрое распространение призыва в деревнях и городах, потому что призыв зародился в городе Исмаилия и вырос в его чистой атмосфере и распространился по его прекрасным протяженным пескам, питая и развивая то, что он видит каждое утро и вечер - Проявления иностранной оккупации и европейской монополизации богатства своей страны, поскольку этот Суэцкий канал является причиной проблем и источником недуга, а на западе города находится английский лагерь с его инструментами и оборудованием, а на востоке города находится главный офис с его мебелью, великолепием и зарплатой для управления компанией канала.

Египтянин находиться в странном положении в своей стране. Египтянин лишен, а другие обладают богатствами его египетской родины, чувствует себя униженными, а иностранец гордится тем, что он крадет из средств к существованию египтянина. Это чувство было хорошей темой для призыва Братства. Сначала призыв распространился в районе канала (Аль-Бахр Аль-Сакир), затем он распространился в районе аль-Даглия. Призыв вошел в сердца верующих как маленькое и смиренное семя, затем он вскоре овладел сердцами, чувствами и мыслями людей во многих регионах, так что призыв к людям стал надеждой и целью.

Призыв появился в Каире после того, как Ассоциация исламской цивилизации объединилась со своими проповедниками и инструментами с Группировкой, веря в идею Братства и предпочитая работать с группировкой, аскетизмом в названиях и именах, а так же с пренебрежением к индивидуальному эгоизму, который саботировал работу. Затем в Каире был открыт офис общего руководства для наблюдения за формирующейся группировкой в регионах и странах. Распространять идею «Братьев-мусульман» и доставлять ее в страны, которые еще не знали о призыве.

Офис обычно обращался за помощью в еде, времени и усилиях членов для служения своей вере, они ни к кому не протягивали руку за помощью, не обращались за помощью ни к старшим, ни к телу, не брали государственные деньги и не обращались за помощью ни к кому, кроме Аллаха, и поэтому ячейки Братства очень быстро распространились по всем регионам Египта от Асуана до Александрии. В Рашид, в Порт-Саид в Суэц, в Танту, в Фаюм, в Бени Суэф, в Минью, в Асьют, в Гергу, в Кену и другие центры и деревни.

Братство не остановилось на египетской границе, а пересекло его в Судан, затем в остальную часть исламской родины, Сирию с ее подразделениями на востоке, Марокко с его подразделениями на западе, а затем в остальные благословенные исламские страны.

Раньше Братство работало над распространением и направлением призыва, но теперь призыв быстро шествует по странам и деревням, и мы вынуждены следовать ему (увеличивать усилия). Важно то, что связь между всеми отделениями группировок - это не просто сходство в именах или общей цели, но скорее, это самая сильная связь - это связь глубокой любви и тесного сотрудничества, сильная божественная связь и полный обход вокруг фокуса и центра идейного метода, а также всеобъемлющее единство в боли, надежде, джихаде и работе, а также средствах, целях и подходах.

Эти органы в странах и деревнях не ограничивались выполнением указаний своего головного офиса в Каире. Скорее, они работают в сфере общественных услуг и строят свои собственные клубы. Многие из членов группировки построили свои дома и стали их владельцами, а многие члены осуществляли благотворительные, экономические и социальные проекты, все из которых постоянно активны и продуктивны. Взаимоотношения офиса в Каире с его различными отделениями и органами - это не отношения вышестоящего к подчиненным, также это не только отношения чистого управления и научного надзора, это связь, прежде всего: связь души, связь членов одной семьи друг с другом, посещение ради Аллаха, поэтому проповедники Братства навещают своих братьев и общаются с ними и знают самые важные вещи, связанные с их жизнью. Их частные и общественные дела, были недоступны ни для одного из существующих органов, насколько я знаю, и это милость Аллаха, которую он дарует кому угодно.

Дорогие братья:

Я не скрываю от вас, что я доволен этим искренним единством Братства, я горжусь этой сильной и прочной божественной связью, великой надеждой на будущее, пока вы любящие и сотрудничающие братья в Аллахе, так что сохраняйте это единство, потому что это ваше оружие и снаряжение.

Многие спрашивают: откуда «Братья-мусульмане» финансируют расходы по призыву, которые не могут себе позволить не только бедные, но и богатые?

Пусть эти люди и другие знают, что члены группировки Братья-мусульмане никогда не скупятся на призыв, потому что они финансируют его за счет средств к существованию своих членов группировки, выжимания усилия и продажи предметов первой необходимости в дополнение к их роскоши и излишку их потребностей. И когда они несли бремя призыва, они очень хорошо знали, что это призвание, расходы которое должны быть оплачены деньгами и кровью, поэтому они тратили на призывы ради Аллаха, веря в изречение Всемогущего: «Воистину, Аллах купил у

верующих их души и имущество в обмен на Рай» Ат-Тауба (Покаяние), -111й аят. Итак, они с добротой принесли то, что у них было, веря, что все это благодаря Аллаху, поэтому они отдавали то, и Аллах дал им благословение в небольшом количестве, но этого становилось все больше.

Дорогие братья, Офис общего руководства не получал никакой помощи от правительства, какой бы она ни была. Офис общего руководства оспаривает любого человека, который говорит, что хоть один гирш (копейка) поступила в казну группировки, кроме как из карманов ее членов. Мы не будем принимать помощь, кроме как от членов или сторонников. Мы ни в чем не будем зависеть от правительства. Наша программа заключается в том, чтобы не просить ни у кого помощи. «Просите у Аллаха из Его милости, ведь Аллаху известно о всякой вещи.» Ан-Ниса (Женщины), -32й аят

Все сказанное выше, дорогие братья, только некоторые из

характеристик. Я воспользовался этой возможностью, чтобы поговорить с вами об этом, а сейчас позвольте мне перейти к другому важному аспекту призыва, который может сбивать с толку позицию Братьев-мусульман по отношению к нему для многих людей, и этот вопрос может вызвать непонимание у некоторых членов группировки, пока мы не определим и не раскроем этот аспект вместе.

Метод Братьев-мусульман:

Цель и средства:

Цель Братства ограничивается формированием нового поколения верующих в учение истинного ислама, работающих над тем, чтобы сделать нацию по полному исламскому образцу во всех аспектах ее жизни: формула Аллаха, самая лучшая .

Метод Братства заключается в изменении общих обычаев и обучением сторонников призыва к исламским учениям, чтобы стать примером для других. Если «Братья-мусульмане» будут продвигаться к своей цели в соответствии со своими средствами, они будут уверены, что нация успешно придерживается исламского образа жизни, и они благодарят Аллаха за это. Я считаю, что мне не нужно дальше объяснять о целях и средствах «Братьев-мусульман».

Братство, власть и революция

Многие спрашивают: намереваются ли «Братья-мусульмане» использовать силу для достижения своих целей? Думают ли «Братья-мусульмане» о подготовке всеобщей революции против политического режима и социальной системы в Египте?

Я не хочу сбивать с толку спрашивающих. Скорее, я пользуюсь этой возможностью, чтобы четко ответить на этот вопиющий вопрос и позволить услышать всем, кто этого хочет.

Власть - это лозунг ислама в его законах и законодательных актах. Священный Коран четко призывает: «Приготовьте против них, сколько можете силы и боевых коней, чтобы устрашить врага Аллаха и вашего врага» Аль-Анфаль (Трофеи), -60й аят

И Пророк говорит (Сильный верующий лучше, чем слабый верующий). Действительно, сила – является лозунгом Ислама даже в молитве в виде продления благоговения и успокоения.

Выслушайте то, к чему Пророк призывал в себе и его сподвижниках говоря с ними об Аллахе:

«О Аллах! Я ищу у Тебя убежища от беспокойства и горя, от неспособности и лени, от трусости и скупости, от того, что я по уши в долгах и угнетений от мужчин».

Разве не видно в этих мольбах, что Пророк искал убежища у Аллаха от всякого проявления слабости:

Слабость воли с беспокойством и печалью, слабость производства из-за беспомощности и лени, слабость кармана и денег -

Глупость и скупость, слабость гордости и достоинства в долге и угнетении. Что вы хотите от человека, который следует за этой

религией, кроме того, чтобы быть сильным во всем, ее девиз - сила во всем... Братьям-мусульманам – необходимо быть сильными, они должны активно работать.

Но «Братья-мусульмане» мыслят глубже и дальше от соблазна мыслей.

Они не вникают в их глубины и не взвешивают их результаты, то, что задумано и что они намерены сделать, поскольку они знают, что первая степень силы - это сила веры и доктрины, за которой следует сила единства и связи, затем после них идет сила предплечья и оружия. Некорректно называть группу сильной, пока ее не станет в большинстве и изобилии. Если группа использует силу предплечья и оружия, она разрозненна и беспокойна. Система неисправна или имеет слабые убеждения о вере. Тогда группа будет обречена на смерть.

Это один взгляд, а есть ещё другой: рекомендовал ли ислам силу его лозунга, использовать ли силы во всех условиях и ситуациях? Или он установил для этого пределы, оговорил условия и ограниченно направил силу?

И третий взгляд: является ли сила первым или последним выбором? Человек должен взвешивает последствия использования полезной силы с ее вредными последствиями и окружением. Следует ли человеку сравнивать результаты полезной силы с вредной силой и обстоятельствами, возникающими в результате этого? Или человек обязан применять силу, не волнуясь ни о чем?

Братья-мусульмане изучают разные точки зрения перед применением силы и принятием решений, и думают, какой тип силы следует использовать, а революция является самым жестоким ее проявлением. Поэтому «Братья-мусульмане» рассматривают революцию как более точную и глубокую точку зрения, особенно в Египте, который испробовал множество революций и ничего не получил от них.

После всех этих взглядов я говорю тем, кто спрашивает: «Братья-мусульмане» будут применять силу, когда у них не будет другого выбора и после их уверенности, что полностью придерживаются веры и единства.

«Братья-мусульмане», будут честны, когда они применят силу. Они поклянутся применять ее с достоинством и гордостью, и они с полным пониманием и удовлетворением понесут все последствия своего положения в отношении применения силы.

Что касается революции, то «Братья-мусульмане» не думают о ней, не полагаются на нее и не верят в ее пользу и результаты, даже если они говорят каждому правительству в Египте, что если это положение в стране будет продолжаться. И правительство не проведёт срочный реформы по этим проблем, это приведёт к Неизбежной революции, которая не будет делом рук Братьев-мусульман и их призыва, а будет результатом непроведения реформ и давления обстоятельств в стране.

С течением времени ситуация усложняется и ухудшается, являются предупреждающими знаками, которые необходимо решать.

Братья-мусульмане и правление

Другая группа людей задается вопросом: подходят ли методы «Братьев-мусульман» для формирования правительства или получения власти?

Каким способом они к этому идут?

Я не оставлю тех, кто просил, и дам им ответ.

Братья-мусульмане во всех своих шагах, надеждах и делах руководствуются исламом как они его понимали, и как они продемонстрировали это понимание в начале этого послания.

Это Ислам, в который верят Братья-мусульмане, делает правительство одним из своих столпов. В прошлом третий Халиф, да будет Аллах доволен им, сказал:

(Аллах лишает власти того, кто не упомянут в Коране.).

Пророк, да благословит его Аллах и приветствует, превратил Правление в бутоньерку из наготы ислама. Правление указано в наших книгах, по юриспруденции основанных на убеждениях и принципах, а не на отраслях. Поэтому ислам является правлением и реализацией, это законодательство и образование, равно как право и правосуди, ни одно из которых неотделимо от другого.

А Исламский реформатор, если он соглашается быть проводником по юриспруденции, принимает решения и декламирует учения.

Он перечисляет ветви и корни, позволяя тем, кто несёт ответственность за реализацию - узаконить нацию, если Аллах не позволяет это, заставлять ее выполнять силой в нарушении заповедей Аллаха. То голос этого реформатора будет, как говорится - крик в долине и шепот в пепле (безболезненно).

Понятно, что исламские реформаторы убеждают проповедников исполнительной власти соблюдать повеления Аллаха и выполнять Его постановления в соответствии с Сунной Его Пророка.

Исламское законодательство, с одной стороны, и фактическое законодательство, с другой. Таким образом, отказ требовать решения от исламских реформаторов считается исламским преступлением, которое не искупает его, за исключением того, что оно получает право применять его у тех, кто не соблюдает положения истинного ислама

Это четкое заявление было сказано не нами, но мы все равно верим в это потому, что это исконно исламские положения. Поэтому «Братья-мусульмане» не требуют правил для себя. Если они найдут в нации кого-то, кому можно довериться и править в соответствии с исламским методом, то «Братья-мусульмане» поддержат его, а если они не найдут такого человека, то «Братья-мусульмане» будут работать, чтобы извлечь власть из рук любого Правительства, которое не выполняет заповеди Аллаха.

Пока ситуация такова, Братья-мусульмане являются более мудрым, твердым и лучшей структурой для выполнения задач правления.

Принципы Братства должны распространяться, чтобы люди могли узнать, как общественные интересы влияют на частные интересы.

В этом контексте первое, что мы должны сказать: что Братство не видит ни одно из правительств, свидетелями которых оно было - ни нынешнее правительство, ни предыдущее, ни какое-либо другое партийное правительство готовым принять исламскую идею. Нация должна знать этот факт, чтобы население страны также требовало своих исламских прав от правителей.

И второе что мы должны сказать: неправильно полагать, что «Братья-мусульмане», в какую бы эпоху не подчинялись какому-либо правительству или выполняли одну из его целей, или действовали в соответствии с методом, отличным от их подхода.

Пусть знают этот факт те, кто не знал, не зависимо от людей из «Братьев-мусульман» или остальных.

Братья-мусульмане и Конституция

Некоторые   люди   спрашивают,   какова   позиция   «Братьев-мусульман» по конституции Египта? Особенно после того, как Салих Эфенди Ашмави, главный редактор журнала Аль-Надир, написал на эту тему, и в его статьях критиковал позиции группировки о конституции (также его статьи были опубликованы в газете - Девушка Египта), и это хорошая возможность поговорить с вами о мнении Братьев-мусульман и их позиции по египетской конституции, и мы должны различать ее как систему общих границ, полномочия и обязанности правителей и их отношения с управляемым законом, который регулирует отношения Людей друг с другом, защищает их моральные и материальные права, а нарушители наказываются

Позиция Братьев-мусульман относительно конституционной системы в целом и конституции Египта в частности:

Дорогие братья: Практически когда исследователь смотрит на принципы конституционного правления, которые сохраняют свободу личности во всех ее формах, Шуру (получение власти от народа), ответственность правителей перед народом за свои действия и определение границ каждой власти - все это имеет значение, которое исследователь считает совместимым с учением Ислама, его системы и правила составляют форму правления.

Вот почему «Братья-мусульмане» считают, что конституционная система правления наиболее приближена к исламу во всем мире.

После этого остаются две темы:

Первая - это тексты, формулирующие эти принципы.

Вторая - способ применения и интерпретации этих текстов.

Правильный принцип может быть записан в неоднозначном виде и этот текст может быть изменен и реализовано неверным образом, так что этот принцип теряет желаемую выгоду от него.

Таким образом, среди текстов египетской конституции есть статьи, которые «Братья-мусульмане» считают расплывчатыми, они позволяют толковать их в соответствии с целями и нуждами без уточнения. Второй способ заключается в том, что варианты прочтения текстов, которым предшествовала конституция, были написаны таким образом, чтобы правительство могло в свою пользу пожинать плоды конституционного правления в Египте, этот способ доказал свою несостоятельность, и нация ничего не получила от этого, кроме вреда, и необходимости реформ для достижения целей.

Что касается закона о выборах - то это метод выбора представителей народа, чья миссия заключается в реализации и защите конституции. Этот закон вызвал разногласия и предрассудки, о которых свидетельствует конкретная факты, поэтому мы должны проявить мужество, чтобы противостоять ошибкам в законе, исправлять их и поэтому Братья-мусульмане прилагают усилия для определения расплывчатых и непонятных текстов в египетской конституции, а также вносят поправки в применение конституции в стране. Я считаю, что позиция Братьев-мусульман стала яснее сейчас, и все вернётся на своё законное место.

Салих Эфенди Ашмави в своей первой статье хотел подвергнуть критике позицию, которая противоречит Братьям-мусульманам, поэтому он становился все более и более жестоким и когда мы сказали ему, что это не наша фактическая позиция. Мы ответили ему, что верим в основные принципы конституционного правления, потому что они согласуются с системой ислама и даже вытекают из нее. С точки зрения

«Братьев-мусульман», мы критикуем двусмысленность и способы реализации. В обеих ситуациях пусть Аллах его вознаградит, и мы благодарим всех тех, кто согласился с Салихом Эфенди в его критике «Братьев-мусульман». Думаю, ему не повредит, если брат Салех воспользуется этим разъяснением, чтобы занять умеренную позицию. Что касается описания методов модификации и реформирования, то с помощью Аллаха, оно будет в специальном послании.

Братья-мусульмане и закон

Как я уже сказал, конституция - это одно, а закон - другое. Я объяснил вам позицию «Братьев-мусульман» по конституции, а теперь я объясняю вам позицию «Братьев-мусульман» по закону.

Ислам не появился без законов. Скорее, исламские законы более ясны, чем истоки законодательства и положений, независимо от материального, уголовного, коммерческого или международного права. Коран и хадисы содержат все, что требуется по закону, а также книги исламских юристов богатые всеми аспектами, которые требуются закону. Даже иностранцы признали эту истину, которая была одобрена на Гаагской международной конференцией перед представителями правительственных структур из числа юристов всего мира.

Непостижимо и неразумно, чтобы закон существовал в исламской стране и противоречил учениям государственной религии и постановлениям Корана и Сунны Пророка. Аллах предупреждал об этом раньше. Как сказал милостивый и милосердный Аллах в суре: (Аль-Майда, 49-50-ых аятах) «Суди между ними согласно тому, что ниспослал Аллах, не потакай их желаниям и остерегайся их, дабы они не отвратили тебя отчасти того, что ниспослал тебе Аллах. Если же они отвернутся, то знай, что Аллах желает покарать их за некоторые из их грехов. Воистину, многие люди являются нечестивцами. Неужели они ищут суда времен невежества? Чьи решения могут быть лучше решений Аллаха для людей убежденных?»

Как сказал милостивый и милосердный Аллах в суре: «И кто бы ни правил теми, что сказал Аллах - это неверующие, неправедные и безнравственные». (Аль-Майда, 44,45,47-ых аятах)

Каково положение мусульманина, который верит в Аллаха и Его слова, когда он слушает эти аяты, другие хадисы и суждения, каково положение мусульманина, когда он руководствуется законом, противоречащим этим аятам и хадисам? Если мусульманин требует поправок в тестах закона противоречащих исламу, власти отвечают ему:

 Иностранцы не согласны, власти говорят, что египтяне независимы и не пользуются свободой религии, которая является самой священной из свобод.

Образцовые законы так же противоречат религии и ее текстам, а также они также противоречат образцовой конституции, которая гласит, что государственной религией является ислам. Так как же мы можем примирить эти два понятия?

Если Аллах, Его Посланник, запретили прелюбодеяние, ростовщичество и алкоголь, а также боролись с азартными играми, в то время как закон защищает блудника и блудница и не запрещает ростовщичество, продажу вина и регулирует азартные игры, то каково положение мусульман между этими противоречиями?

Повинуется ли мусульманин Аллаху и Его Посланнику и не подчиняется правительству и его законам? Или он не подчиняется Аллаху и Его Посланнику и подчиняется правительству, то будет ли он страдать в этой жизни и загробной? Мы хотим получить ответ от премьер-министра, Его Превосходительства министра юстиции и от наших уважаемых ученых.

Братья-мусульмане никогда не одобряют такие законы и будут всеми силами стремиться заменить их справедливым и добродетельным исламским законодательством. Мы не отвечаем в этой связи на то, что говорится о подозрениях в законе, но мы стремимся прояснить все сходства в законе, чтобы между людьми не было мятежа, и вся религия – Аллаху.

«Братья-мусульмане» направили Его Превосходительству министру юстиции пояснительную записку в этой связи, в которой предупредили правительство об этом противоречии в законе и о затруднениях, которые он причиняет людям. Вера - самое ценное из всего, что у нас есть, и группировка пошлёт еще один меморандум министру юстиции по этому поводу, но на этом мы не остановимся: Но Аллах не допустит этого и завершит распространение Своего света, даже если это ненавистно неверующим. Ат-Тауба (Покаяние), -32ой аят.

Братство, национализм, арабизм и ислам

Часто мысли людей распределяются по этим трем аспектам: национальное единство, арабское единство и исламское единство. К этому можно отнести восточное единство. Затем начинается речь и обмен идеями о возможности достижения этого единства и с какими трудностями оно сталкивается, обсуждением их положительных и отрицательных черт и поощрение одного подразделения за счет других.

Какова позиция «Братьев-мусульман» по поводу этой смеси идей и аспектов? Тем более что некоторые люди ставят под сомнение патриотизм «Братьев-мусульман» и считают свою приверженность исламским идеям ценой национальных аспектов.

Ответ заключается в том, что мы не будем отклоняться от правила, которое мы установили в качестве основы для нашей идеи, а именно следовать руководству ислама и его возвышенным учениям. Так какова же позиция самого ислама по этим аспектам?

Ислам обязал каждого мусульманина работать на благо своей страны и посвятить себя служению своей стране, отдавать все, что он может, стране, в которой он живет и начинать с близких родственников. Поэтому мусульмане - самый патриотичный народ, потому что это наложено на него Господом миров, и именно поэтому Братство было наиболее заинтересовано во благе своей страны и преданной службе своему национализму. Братство желает прославить дорогой Египет гордостью и славой, прогрессом и успехом.

Братья-мусульмане любят свою родину и стремятся к ее национальному единству. Вот почему Братья-мусульмане хорошо относятся к человеку, если он предан своему народу и стране, это с точки зрения особого национализма.

Истинный ислам зародился в арабском мире и достиг других наций через арабов, Коран был написан на чистом арабском языке и нации были объединены именем ислама на арабском языке. Тогда мусульмане были истинными мусульманами. Однако унижая арабов, унижали и ислам вмести с ними, и все потому, что политическое руководство перешло от арабов к другим иностранным лицам.

Я хочу подчеркнуть в этом контексте, что Братья-мусульмане рассматривают арабизм, как определил Пророк Мухаммед - по словам Ибн Касира от имени Муада бин Джабала, да будет Аллах доволен им: арабский язык - это классический язык.

Следовательно, единство арабов было императивом для восстановления ислама, установления его государства и укрепления своего лидерства, отсюда каждый мусульманин должен работать над возрождением арабского единства, поддерживать и отстаивать его. Это позиция «Братьев-мусульман» относительно арабского единства.

Нам остается определить нашу позицию в отношении единства ислама и правда в том, что ислам - это вера, которая устранила относительные различия между людьми. Аллах Милостивый и Всемогущий говорит: «Воистину, верующие — братья» Аль-Худжурат (комнаты), -10й аят. Пророк, да благословит его Аллах и приветствует, сказал: «Мусульманин - брат мусульманина» Кровь всех мусульман равна и их ценности тоже. Право, предлагаемое самым низким из них по статусу, распространяется на них всех, они солидарны против врагов.

Ислам не признает ни географических границ, ни различий между полом и кровью. Он рассматривает всех мусульман как одну нацию и считает ее единой родиной, независимо от того, насколько далеко друг от друга находятся ее государства и их границы. Точно так же Братья-мусульмане освящают это единство и работают, чтобы соединять слова мусульман и лелеять Братьев-мусульман, и считают, что их родина - это каждый дюйм земли, на котором мусульманин говорит - (Нет бога, кроме Аллаха и Мухаммед Пророк его)

Некоторые считают: это противоречит господствующей в настоящее время в мире идее, идее нетерпимости к расе и цвету кожи, так как же вы смотрите на эту тенденцию и как идете против того, с чем согласны люди?

Ответ заключается в том, что люди совершают ошибки, и результаты их ошибок ощутимо препятствуют утешению наций и терзают совесть людей. Задача врача - не угнаться за больными, а лечить их и это задача ислама.

Другие говорят, что это невозможно, это безрезультатная работа и бесполезные усилия, те, кто работает на другие нации, им лучше работать для своих людей и служить своей стране.

Этот ответ является слабо аргументированным, потому что народы были разбросаны и расходились во всем: в религии, язык, чувства, надежды и боль. Только ислам собрал их сердца в одно слово и остается в тех же самых пределах и образах по сей день, поэтому, если один из мусульман готов распространить призыв к исламу, то он обновит его и единство наций как раньше в сердцах остальных мусульман. Ибо восстановить проще, чем создать, как показал опыт.

Некоторые люди призывают к восточному единству и я думаю, что те, кто призывает к такому единству, - это жители Запада, фанатичные по отношению к своему западу. Недобросовестность их веры в Восток и его людей, они ошибается в этом, если жители Запада упорствуют в своих убеждениях, это принесет им бедствия и проблемы. Братья-мусульмане смотрят на восточное единство не иначе, как со стороны эмоций.

Восток и запад одинаковы для Братьев-Мусульман, потому что их позиция такая же, как к Исламу.

Братья-мусульмане уважают свой национализм как первый этап в желаемом возрождении, Братья-мусульмане не видят препятствий для каждого человека работающего на благосостояние своей родины и отдавание приоритета ей, точно так же, как они поддерживают арабское единство, как второй этап в возрождении. Чтобы подняться, «Братья-мусульмане» работают для лиги ислама, поскольку оно является общей исламской родиной, после всего этого я говорю: «Братство» хочет добра для всего мира, потому что мы призывают к глобальному единству, потому что это цель ислама и значение слова Аллаха Милостивого и милосердного: «Мы отправили тебя только в качестве милости к мирам.» (Аль-Анбийа (Пророки), -107й аят)

Соответственно, нет противоречия между арабским единством и исламским единством, в этом плане каждый из них усиливает другие. Если люди хотят использовать призыв собственного национализма как оружие, то это убивает чувство других целей, поэтому Братство несогласно с этими людьми и возможно, эта разница между нами и многими людьми.

Братья-мусульмане и халифат

Посредством этого исследования я представляю позицию Братьев-мусульман по халифату и тому, что с ним связано. Братство считает, что халифат является символом исламского единства и проявлением связи между исламскими нациями. Халифат это исламский ритуал, о котором мусульмане должны думать и заботиться, также халифу доверено множество положений в религии Аллаха Сподвижники, да будет Аллах доволен ими, изучали вопрос халифата во время пророка и после   его погребения, пока они не сделали вывод из вопроса о халифе, и не были уверены в вопросе о халифате.

Упомянутые хадисы о необходимости положений имама, объясняют постановления имама и подробно описывают то, что с ними связано, не оставляют места для сомнений в том, что мусульмане обязаны думать о проблеме Халифата, поскольку методы халифата были изменены, а затем полностью отменены до сих пор.

Поэтому «Братья-мусульмане» работают над возрождением идеи халифата и делают ее приоритетом в своей методике. «Братья-мусульмане» считают, что этот вопрос требует многих приготовлений, которые необходимы. Также считают, что немедленному шагу по восстановлению халифата должны предшествовать шаги:

Между всеми исламскими народами должно быть полное культурное, социальное и экономическое сотрудничество, после чего установление союзов и договоров, проведение встреч и конференций между исламскими странами и Исламской парламентской конференцией по вопросу о Палестине и приглашение делегаций исламских королевств в Лондон, чтобы призвать арабов к соблюдению прав арабов на благословенной земле, - это два хороших явления и важных шага. Таким образом, после этого, была создана Лига исламских наций и если это сделано, то единогласие приведет к имаму, который является тень Аллаха на земле.

Братство и различные организации

Братья-мусульмане и исламские организации

Теперь, когда я прояснил мнение и позицию «Братьев-мусульман» относительно многих общих вопросов, которые занимают умы нации в настоящее время, я также хочу раскрыть позицию «Братьев-мусульман» в отношении исламских организаций в Египте, потому что многие филантропы хотят, чтобы эти организации

объединились в одну исламскую ассоциацию. Это большая надежда и заветное желание каждого сторонника реформ в Египте.

Братья-мусульмане видят, что исламские организации во всех их формах работают в поддержку ислама и желают им всем успеха, они не упустили возможности в рамках методов группировки приблизиться к этим мусульманскими организациями, а также работы над их объединением вокруг общей мусульманской идеи. Это было решено на четвертой учредительной конференции Братства в городах Мансуре и Асьюте в прошлом году. Я приношу вам хорошие вести, что, когда офис руководства начал реализовывать решение об объединении организации, его приветствовали все органы группировки, с которыми офис контактировал, что знаменует успех этих усилий с течением времени, если даст Аллах.

Братство и юность

Часто возникает вопрос: в чем разница между «Братьями-мусульманами» и молодежной группировкой? И почему бы не быть одним органом, работающим одной методикой?

Прежде чем ответить, я хочу заверить тех, кто стремится объединить усилия и сотрудничать с участниками, что Братство и молодежь, особенно в городе Каир, не чувствуют себя ареной для обсуждения, а скорее находятся в поле сильного и тесного сотрудничества. Что многие общие исламские вопросы согласуются между Братством и молодежью вокруг их как единой группировки, поскольку цель является общей и эта работа обязана славе ислама к счастью мусульман, но есть незначительные различия в способе призыва и плане тех, кто отвечает за призыв. Также направление усилий этих двух группировок, время покажет, когда все исламские группировки станут объединенными в единую группировку, я считаю что это наступит скоро и времени достаточно, чтобы достичь этого, если Аллах даст.

Братья-Мусульмане и партии

«Братья-мусульмане» полагают, что все политические партии Египта были созданы при особых обстоятельствах, и большинство из них были созданы по личным причинам, а не в общественных интересах. Причины этого вы все знаете.

«Братья-мусульмане» также считают, что эти партии еще не определили свои программы и методы до сих пор. Каждая из них утверждает, что работает на благо нации во всех аспектах реформ, но как? Каковы средства достижения реформы? Каковы средства достижения реформы и с какими препятствиями вы, как ожидается, столкнетесь в процессе реализации реформы, и как их преодолеть? На все это нет ответа для руководителей партий и партийных администраций, поскольку они согласились прийти к власти и использовать всю партийную пропаганду и все честные/нечестные средства для достижения власти и очернения своих партийных оппонентов.

«Братья-мусульмане» также считают, что партийность развращает людей во всех аспектах их жизни, нарушает их интересы, саботирует их мораль, разрушает их отношения и влияет на их общественную и частную жизнь и оказывает наихудшее воздействие.

Они также считают, что парламентская система не нуждается в партийной системе Египта в ее нынешнем виде. Коалиционные правительства в демократических странах, которые считают, что парламентская система не существует без наличия партий, неверны, поскольку многие страны с конституционным парламентским статусом применяют однопартийную систему.

Братья-мусульмане также считают, что существует разница между свободой мнений, мысли, консультаций и Шура. Это вопросы, к которым призывает ислам, между нетерпимостью к мнению и ухода от группы, работают над расширением расколом нации и подрывом власти правителей вот что делают партийность, а Ислам запрещает больше всего. Ислам во всем законодательстве призывает к единству и сотрудничеству.

Это краткое изложение взглядов Братства на проблему партийности и партий в Египте, и для этого они попросили лидеров партий почти год назад отказаться от соперничества, и соединится друг с другом. Некоторые из них также предложили выступить посредниками в этом деле его Высочеству принцу Омару Тосону ... Они попросили Его Величество Короля распустить существующие партии, пока все они не сольются в единый народный орган, которая работает на нацию по правилам Ислама.

Если с реализации этой идеи обстоятельства прошлого не дали возможности создать народный орган, то мы считаем, что в этом году правильность точки зрения Братства стала свидетельством искренности взглядов Группировки и убедили сомневающихся, что в партиях нет ничего хорошего. Эти партии и Братство будут продолжать свои усилия после этого таким образом для достижения того, чего хотят по милости Аллаха и пробуждения нации , следовательно поражение деятелей партий на их полях будет достигнуто Братьями-мусульманами. Неизбежен закон Аллаха: «Пена будет выброшена, а то, что приносит людям пользу, останется в земле» (Ар-Раад (Гром), -17й аят)

Некоторые партийные деятели думают, что мы подразумеваем под этими учениями только уничтожение их партии на службе у других партий. Стороны в погоне за частной выгодой, и нет никаких доказательств ошибочности этой точки зрения, кроме того, что это иллюзия, которая распространилась на души всех партий, так как многие из деятелей партии Аль-Вафд обвиняют Братьев-мусульман, что они работают, чтобы сразиться с ними, что только их партия является значением этих прилагательных и описаний, что Братья-Мусульмане   скорее побуждают

людей бороться с их партией и восстать против Аль-Вафд. Тем самым они намереваются только служить Правительству и усилить представленных в нем партий, в то время, когда мы слышим это же обвинение из партий правительства! Есть ли более верное свидетельство того, что позиция Братьев-Мусульман является независимой от всех, их позиция исходят из своих убеждений, Веры и применяют ее на основе своей совести независимо от всех?

Я хочу сказать нашим братьям из других партий: день, когда «Братья-мусульмане» будут использовать идею, отличную от идеи братства, не наступил и никогда не наступит. Братство не соперничает ни с одной из партий, независимо от какого-либо их политического курса, но братство считает, что Египет не подходит для партий и страну может спасти только их роспуск. Все они сформируют общенациональный орган, который руководит нацией в соответствии с учением Священного Корана.

По этому поводу я говорю, что «Братья-мусульмане» полагают, что идея коалиции между партиями бесполезна. Они думают, что это лекарство, а не панацея и вскоре обращенные набрасываются друг на друга, а затем возвращается Война между ними – даже более жестокая, чем была до создания коалиции. Успешное лечение заключается в том, чтобы распустить эти партии, поскольку они выполнили свою миссию, и обстоятельства при которых их создали, закончились.

Каждая эпоха имеет своё Государство и мужчин как говорится.

Братство и группировка Египетской Молодёжи

По этому поводу я должен представить позицию Братьев-мусульман по отношению к группировке Египетской молодежи. Группировка Братьев-Мусульман образовалась 10 лет назад, а Группировка Египетской Молодёжи образовалась 5 лет назад. Группировка Братьев-Мусульман вдвое старше группировки Египетской молодёжи, но все же во многих кругах ходят слухи, что Братья-мусульмане являются частью Группировки Египетской молодёжи, и причина этого в том, что Группировка египетской молодёжи

полагалась на пропаганду и рекламу в то время, когда Братство предпочитало труд и производство. Из всего этого для нас не имеет значение, была ли группировка Братьев Мусульман тем, что подтолкнуло группировку Египетской молодёжи к джихаду и труду на благо ислама или группировка Египетской молодёжи представила народу группировку Братьев-мусульман, несмотря на тот факт, что Братья-мусульмане были сформированы на пять лет раньше группировка Египетской молодёжи и предшествовали джихаду на пять лет, то есть к тому же возрасту, что и группа Египетской молодёжи.

Этому теоретическому вопросу «Братья-мусульмане» не придают значения, но я хочу отметить, что «Братья-мусульмане» никогда не были среди Группировки египетской Молодёжи и не работали на них. Я не имею в виду причинение вреда Группировке Египетской Молодёжи или ее руководству, но реальность была таковой, что газета Египетской Молодёжи критиковала Братство и обвинила его в клевете и утверждала, что братство нападает на них. Это неправда. Мы, Братья-мусульмане, не ответили на то, что было написано, и мы не хотим никого винить. Надеюсь, это мнение будет мнением всех членов группировки.

Многие люди хотели бы, чтобы Группировка египетской Молодёжи объединилась с группировкой Братья-мусульмане, и это хорошая идея, без всякого сомнения. Нет ничего лучше, чем единство и сотрудничество на благо, но мы оставляем этот вопрос на время в покое. Есть некоторые члены Группировки Египетской Молодёжи, которые считают, что Братья-мусульмане - это только группировка проповедничества, и кроме этого ничего не видят в методах. С другой стороны, некоторые члены группировки «Братья-мусульмане» считают, что группировка Египетской Молодёжи не созрела в сердцах многих своих членов, и не имеет правильных исламских знаний, которые позволяли бы им призывать правильный исламский подход. Давайте оставим эту тему, время рассудит.

Это не означает, что «Братья-мусульмане» будут бороться с Группировкой молодых мусульман, скорее нас обрадует любой успех в добрых делах и «Братья-мусульмане» не хотят путать создание и уничтожения, а поле джихада хватит для всех.

Это наша позиция «Братьев-мусульман» по отношению к группировке Египетской Молодёжи до тех пор, пока они не заявили, что не являются политической партией и будут продолжать работать на благо исламской идеи и исламских принципов, и это фактически новая победа принципов «Братьев-мусульман».

Остается еще кое-что, и это позиция Братьев-мусульман по вопросу о разгроме алкогольных баров группировкой египетской молодежи. Известно, что каждый ревнивец в Египте не желает видеть на Земле Египта ни одного алкогольного бара, группировка братьев-мусульман прежде вины группировки египетской молодёжи за уничтожение алкогольных баров – правительство несёт за это ответственность, потому что правительство смущало свой мусульманский народ и не обращало внимания на эту психологическую проблему, а также на новую сильную тенденцию, которая освящает ислам и лелеет его учения, и в прошлом было сказано: (Прежде чем попросить того, кто плачет - перестать плакать, попросите того, кто бьет - не поднимать палку.) Мы считаем, что вопрос о взломе решеток еще не встал. Мы должны выбрать подходящие обстоятельства и проявить мудрость, обратить внимание правительства на его исламский долг, хотя вину арестованных за погромы алкогольных баров не признали. Братство направило письмо Его Превосходительству министру, оно обращают внимание министра на необходимость рассмотрения этого вопроса с особым вниманием, соизмеримым с благородными мотивами, содержащимися в нем, и на ускорение принятия закона, защищающего страну от опасностей алкоголизма.

Позиция Братства по отношению к европейским странам

После разъяснения позиции «Братьев-мусульман» по наиболее важным внутренним вопросам, которые им диктует ислам, я рассказываю вам о позиции «Братьев-мусульман» в отношении европейских стран:

Ислам, как я уже сказал, рассматривает мусульман как одну нацию, объединенную одной верой и они разделяют надежды и боль вмести, а также любая агрессия, которая обрушивается на любую исламскую нацию или любого отдельного мусульманина, падает на всех мусульман.

Смейтесь и плачьте о судебном постановлении, которое я случайно прочитал в книге (Маленькое объяснение на ближайших путях), его автор сказал:

(Мусульманка, которая была передана в рабство на востоке, народ Запада обязан спасти и освободить ее, даже если это приведет к выплате всех денег мусульман), я видел похожую историю перед этим в книге (Путешествие в доктрине Аль-Ахнаф). Я увидел это, засмеялся, заплакал и сказал себе:

Куда делись глаза этих двух писателей, чтобы призывать всех

мусульман разобраться в семьях других людей неверности и агрессии?

Я хочу сделать вывод из того, что я сказал, первое - что исламская родина едина и неделима и что агрессия против части этого народа считается агрессией против всей нации. Что касается второго вывода, это то, что ислам навязывается мусульманам, которым доверены их родины и хозяева на них, но не только это, но и убеждении других в своем призвании и принятии ислама.

Следовательно, «Братья-мусульмане» полагают, что каждая нация, которая напала на родину ислама или нападает на нее, является несправедливым государством, которое должно прекратить свою агрессию, а мусульмане должны подготовиться к избавлению от агрессии любого государства, которое нападет на них.

Англия по-прежнему беспокоит Египет, несмотря на союз Египта с ней, поэтому нет смысла говорить, что договор между Египтом и Англией полезен или вреден или что он должен быть изменен.

Это бесполезные разговоры, потому что договор является петлей в шее Египта и его ограничением, мы не можем избавиться от ограничений договора действием и хорошей подготовкой, потому что язык силы - лучший язык, если мы хотим свободы и независимости.

Англия по-прежнему злоупотребляет Палестиной и пытается ущемить права народа Палестины. Палестина - это родина для каждого мусульманина, поскольку это земля ислама, колыбель пророков и штаб-квартира мечети Аль-Акса, которую благословил Аллах. Палестина - это заем Англии, чтобы мусульмане не успокаивались, пока не восстановят свои права, поэтому Англия пригласила представителей мусульманских стран на Лондонскую конференции, и я пользуюсь этой возможностью, чтобы напомнить Англии, что права арабов не могут быть ущемлены и что жесткие действия Англии, совершенные ее представителями в Палестине, не способствуют добросовестности мусульман в Англии.

Англии лучше остановить агрессивные кампании с высоты невинных и свободных в Палестине, и группировка «Братьев-мусульман» с этой трибуны посылает послание Его Высокопреосвященству Великому муфтию, свои наилучшие пожелания, и это не повредит ни муфтию, ни семье Хуссейни, обыскивая их дома или заключая в тюрьму их свободных людей, поскольку это увеличивает их честь и гордость. Мы напоминаем исламским делегациям об обмане Англии и необходимости настаиванья на восстановлении прав арабов в полном объеме.

В этой связи я напоминаю Братьям-мусульманам, что в штаб-квартире мусульманской молодежи из всех исламских обществ был сформирован общий комитет для сотрудничества в выпуске единой марки, которая будет распространяться с начала нового года хиджры для облегчения борьбы Палестины, и эта марка заменит все марки для всех органов, поэтому я рекомендую Братьям-мусульманам приложить свои усилия и поощрять этот комитет, распространять марку сразу после ее выпуска

и избавляться от всех старых марок.

У нас есть счет по этому поводу с Англией на исламских территориях, которые она оккупирует незаконно, мы все должны работать, навязывая ислам своему народу и чтобы спасти исламские регионы и избавить их от Англии.

то касается Франции, которая в течение некоторого времени заявляла о дружбе с исламом, у нее есть давние отношения с мусульманами и мы не забываем ее позорную позицию по отношению к братской Сирии или ее позицию по вопросу Аль-Акса Марокко и берберский дахир. Мы не забываем, что многие из наших дорогих братьев, молодежь марокканского национального свободного движения Аль-Акса, находятся в тюрьмах и ссылках. Придет день, когда мы будем разбираться с Францией». Мы чередуем дни (счастье и несчастье) для людей. «Алю Имран (Семейство Имрана), -140й аят

Наш счет с Италией не меньше, чем с Францией, арабско-исламский город Триполи, близким и дорогим соседом, Дуччи и его сторонники стремятся уничтожить его, истребить его народ и стереть в нем все следы арабизма и ислама.

Как может быть влияние арабизма и ислама, если он считал Ливию частью Италии, и после этого Дуччи не возражал против того, чтобы утверждать, что он защитник ислама, и требует дружбы с мусульманами !!

Братья-мусульмане:

Этот разговор истекает кровью сердца и разбивает печень! Когда я говорю об этих бедствиях, бесконечной их череде, вы знаете этот разговор о колониальных державах и должны проинформировать людей о них, вы должны знать, что ислам не приемлет ничего, кроме свободы и независимости для своего населения, суверенитета и объявления джихада и если это стоило им крови и

денег - смерть лучше, чем жизнь в рабстве и унижении! Если вы сделаете это, то пусть Аллах даст вам всю решимость, победа придет, с помощью Аллаха. «Аллах предписал: Победу непременно одержим Я и Мои посланники! Воистину, Аллах — Всесильный, Могущественный. (Сура «аль-Муджадиля» (Препирающаяся), аят 21)

заключение

Братья-Мусульмане:

Я представил вам исчерпывающее изложение идеи Братьев-мусульман и их особого облика, а также сегодня я хочу рассмотреть с вами некоторые социальные и экономические проблемы, существующие в египетском обществе. Если хотите назовите, египетское-исламское общество, решение для всех проблем одинаковое, потому что оно ограничивается слабой моралью, потерей идеалов и предпочтением личных интересов общественным интересам и страхам. Столкнувшись с фактами и избегая последствий обращения с ними и разделения, Аллах боролся с ними, решение также - искренность и изменение нравственности людей:

«Преуспел тот, кто очистил ее, и понес урон тот, кто скрыл ее» (Аш-Шамс (Солнце), -10-9й аяты)

Братья-Мусульмане:

Эта религия взяла на себя борьбу ваших предков на прочных основах веры в Аллаха, аскетизма в удовольствиях земной жизни и предпочтения обители вечности, жертвоприношения крови, духа и денег для отстаивания истины и любви к смерти во имя Аллаха и следования этому Священному Корану.

На этих сильных столпах создаёте свое возрождение, исправляете свои души, сосредотачиваетесь на своем призыве и поручаете нацию добру, «Аллах — с вами и не умалит ваших деяний» (Мухаммад (Мухаммад), -35й аят)

Братья-Мусульмане:

Не отчаивайтесь, потому что это не от морали мусульман, реалии сегодняшнего дня это мечты вчерашнего, а вчерашняя и сегодняшние мечты - это реальность завтрашнего дня.

Время ещё есть, а элементы безопасности сильны и велики в сердцах верующих людей, несмотря на тиранию и проявление коррупции.

Слабый не остается слабым на протяжении всей жизни, а сильный не остается с его силой навсегда: «Мы пожелали оказать милость тем, кто был унижен на земле, сделать их предводителями и наследниками» (Аль-Касас (Рассказ), -5й аят)

Время покажет множество серьезных происшествий, и эти возможности позволят совершить великие дела. Ислам ждет вашего призыва к наставлению и победе и миру, чтобы спасти мир во время его страданий, а также роль Братьев-мусульман возглавить нации и народы. Пожалуйста, готовьтесь и работайте сегодня, так как завтра вы можете, не сможете работать.

Я поговорил с энтузиастами из Братьев-мусульман и пригласил их подождать, пока придет время, также я обращаюсь к пенсионерам, чтобы они встали и начали, потому что с джихадом отдыха нет:

«А тех, которые сражаются ради Нас, Мы непременно поведем нашими путями. Воистину, Аллах — с творящими добро!» (Аль-Анкабут (Паук), -69й аят)

И всегда вперед ...

Аллах велик и слава Аллаху. Хасан Аль-Банна

(*): Источник: электронный сайт «Википедия», «Братья – Мусульмае не», https://bit.ly/2Sz9IL3

Приложение (2)
Обзор наиболее важных исламских школ и мыслителей и их влияния на «Братьев-мусульман»

Мухаммад ибн Абд аль-Ваххаб 1703 - 1791 гг. Н. Э.	Ибн Таймия 1263 -1328 г.г. Н.Э.	Абу Хамид Аль-Газали 1058 - 1111 гг. Н. Э.	Ахмад Ибн Ханбаль 780 – 855 гг. Н.Э.	Хариджиты 658 Н.Э.	Идеология
• Ат-Таухид (единство Бога). • Выступал против шиитов (рафида), суфизма, суеверий и новаторских практик посещения могил или поиска благословения в святынях. • Стремился к строгому возврату на путь благочестивых салафов, наказывая и объявляя нарушителей ат-Таухида неверными. • Испытал влияние имамов Ахмада бин Ханбаля, Ибн Таймии и Ибн Каййима аль-Джавзии.	• Ибн Таймия находился под влиянием строгих учений Ибн Ханбаля. • Он укрепил салафитское направление, инициированное Ибн Ханбалем. • Он считал монгольских правителей неверными и издал фетву, чтобы вести против них джихад. • Он боролся с суфизмом и шиитами.	• Аль-Газали принял доктрину суфизма после прохождения интеллектуальных стадий (сомнения, изучение идей и верований, включая схоластическое богословие, философию и мысль Батиния). • Он напал на мусульманских философов, на которых оказала влияние греческая языческая философия. • Он разоблачил опасность, которую представляют для ислама группы батинии (среди прочего, исмаилизм и карматы). • Он написал «Возрождение религиозных наук», которое стало одним из самых важных религиозных ориентиров среди мусульман.	• Основал школу, которая носит его имя на основе Корана и Сунны. • Основал метод, основанный на подражании и буквальном переводе учений салафов. • Выступал против логики и подхода мутазилитов, которые выступали за использование разума для достижения веры. • Участвовал в создании текстового ориентира, собирая пророческие хадисы.	• Отказались от арбитража в первой гражданской войне среди мусульман. • Они объявили обе противоборствующие стороны, Муавию и Али, неверными и разрешили вести против них джихад. • Хариджиты настаивали на том, чтобы выбрать халифа и присягнуть ему как своему правителю. • Они установили строгую и радикальную доктрину, которая объявляла неверными даже тех, кто совершал незначительные грехи.	Занятые позиции
○Всеохватность ислама ○Такфир ○Джихад	○ Самый важный ориентир для движений салафизма и джихада по вопросам такфира, божественного управления и джихада.	○ Гармонизировал Сунну, философию и суфизм Пророка в одной системе. ○ Стал важным ориентиром для исламских движений в интерпретации религиозных наук.	○ Фундаментальный юридический авторитет для всех групп салафитов.	○ Божественное управление (аль-хакимийа). ○ Право объявлять неверными тех, кто апеллирует к чему-либо или к кому-либо, кроме Аллаха. ○ Разрешенный бунт против мусульманского правителя	Влияние на Братьев-мусульман

Назад

Приложение (3)

Краткое изложение биографий наиболее важных интеллектуальных ориентиров Братьев-мусульман.

Абу Аль-Аля Аль-Маудуди 1903-1979 гг. Н.Э.	Мухаммад Рашид Рида 1865 – 1935 гг. Н.Э.	Мухамма Абдо 1849 – 1905 гг. Н.Э.	Джамалуддин Аль-Афгани 1838 – 1897 гг. Н.Э.	Идеология
• Он изучал хадисы и юриспруденцию. • Он боролся с западными идеями, особенно с британской оккупацией. • Он боролся с индуистами в их кампании против мусульман. • Он потребовал, чтобы исламское учение было внедрено в систему управления в Пакистане после его независимости от Индии. • Его журнал «Тарджуман аль-Коран» был одним из важнейших факторов, способствовавших распространению исламистского течения в Индии.	• Был салафистом с интеллектуальными наклонностями. • Отвергнул суфийские практики. • Предложил установить режим Халифата в пределах ограниченной географической области на временной основе, выпускать ученых из программы обучения со строгими стандартами и условиями и выбирать халифа из числа ее выпускников.	• Он считал, что социальные изменения и реформы должны быть постепенными и происходить через образование, чтобы бороться с ригидностью и отсталостью.	• Он представил идею исламского универсализма, чтобы возродить исламский халифат. • Он призвал к революции против тирании и обновлению исламской мысли.	**Занятые позиции**
o Идея Аль-Маудуди повлияла на Хасана аль-Банну и Сейида Кутб. o ИГИЛ находился под влиянием его сочинений. o Аль-Маудуди был самым важным теоретиком идеи Исламского государства и инклюзивности ислама. o Он был самым важным символом реформистских политических движений ислама (салафитов и джихадистов). o Аль-Маудуди был автором идей божественного управления, провозглашения целых обществ и государств неверными и глобального джихада.	o Он опубликовал книгу «Тафсир Аль-Манар», которая была одним из важнейших интеллектуальных истоков современного исламистского фундаментализма в Египте и которая приняла религиозные идеи, которые позже были приняты рядом салафитских движений. o Одобрил восстание против мусульманского правителя. o Принял постепенный подход к достижению целей.	o Он придумал лозунг «Ислам - это решение», используя ислам в качестве ключевого инструмента в процессе социально-политических изменений.	o Он занимался созданием неправительственных организаций, благотворительных организаций и журналов для представления своих идей. o Он считал, что политическая революция - это самый быстрый способ освободить мусульманское общество.	**Влияние на Братьев-мусульман**

Приложение 3

Краткое изложение биографии наиболее важных интеллектуальных деятелей группировки «Братья-мусульмане»

Хариджиты: 658г.

Обстоятельства возникновения:

Повстанческое движение и исламская философская группа, возникшие в условиях кризиса управления и гражданской войны в конце правления третьего Халифа - Османа бин Аффана и начало правления четвертого халифа Али Бин Аби Талиба, в результате политических споров начавшихся во время правления Османа. После убийства халифа Османа возникла борьба за власть над Халифатом между Али и Муавией бин АбиСуфьяном. Соперники разделились на две противостоящие группы. Две армии встретились в 657 году в битве Саффина. Две враждующие стороны прибегли к власти арбитража для разрешения спора между ними, поэтому группа бойцов в рядах армии Али бин АбиТалиба выступила против него, поэтому их назвали «хариджитами», они отвергнули идею арбитража, ибо суд есть только правление Аллаха. Затем Хариджиты сразились с лидерами Исламского государства в то время - халифом Али, а затем с Муавией. Они создали экстремистскую группу для защиты своей доктрины и фундаментального мнения. Хариджиты настаивали на выборах правителя (АльБэиа) после получения верности народа, с необходимостью привлекать к ответственности Амира Аль-Муслиминов (правителя) за каждую мелочь.

Степень влияния «Братьев-мусульман» на идеи Хараджитов

Группировка Хараджитов не имела прямого влияния на современные исламские движения, включая «Братьев-мусульман» касаясь убеждений. Но их влияние было представлено в моделировании политических позиций, которые допускали противостояние правящей власти исходя из религиозной логики, которая не правит людьми, а позволяет править только Аллаху.

Теоретики «Братьев-Мусульман», особенно Сейид Кутб, использовали этот прецедент для выступлений против политического режима, который управляет человеческим законодательством и является неверующим режимом, поскольку не использует Божественное законодательство.

Теоретики узаконивают право объявить джихад против режима. Таким образом, это три взаимосвязанные идеи: Аль-Хакимия (Правление Аллаха), кто не правит по божественному законодательству (с точки зрения теоретиков) - Кафир (искупление) и таким образом, бороться против политического режима применением силы. (Джихадом).

Ахмед бин Ханбел, 780-855 г.

Последний из четырех имамов, родившихся и выросших в Багдаде, был учеником шафиитского имама. Он является основателем салафитской мысли, который видит только в Коране и хадисах - основу правильной веры. Для этого он приложил большие усилия и потратил

много времени путешествуя по странам Хиджаза, Йемена и Аль-Шама, чтобы собрать хадисы Пророка, да благословит его Аллах, который он создал в одном из важнейших сборников суннитских хадисов «Аль-Муснад». Они оказали большое влияние на современное изучение по сей день. Ибн Ханбал жил аскетической жизнью и не принимал даров и подарков, которые ему направлялись от высокопоставленных людей.

Обстоятельства, способствовали возникновению его интеллектуальных ориентиров.

Решающим фактором в формировании интеллектуальной личности Ах меда бин Ханбала является его борьба с идеями аль-Мутазили, который был официальным источником государства Аббасидов во время правления Аббасидов – халифа Аль-Махмуд и после него халифа Аль-Мутасима и Аль-Ватика. Его борьба вращалась вокруг центральных вопросов, занимавших арену интеллектуальной сферы в то время. В том числе вопрос создания Корана, поскольку Ибн Ханбал яростно сопротивлялся этой идее.

Он защищал, идею Корана и поэтому все, что в нем было – хорошо для всех эпох и времени, и он должен применяться буквально и со всеми деталями.

Разница в мыслях Ибн Ханбала и мыслях Аль-Му›тазили заключается в подходе к достижению религиозной истины, так как му›тазилы, находятся под влиянием наследия греческой философии и зависят от ума. Бин Ханбал также использует цитаты из Корана напрямую без изменения, а потом из хадисов.

Наконец, Ибн Ханбал победил своих противников после долгих страданий в тюрьме и пыток. Это было во время правления

Халифа Аль-Мутаваккила в 847г., который закончил работу по интеллектуальной деятельности   Аль-Мутазиля и закончил испытания Ахмеда бин Ханбеля.

Степень влияние группировки «Братья – мусульмане» на его идеи.

Продолжающееся влияние Ибн Ханбалы на пацифистскую мысль до наших дней - это метод, которому он следовал.

Он основан на полной и буквальной зависимости от основополагающих священных текстов исламской религии - это Коран и Сунна, а также необходимости следовать им, как это произошло из утвержденных источников. Его идеи повлияли на салафитских последователей - Хамеда Аль-Газали, Ибн Таймию и Мухаммада Абдель-Ваххаба, Рашида Риду и Хасана Аль-Банна в современную эпоху вплоть до Мухаммеда Насреддина Аль-Альбани и Абдул Азиза бин Аль-База.

Его сочинения.

Муснад: Муснад аль-Имама Ахмада является одной из самых известных и емких книг хадисов. Имам Ахмад собирал ее на протяжении всей своей жизни и включил в нее тридцать тысяч хадисов, согласно рассказу Абу аль-Хасана бин аль-Маннави. «Хадисы аль-Муснада были отобраны из семисот пятидесяти тысяч хадисов, которые были переданы более чем семьюстами Сахамаби (сподвижниками пророка Мухаммада)[325]. «Он умер до того, как его великая книга вышла в свет,

---

325 Такой же источник

поэтому его сын закончил эту книгу и добавил несколько услышанных ных им достоверных хадисов, добавления которых он признал после смерти своего отца».

Изъяны в хадисах и 'Ильм ар-риджаль (одна из шариатских дисциплин в хадисоведении, изучающая передатчиков хадисов): согласно его сына Абдуллы.

Имена и фамилии.

Вопросы Абу Дауда.

Истоки суннизма.

Ответ джахмизму и зиндикам (вольнодумцам).

Зухд (Аскетизм).

Изъяны в хадисах и 'Ильм ар-риджаль: согласно аль-Марвази и другим.

Абу Хамид Мухаммад аль-Газали, 1111-1058 г.

Имя: Абу Хамид аль-Газали бин Мухаммад бин Мухаммад бин

Мухаммед бин Ахмед аль-Газали Аль-Туси.

Дата и место рождения: Он родился в 450г. по Хиджре (что соответствует 1058 г.) в деревне Газала недалеко от Туса в провинции Хорасан, поэтому его и назвали Аль-Газали[326]. Он умер (в 505 году хиджры, что соответствует 1111 году).

Обстоятельства, повлиявшие на рождение идеи Абу Хамида аль-Газали:

- Эпоха Аль-Газали выделяется интеллектуально (в середине пяю того века хиджры) и процветанием. Философские подходы к исламу пронизывают содержание духовной жизни ислама и черты Суфийской доктрины. В политическом плане эпоха Абу Хамида Мухаммада Аль-Газали, была известно своим политическим, военным и моральным вырождением, в результате захвата власти в Багдаде тюрками, где сельджуки реально стали управлять в этом городе. Также исмаилиты и батиниты стали угрожать халифату. Усилилась опасность карматов, а Антакья (Антиохия) и Иерусалим попали в руки крестоносцев. В то время как сельджуки основывали обычные школы для защиты суннитского течения, фатимиды в Египте активно пропагандировали шиитское течение. Таким образом, обострилась борьба между течениями Ислама[327].

---

326 Самир Халаби, Имам Аль-Газали… проблески из морального подхода (в памяти его смерти: 14 Джумада II 505 по хеджри). Электронный сайт «Архив –Ислам онлайн», по ссылке: https://archive.islamonline.net/10903

327 Абу Хамид Аль-Газали. Электронный сайт «Джамхара», по ссылке: https://islamic-content.com/term/443

- В начале своей жизни Хамид Мухаммад аль-Газали находился под влиянием своего бедного отца-суфия, который перед смертью посоветовал своему другу - суфию позаботиться о сыне и научить его.

С юных лет Абу Хамид Мухаммад Аль-Газали начал учиться у ряда улемов, где он изучал фикх у имама Ахмеда Ар-Разкани в иранском городе Тус, и у имама Абу Насера аль-Исмаили. Приехав в Нишапур, он также изучал Усул Аль-Фикх и калям (в средневековой мусульманской литературе: всякое рассуждение на религиозно-философскую тему) у Абу аль-Маали аль-Джувайни, имама двух святынь[328]. Абу Хамид Мухаммад аль-Газали был известен как «аргумент за Ислам», поскольку он имел пацифистскую веру и защищал ее. Абу Хамид Аль-Газали был известен своим титулом Худжатуль-Ислам (довод ислама), благодаря хорошему владению исламской доктриной и готовности ее защищать до последнего вздоха[329]. «Абу Хамид Мухаммад аль-Газали также показал сильное желание учиться, и его страсть к глубине наук, существовавших в той интеллектуальной эпохе очевидна.

В то время науки преобладали, а интеллектуальную эпоху он прошел до того, как стал на путь суфизма, как это было рассказано в его книге «Спаситель от заблуждений».

Идеи, через которые прошел Абу Хамид Мухаммад аль-Газали:

(1- стадия сомнения, 2- исследование Идеи и верования, 3- изучение речи, 4- изучение философии, 5- изучение эзотеризма, -6

Суфизм)

---

328 Фатиха Зердрви, мораль и политика в мыслях Аль-Газали, научные исследования, Volume3 , страницы 141 – 152, Numéro 5. Электронный сайт «ASJP», по ссылке: https://www.asjp.cerist.dz/en/article/4202

329 Предыдущий источник, Инзар Уйун Ас-Суд, Арабская энциклопедия, Аль-Газали Абу Хамид.

- Этапы, через которые прошел Абу Хамид Мухаммад аль-Газали, значительно обогатили развитие его мысли и привели его к исследованиям и расследованиям разных дел и не переходило от интеллектуальной стадии к другой интеллектуальной стадии. Только после того, как он убедился, изучил, поразмыслил, она, наконец, не остановился на доктрине Суфизма. На Абу Хамида Мухаммада аль-Газали так сильно повлияли суфийские методы, что он оставил обучение в обычной школе в Багдаде. Он изолировался от людей и путешествовал 11 лет, переходя между Дамаском, Иерусалимом, Хевроном, Меккой и Мединой[330], и результатом его долгого путешествия было то, что он написал книгу о суфизме, которую назвал «Возрождение религиозных наук», и она считается одной из самых важных его книг.

- Книга Аль-Газали стала широко распространена в мире и была переведена на несколько живых языков. Абу Хамид Мухаммад аль-Газали занимал важное положение в мусульманском мире как один из крупнейших ученых в пятом веке хиджры, «Имам Аль-Газали на протяжении своей жизни (55 лет) написал очень много книг в разных областях науки, поэтому было сказано: «Если бы его книги были поделены на дни его жизни, то каждый день получил бы по одной книге»[331]. Ряд его религиозных книг до сих пор изучается. Возможно, самая важная из них - это его книга «Возрождение религиозных наук».

Отношения Абу Хамида аль-Газали к исламской мысли:

- Публикация аль-Газали его книги «Тахафт аль-Фаласифа», коа торая маргинализирует философию, не смогла вернуть его на прежнее лидирующее положение в Исламском мире. Соперники

---

330 Для большей информации смотрите: «Ашариты» Умеренность против экстремизма. Электронный портал «Исламские движения», 05 ноября 2018, по ссылке: https://www.islamist-movements.com/3449

331 Мухаммад Джамаль Имам, Уровни руководства, Худжатуль-Ислам (довод ислама) Абу Хамида Аль-Газали, первый том, 2014 г., стр. 2.

обвинили его в распространении ненависти к науке среди мусульман, хотя он бесспорно мастер в области теологии и философии, что в конечном итоге привело к упадку исламской цивилизации и деградации. Эффект от перевода греческой философской литературы на арабский язык был главной причиной создания этой книги. Вначале он говорит в своей книге «Тахафт аль-Фаласифа» что такие мусульманские философы, как Альфараби и Ибн Синна – неверные по причине того, что они были впечатлены языческими философами Греции, такими как Сократ, Платон и Аристотель. Эта книга превратилась в антифилософское направление на Арабском Востоке. Ибн Рушда в двенадцатом веке предотвратил это влияние на западных арабов. Он написал три книги, посвященные нападению на Аль-Газали. Его книги: «Тахафут аль-Тахафут», «Методы доказательства» и «Фасел Аль-Макаль» были сожжены. Ибн Рошда обвинили за эти книги в атеизме, сожгли их, а его сослали в Элисану.

www.ikhawanwiki.com

- Многие исследователи изучали мысли Абу Хамида Мухаммада Аль-Газали и считали, что Аль-Газали решил разобраться с этим. В его жизни богатый интеллектуальный опыт привел его к интеллектуальным обзорам, которые оказали большое влияние на обогащение его мысли, которая была пионером в этой области, он преуспел в создании Сунны Пророка, философии и суфизма в одной последовательной системе, чтобы убедить значительную часть религиозных ученых довольствоваться философской логикой в организованном мышлении. Самовосстановление суфизма подчинять шариату и обуздать философов в их абсолютной привязанности к разумному.

Его самые важные книги:

1. Сборник наук о религии: это одна из его самых важных книг и самая распространенная среди мусульман, эта книга - обширная энциклопедия, в которой было сказано: если бы вы уничтожили все книги, написанные об исламе, и осталось бы только эта книга, нам бы не было жалко потому-то она содержит все науки о религии, поэтому она получила такое название.

2. Спаситель от заблуждений: это большое путешествие, в ходе которого Аль-Газали записал свою автобиографию и описал, что в своём духовном путешествии он не встречал психологическое беспокойство и интеллектуальный беспорядок, прежде чем он достиг своей полной Веры. А также осознал свою концепцию религии как духовной жизни и добрых дел, а не только религиозных ритуалов.

3. Скандалы Аль-Батиния: Аль-Батиния - потерянная группа, названная так потому, что ее последователи не утверждают, что Коран имеет внешнее и внутреннее значение, и что только

имам из них знает внутреннем значении, это было поводом для обмана многих людей. Самые известных из этих групп (Аль-Исмаилия, Карамита и Аль-Хармия) Аль-Газали напоминал в своей книге причины опасности этих групп для ислама, заключающихся в том, что они проникли в ряды мусульман, для распространения их коррумпированных убеждений; Среди этого их извращенное толкование Корана и их призывы к святости запретного. Например, разрешение на блуд с дочерьми и сёстрами, употребление вина и других запрещенных удовольствий. Аль-Газали разоблачил цель этих групп и то, что их призыв на самом деле является приглашением в религию огнепоклонников.

4. ТаХафт аль-Фаласифа : эта книга нанесла сокрушительный удар по высокомерию философов и их утверждениям . Зная истину о метафизических вещах своим разумом, Аль-Газали заявил в этой книге о провале философии. В поиске ответа на невидимое, например, о природе Создателя (Аллаха), и на другие вопросы, которые невозможно понять невидимую истину, связанную с абстрактным умом, Аль-Газали говорил, что заботы философии должны быть ограничены измеримыми вопросами.

Таки́юддин ибн Таймия 1328-1263г.

Ибн Таймия родился через четыре года после падения Багдада от

монголов - инцидент, ознаменовавший фактический конец государства Аббасидов.

Его Жизнь

Ибн Таймия вырос в Дамаске, куда он прибыл как беженец в результате вторжения татар на его родину - Харране) (Турция сейчас), он учился в Ханбельской школе в Харране, где начал писать и преподавать в раннем возрасте(17 лет). Он был разносторонним ученым, писал о вере и опровергал мнения ораторов, особенно мутазилов. Спорил в каждом маленьком или большом вопросе связанным с исламом, будь то текст Корана или хадисы Пророка, пока его не назвали шейхом Ислама. Он несколько раз попадал в тюрьму, пока не скончался в возрасте 67 лет. Его обвиняли по разным статьям, один раз за подстрекательство к общественности, а второй за его фетву против Суфизма и др.

Обстоятельства, способствовавшие возникновению его интеллектуальных ориентиров

Ибн Таймия пережил период распада и упадка арабской-мусульманской империи, ее ослабили нападение иностранных сил особенно со стороны монголов и мамлюков и крестоносцев, поэтому это падение Империи оказало влияние на мысли и фетвы Ибн Таймы. Он видел в своей юриспруденции и строгости применения лучший способ противостоять враждебности противников и восстановление расположения Ислама и мусульман на том этапе.

Ибн Таймия находился   под   влиянием   доктрины Ибн Ханбала, которая называется экстремизмом, а также разработал теорию джихада среди мусульман. Он придал этой теории религиозное и мирское измерение, ссылаясь

на аяты джихада, изложенные в Коране. У Ибн Таймии было много интеллектуальных и политических конфликтов, самым известным из которых был его вклад в сопротивление Монголам, угрожавшим его стране – Сирии. Он призывал людей воевать против монгол, издавая известные фетвы о том, что монголы Неверующие и необходимостью противостоять им как оккупантам, а не как победителям. Он был известен как противник Суфийской мысли и поведения, а также исмаилитских шиитов.

В какой степени идеи Ибн-Таймии повлияли на группировку «Братья-Мусульмане»?

Более поздние интеллектуальные и политические движения в истории Ислама активно использовали идеи и фетвы Ибн Таймии. В дополнение к своим непосредственным ученикам, таким как Ибн Кайим аль-Джаузия, Ибн Касир и Шамсад Дин Аль-Захаби, - Ибн Таймия был важным интеллектуальным и юридическим ориентиром для движения ваххабитов в восемнадцатом веке. Его влияние распространилось на современную историю, где множество людей, мыслителей и некоторые реформатские/джихадские движения рассчитывали на его мысли и фетвы, начиная с Мухаммеда Рашида Риды, Хасана аль-Банны и Сейида Кутб, через Вооруженные движения, такие как: Аль-Каида, ИГИЛ, Боко Харам и другие.

Мысли Ибн-Таймии, витавшие над волнами бурной Исламской истории, были использованы в разных обстоятельствах и местах. В отличие от условий и причин их возникновения: идея неверности правителей, поскольку они не осуществляют Божественный Шариат, и его идея допускает объявления против правителей Джихада. Упомянутые ранее современные мыслители, также следовали мыслям Ибн-Таймии в которых согласуется антисуфизм и антишииизм - как ересь и отход от чистого Ислама, Ислама первых салафитов.

Его самые важные книги:

1. Ар-Рисаля аль-акмалия (послание совершенства): в этой книге говорится об атрибутах совершенства Всевышнего Аллаха. Эта книга является одной из самых известных книг Ибн Таймии, в которой он выступил против учения ашаритов (представители одного из основных направлений мусульманской теологии).

2. Снятие вины с великих имамов: в этой книге Ибн Таймия рассказал о биографии мусульманских имамов, также он раскрыл и обсудил их идеи. Книга состоит из трех частей.

3. Предотвращение противоречия между цитатами и разумом: эта книга появилась в ответ на книгу Фахруддина Ар-Рази «Общий закон в герменевтике». В этой книге состоялась дискуссия между Ибном Таймией, ахльами аль-китаба (людьми Писания) и философами.

4. Требования ас-сира́та ль-мустаки́ма (прямого пути) для наказания обитателей ада: в этой книге Ибн Таймия рассказал о вопросе подражания христианам, евреям и их праздникам.

5. Аль-›Акыда аль-Уаситыйя: в этой книге Ибн Таймия представляет методологию ахля ас-сунны валь-джама'ы и основы кредо, и несколько других вопросов, в том числе, происхождение религии и убеждений.

6. Аль-Джаваб аль-сахих ли-ман баддала дин аль-Масих (Правильный ответ тем, кто изменил религию Христа): эта книга включает ряд доказательств и аргументов фальсификации Библии. Эта книга была написана в ответ христианам[332].

---

332 Список сочинений Ибн Таймии. Электронный сайт «Википедия», по ссылке: https://bit.ly/310sVKO

Мухамед бин Абдул Ваххаб ибн Сулейман аль-Тамими (1791-1703г.)

-Его родина: Неджд - первое саудовское государство.

-Основные мысли: чистый монотеизм в Аллаха. Сражения с шиитами (Арафида), суфизм, мифы и ереси о посещении и паломничеству к могилам, потому что так делают неверные и необходимо их наказать. Он создал основы того, что похоже на полицию (Добровольцы), чтобы наказать тех, кто нарушает подход монотеизма преследуемый Абдулвахабом.

- Ситуация: распространение мыслей о том, что он считает ересями и мифами и отклонение от традиций праведных салафитов среди некоторых мусульманских кругов. Например, посещение могил, святынь и мавзолеев, мольбы и благословления о живых или мертвых, вместо Аллаха в уничтожении их, вместо того чтобы просить о личных нуждах.

- На него оказали влияние: Аль имам Ахмед ибн Ханбал, Ибн Таймия и Ибн аль-Кайим аль-Джавзия.

- Наиболее известные из тех на кого он оказал влияние: Хасан Аль-Банна, основатель группировки «Братьев-мусульман», Абдула Аззам, лидер группировки «Братья-мусульмане», Усама бен Ладен основатель «Аль-Каиды», Аймэн аль-Завахири - Преемник Усамы бен Ладена в Аль-Каиде и Ибрагим Авард Ибрагим Али аль-Бадри аль-Самераи - по прозвищу: (Абу Бакр аль-Багдади), лидер Исламского государства Ирака и Левана (ИГИЛ).

- Мухаммеду бин Абдул Ваххабу удалось полностью контролировать саудовское общество, особенно когда создали (первое) саудовское государство, возникшее

- примерно в середине 18 века на Аравийском полуострове и был построен на основе религиозно-политического союза между Мухаммедом бин Абдул Ваххабом и Мухаммедом бин Саудом бин Мухаммадом аль-Мукрином, основателем первого саудовского государства или эмир Аль-Дария. Союз был построен на призыве к религии Аллаха и сопротивлении ересям и мифам. Спасение предназначено для поклонения только Аллаху и отказа от всего, что было внесено в религию Аллаха, чего нет в ней и что было Мухаммед бин Сауд поддержал его, поэтому он отправился из города Дария и встретился с Мухаммедом бин Абдул Ваххабом. Эти двое согласились создать государство, которое установит шариат Аллаха. После того, как хартия, заключённая между ними, был запущена, ее назвали «Хартия Аль-Дария».

На его основе: была создана фанатическая салафитская вахаббитская доктрина, отвергающая все доктрины и верования, кроме нее, а также методы вахаббитов обвиняющие в неверье других, подняв лозунг джихада. Первое саудовское государство контролировало Аравийский полуостров и части Ирака, Леванта и Йемен. Они достиг севера, до Дамаска и Кербелы, где находился мавзолей Хусейна бин Али (да благословит его Аллах и приветствует) в Ираке, помимо Омана и Ходейды в Йемене на юге.

Мухаммед Джамалуддин бин Аль-Сайид Сафдар аль-Афгани, псевдоним

- Джамаль Аль-Дин аль-Фагани аль-Ассад Абади (1897-1838г.)

- родился в Асадабаде

- Аль-Афгани из благородной афганской семьи, вырос в Кабуле, где изучал с самого детства арабский и персидский языки, а также изучал Коран и некоторые исламские науки. Когда он достиг -18 ти лет, он закончил свое изучение науки, а затем отправился в Индию, чтобы изучать некоторые современные науки[333].

- Он отправился в Хиджаз, когда ему было девятнадцать лет, чтобы совершить хадж, затем он вернулся в Афганистан и там оставался на протяжении всей своей жизни, увлекаясь знаниями и обучением. Он начал изучать французский язык в старости и приложил много усилий и решимости, пока не достиг хороших результатов в его изучении.[334]

- Он уехал в Астану, его слава росла и его призыв о необходимости ускорения реформ был удовлетворен у османистов.

- Аль-Афгани приехал в Египет в 1871 году и пробыл там некоторое время. Часто посещал мечеть Аль-Азах и встречался с учеными этой мечети. Он начал свою политическую деятельность там, в 1876 году с обострением долгового кризиса. Вокруг него собралось множество ученых, служащих, элиты и студенты, которые жаловались на тиранию правителя Аль-Худейви

---

333 Самир Халаби, Аль-Афгани… понятие вопреки диалектике (в память его смерти: 5 Шавваля 1314 по хиджри). Электронный сайт «Архив – Ислам онлайн», по ссылке: https://archive.islamonline.net/9118

334 Предыдущий источник.

и на несправедливое положение, в котором живет народ Египта, а также от иностранного вмешательства, которого отряжалась в двусторонней системе мониторинга в комитете по государственному долгу.

- Аль-Афгани нашел Египет, как благоприятную среду для распространения своих идей. Он способствовали созданию политической прессы, которая отражает волю зарождающегося национального движения. Общая атмосфера в Египте во время правления Аль-Хедейви Исмаила помогла в появлении этой прессы в результате обращения ряда журналистов и интеллектуалов из Сирии и Ливана. Это в дополнение к ферментации национальных идей в умах египетских писателей и интеллектуалов

- во главе со своим учеником Мухаммедом Абдо, Абдуллой Аль-Надимом, Якубом Санной, Махмудом Сами аль-Баруди и Ибрагимом аль-Муваилхи.

- В Египте Аль-Афгани возглавил первую националистическую партии Востока (Тайную-свободную патриотическую партию), которая подняла лозунг «Египет – для Египтян» и призвала к политической демократии и свободе от диктатуры самодержавия. Также призывала к революции против иностранного присутствия.

- Он призвал к возрождению джихада, обновлению мысли, исправлению понимания, отказу от подражания и слепого фанатизма, возрождению Сунны, убийству ереси и суеверий, свободу от примесей, отдаление от колдовства, поощрение науки, творчества и инноваций, принятие хорошего во всем начиная со Знаний и работы подальше от излишеств и небрежности.

- Он призвал к революции против лица тирании и к обновлению религии, говоря: «Нам нужно религиозное движение, которое сможет извлечь то, что укоренилось в умах людей их неправильное понимания некоторых религиозных верований и шариатских текстов. Коран и его правильное учение должно возродиться и объясняться народу для их счастья в этом мире и загробном. В дальнейшем мы должны уточнить наши знания, пересмотреть нашу библиотеку и разместить в ней работы для легкого понимания, чтобы мы могли использовать их для достижения прогресса и успеха ». Его призыв сделал его Пионером и основоположником Исламского течения современности.

- Аль-Афгани считает, что основное правило реформы и облегчение призыва понимания религии - это рассчитывать только на святой Коран. Он говорит: «Коран - одно из самых мощных средств привлечения внимания иностранцев к доброте Ислама. Коран приглашает иностранцев своим языком к Исламу .

- Но они видят влияние мусульман через Коран и воздерживаются от того, чтобы следовать ему и верить в него». Аль-Афгани поддерживал принципы истины, свободы и равенства.

- Идея Исламского университета, «возрождения Халифата» родилась в голове Аль-Фагани. Затем он возродил и воплотил их в жизнь после изгнания в Индию. Его Идея Исламского института - это ответ на обвинения в постоянном империализме, которым западные страны оправдывают их нападение и агрессию против исламских стран, унижая и принуждая мусульман. Он говорит: «Исламские мамлюки пацифисты – до степени деградации и незначительности, что они не могут даже управлять своими странами, в то время как западные страны не перестают находить тысячи оправданий, даже войнами, железом огнем, для уничтожения любого движения из Возрождения и реформ в Исламских странах, тогда Исламский мир должен объединиться в защитный союз, чтобы защищать себя от уничтожения, и чтобы достичь этой цели необходимо учитывать причины прогресса на Западе и в чем секреты их превосходства ».

Обстоятельства, способствовавшие возникновению его интеллектуальной ориентации:

- Среда, в которой жил Аль-Афгани, была переполнена диктатурами, тиранией и социальной несправедливостью, которая преобладала в то время в Индии, Иране и Египте. В то же время британская оккупация была подавляющей на большой территории Востока. Вот почему подход Аль-Афгани к религиозной реформе был представлен в призывах к Свящённому Корану. Одно из самых больших стремлений аль-Афгани в его жизни - призыв к Священному Корану и его проповеди.

Его сочинения:

- Аль-Афгани не проявлял особого интереса к сочинению, скорее его заботой было передать своим ученикам его слова и проповеди. Некоторые из них взяли на себя инициативу записать и расшифровать их. Также Некоторые из его учеников даже упомянули, что он написал только сообщение - «Отмена докт рины дахиризма», которую он написал на персидском языке в Хайдарабаде.

- Аль-Афгани написал небольшое письмо под названием (Продолжение заявления в истории афганцев), которое было напечатано в Египте. Помимо этих двух писем он написал ещё статьи, которые он опубликовал в газетах и журналах, некоторые были напечатаны самостоятельно, а некоторые с участием Мухаммеда Абдо в журнале «Аль-Урва Аль-Вутка», но не указал свое авторство, что сильно смешало определение автора даже через опубликованные исследования (фанатизм) Имамом, хотя он был создан Джамалуддином. Также есть более известная книга, я имею в виду, (Ислам – религия науки и цивилизации) (среди его глав - «Ислам и христианство», написанная Аль-Афгани.

Степень влияния его идей на Группировку «Братья-мусульмане»:

- Аль-Афгани присутствовал с Аль-Банной в его проекте, после того, как использование религии для достижения Политической цели Аль-Банны пытался подражать Аль-Афгани во многих делах, в то время когда Аль-Афгани создал так называемый - «Свободный патриотический форум», а Аль-Банна в то же время создал группировку под названием «Братья-Мусульмане», и когда аль-Афгани и Абдо планировали убить Аль-Хидейви Исмаила, тогда Аль-Банна создал полную секретную организацию для убийств и взрывов, когда Аль-Афгани сговорился свергнуть Хедива Исмаила в сотрудничестве с французами и наследным принцем Тауфиком. Тогда Аль-Банна вступил в сговор с некоторыми членами семьи Аль-Вазира в Йемене, чтобы свергнуть имама Яхия во время так называемой революции 1948 года, когда Аль-Афгани использовал политические позиции с разными сторонами манипулируя ими в каждой стране в которой он бывал. Также Аль-Банна делал то же самое - он двигался в своих союзах между дворцом, партией Вафд, другими партиями и англичанами, а также льстил культурной элите. Например, в его разговоре с Тахой Хусейном или в его попытке расположить к себе Ахмеда Амина. В конце концов, Аль-Афгани основал некоторые газеты и Аль-Банна сделал то же самое.

- Аль-Банна – считается одним из учеников аль-Афгани, принадлежащих к системе салафитов, поскольку ему удалось преобразовать ее в политико-религиозная организацию, нехарактерная и опасная, с «военным крылом».

Мухаммед Абдо Хасан Хайралла 1905-1849 Один из активистов реформ и возрождения. Условия роста:

Он родился в семье, где отец был туркменом, а мать египтянкой из арабского племени Бани Удай. Он вырос в египетской деревне Махаллят Наср в провинции Бехера. Отец отправил его в мектéб (араб. كَتّاب — школа — мусульманская (как правило) начальная школа в странах Востока и Российской империи) деревни. Затем, в возрасте пятнадцати лет, он поступил в мечеть Аль-Ахмади, мечети Аль-Сейида Аль-Бадави в египетском городе Танта, где изучал науки фикха (мусульманская доктрина о правилах поведения, а также комплекс общественных норм) и арабский язык, а также выучил Коран и Таджуид. Затем он продолжил учиться в мечети Аль-Азхар в 1865 году и закончил учебу в1877году.335

- В начале своей жизни Мухаммед Абдо верил в тайную организационную работу. Он стремился свергнуть хедива Тауфика-пашау, и искал секретную организацию, в которой он мог бы реализовать все планы, которые он получил и изучил от шейха Джамалуддина аль-Афгани, когда он жил в Египте между 1871 и 1879 гг.[336]

- Его подход был основан в начале его жизни на подстрекательстве народа против правителей, и распространял их недостатки, поскольку он был в авангарде сторонников арабской революции «Аль-Арабия» 1881 года и самым громким из ее голосов, когда

---

335 Мухаммад Абду. Электронный сайт «Марифа», по ссылке: https://bit.ly/2SKyet0

336 Омар Абдель Муним, «Перевёрнутая картина»… путеществие имама Мухаммада Абду от терроризма к обновлению (7). Электронный сайт «Аман», 29 мая 2018 г., по ссылке: http://aman.dostor.org/show.aspx?id=10929

революция потерпела поражение его посадили в тюрьму, он был приговорен к ссылке на три года. Он был депортирован из Египта - это начало новой этапа, в котором его круг влияния расширился в арабских странах и в Бейруте, Где он остановился и прожил более шести лет, в течение этого времени он путешествовал в Париж и Тунис.

- В 1884 году Мухаммед Абдо присоединился к своему учителю и другу Джамалуддин Аль-Афгани, который поехал в Париж раньше него, где они издали газету «Аль-Урва Аль-Вутка», чтобы быть голосом тайного общества, которое Аль-Афгани основал с тем же названием, чтобы призвать к обновлению исламской мысли, политической, социальной и религиозной реформы, а также борьбой с колониализмом, тиранией и коррупцией.

- Абдо мог быть причастен к убийству Хедива Исмаила по фетве Аль-Афгани. Мухаммед Абдо признается в тексте своего дневника, где он сказал: « Шейх Джамалуддин был согласен на его убийство и предложил мне убить Исмаила, когда он каждый день проезжал на своей машине мимо моста Каср аль-Нил, но все это мы только обсуждали между собой - и я был согласен убить Исмаила, но нам не хватало кого-то, кто вел бы нас в этом движении ».

- Тогда Абдо и Мухаммед Рашид Рида заняли нейтральную позицию в отношении колониализма в целом, и их приоритеты были - обучать и просвещать молодых людей, чтобы оценить условия для возрождения и сил, с которыми они сталкиваются с Западом. У Мухаммеда Абдо была крепкая дружба с лордом Кромером который стоял позади его назначение муфтием исламских стран в 1899 году. В 1905 году, то есть в годовщину столетия Мухаммеду Али он начал написание серии статей, критикующих Мухаммеда Али, его мудрость и амбиции.

- На практике шейх Абдо основал свое реформатское движение, основанное на распаде Консервативных салафитов и светских либералов, которые были согласны с тем, что наука находится на противоположной стороне с религией, поэтому Мухаммед Абдо боролся на два фронта, он распространил свою реформистскую деятельность, чтобы опровергнуть принятие двумя партиями (салафитами и либералками), убедив команду салафитов в возможности религиозного выбора, отвергающее традиционное толкование ислама, а с другой стороны, убеждая команду Либералов о достоинстве ислама в его новой измененной форме.

Обстоятельства, способствовавшие возникновению его интеллектуальных ориентаций:

- - Мухаммед Абдо появился в периоде, который свидетельствовал серии поражений, охватившей все части Османской империи. В то время она контролировала большую часть арабских регионов. Вот где начались протестные чувства и рост отражения. Вскоре гражданские восстания усилились во многих арабских регионах: особенно в Египте, Судане, Ливии и Алжире, ослаблялся управления Османской империи. Реформы, принятые Мухаммедом Али, не принесли улучшения на уровне управления и экономии. А также господство колониализма над арабскими странами, находившимися под контролем Османской империи.

- Неудачность правителя Аль-Хедейви привело к появлению интеллектуальных проблем, которые сейчас поднимаются на Востоке. Противопоставляет религию современным событиям в мире. Вопрос вращается вокруг отношения между религией. С одной стороны, и наукой, политикой, обществом, экономикой, женщинами… и т.д. с другой стороны. И именно таким образом арабская мысль оттеснила реформистские вопросы из военной и административных сфер и перенесла их в религиозную сферу, начала сосредотачиваться на религии, согласно популярному мнению, которое поддерживала власть хедива, стремясь найти ответы на вопросы, связанные с социальной и исторической отсталостью арабов.

Его сочинения:

- Мухаммед Абдо написал и объяснил ряд книг, в том числе «Рисала аль-Тавхид» (Теология единства) Изучение и объяснение «кратких   представлений Аль-Туси»,   а   также   изучение   и объяснение «свидетельств чудес» и «секреты риторики» Аль-Джарджани, и книга« Ислам и христианство между знанием и цивилизацией », и в этой книге имам Мухаммед Абдо сделал сравнение между христианской и исламской религиями и их влиянием на знания.Отчет о реформе шариатских судов за 1899 г.

Его отношения с группировкой «Братьями-мусульманами»:

- Мухаммед Абдо считается первым религиозным реформатором, заложившим основу лозунга, который широко распространялся в последние годы (Ислам - это решение), широко пропагандируемая исламскими группировками в течение последних двух десятилетий, поскольку конечная цель этого лозунга – распространение исламского учения и призыв восточных обществ вернуться в исламскую концепцию.   А также использование ислама как основного инструмента в политических и социальных процессах изменений, и соответственно, расположение мусульман в состоянии постоянного напоминания о том, что ислам по-прежнему решает все современные проблемы и их социальные болезни, а также о том, что у ислама есть достаточно возможностей, чтобы решить их в настоящем, а затем и в будущем.

Абу Аль-Аля Аль-Маудуди бин Саид Ахмад Аль-Маудуди 1979-1903г.

- Мыслитель, философ и журналист пакистанского происхождения.

- Дата и место рождения: Родился 25 сентября 1903 года в городе Гили-Бора недалеко от г.Оранжабад, штат Хайдарабад, Индия[337], умер 22 сентября 1979 года.

<table>
<tr><td>

</td><td>

Название видео: Абу Аль-А›ла Аль-Маудуди, основатель Исламской группы, по следующей ссылке:

https://www.youtube.com/watch?v=sY26mEsZMDw
Абу Аль-А›ла Аль-Маудуди в своей книге под названием «Подход к исламскому перевороту» призвал к отрицанию национальной принадлежности и национализма и к созданию исламского интеллектуального государства, и в этом доктор Асад Самхаррани, преподаватель сравнительных верований и религий в Университете Имама Аль-Узая в Бейруте, указывает, что Аль-Мауди проложил путь для распространения группировок искупления.

</td></tr>
<tr><td colspan="2" align="center">

https://www.youtube.com/watch?v=sY26mEsZMDw

</td></tr>
</table>

---

337 Больше информации можете посмотреть в: Хусам Аль-Хадад, Абу Аль-Аля Аль-Маудуди, создатель группировки «Братья – мусульмане» марджа такфиристов. Электронный портал «Исламские движения», 26 августа 2020 г., по ссылке: http://www.islamist-movements.com/2941?fb_comment_id=730582716979874_991962954175181

Обстоятельства, повлиявшие на появление идей Аль-Маудуди:

Окружающая среда, в которой вырос Абу Аль-Аля Аль-Маудуди, оказала большое влияние на формирование его идеи. Его семья - консервативные мусульмане, известный своей религиозностью и культурой. Его отец не учил его в английских школах, он даже обучал его дома под предлогом защиты от влияния на него западных идей. Он Учился у своего отца Арабскому языку, Корану, хадисам и юриспруденции. Аль-Маудуди был талантливым писателем, Его разум и произведения – оружие в руках для призыва к Аллаху.

- В 1926 году беспорядки произошли в Индии, где мусульмане подверглись жестокому нападению со стороны индусов, которые заставили мусульман обратиться

- в индуизм. Именно Абу Аль-Аля Аль-Маудуди был среди мусульманской молодежи, стоявшей против нападения.

- В 1928 году он опубликовал свою книгу («Джихад в Исламе») в ответ на утверждения Ганди о том, что Ислам был распространен силой меча. В 1932 году он издал журнал («Тарджуман Корана») (толкование Корана) в индийском городе Хайдарабад, девизом которого был: «О мусульмане, несите Да›ва́т Корана, поднимайтесь и царит над миром». Влияние Аль-Маудуди через его журнал «Тарджуман Корана» было одним из наиболее важных факторов, способствовавших расширению Ислама в Индии. Подтверждением его влияния был его призыв во время конференции, проведённой в городе Лакхнау на севере Индии в 1937 году, к созданию автономий в тех штатах, где мусульмане являются большинством.[338] В 1941 году была создана Исламская группировка, которая 13 лет

---

338 Абу Аль-Аля Аль-Маудуди… Проповедник над облаками. Веб сайт «История ислама», 5 мая 2011 г., по ссылке: : https://bit.ly/2SJ26pX

спустя вылилась в Создании группировки «Братьев-мусульман» в Египте. Аль-Маудуди сыграл главную роль в разрыве между Пакистаном и Индией в 1947 году и призвал к осуществлению учения ислама в системе правления Пакистана и отойти от светскости, что привело к его аресту со стороны пакистанским правительством по обвинению в подстрекательстве к сектантству, он находился в заключении в период с 1948 по 1950 годы и был арестован снова с 1953 по 1955 год и приговорен к смертной казни в 1953 году. Однако после народного давления привело к замене его приговора на пожизненное заключение, а позже его приговор был отменен в 1955 году.

- Отношения Абу Аль-Аля Аль-Маудуди с группировкой «Братьями-мусульманами»:

- Абу Аль-Аля Аль-Маудуди повлиял на большинство исламских группировок, особенно на такфиристские группировки, пытающиеся силой добиться своих целей. Эти группировки появились во всем мире, и в их идеологических основах был заложен принцип (аль-Хакимия - откровение и текст - конфликтующий дуализм «добра и зла» - Изменение силой – послушание и повиновение – инцест ритуалы), что, по мнению многих, Аль-Маудуди является одним из экспертов по вопросу политического ислама, как питательной среды для такфира[339].

- Хасан Аль-Банна находился под влиянием высказываний Аль-Маудуди, его теорий в вопросе «Аль-Хакимия», философии Исламского государства, А также слияния религии и политики. Аль-

---

339 Больше информации можете посмотреть в: Хусам Аль-Хадад, Абу Аль-Аля Аль-Маудуди, создатель группировки «Братья – мусульмане» марджа такфиристов. Веб портал «Исламские движения», 26 августа 2020 г., по ссылке: http://www.islamist-movements.com/2941?fb_comment_id=7305827169798 74_991962954175181

Банна поместил в своих многочисленных трудах противоположные факты между двумя крайностями «Добра и Зла», «истины и лжи» и т.д. Хасан аль-Банна нашел в книге «Джихад в Исламе», написанной Аль-Маудуди, совпадения с его представлениями о джихаде, поэтому ему понравилась эта книга[340].

- между Аль-Маудуди и Сейидом Кутбом существовала полудуховная связь, которая переросла в принятии Кутбом маудудизма. Книга Сейида Кутба «Вехи на пути» - считается книгой, в которой зарождаются главные идеи теории маудудизма, основанной на божественном правлении, рабстве и невежестве (джахилии).

- Эта книга стала подстрекающим и вдохновляющим документом не только для Братьев-мусульман[341], но и для всех агрессивных группировок. Сейид Кутб не копировал теорию Аль-Маудуди, а переделал и перестроил ее в новую теоретическую стратегию, после того, как он ее арабизировал, в том смысле, что он представил ее арабам. Книга «Вехи на пути» сформировала у Сейида Кутба джихадисткое такфиристкое мышление при формулировании им термина «Аль-Хакимия», вдохновленного идеей Аль-Маудуди[342].

- Исламский мыслитель Джамаль аль-Банна подчеркнул в одной из своих книг, что причина, по которой Сейид Кутб, лидер «Братьев-Мусульман», прибег к такфиру, заключается в том, что онознакомился с трудами и книгами Аль-Маудуди[343].

---

340 Ахмад Абдель Мауджуд, Упрощенная Энциклопедия современных религий, доктрин и партий. Издатель Cicc, 11 октября 1018.

341 Хешам Манна – Шайма Муфтах – Исраа Ибрагим, «Такфир есть решение».. история группировки, сбитой с пути шайтаном. Веб сайт «Вито», 25 октября 2014 г., по ссылке: https://bit.ly/3jRDPdb

342 Предедущий источник

343 Хусам Аль-Хадад, «Риторика насилия и кровопролития в исламском фикхе». Издательство Ibn RoshdK, 2018 г., страница 88.

- Идея Абу Аль-аля Аль-Маудуди имеет в настоящее время большое влияние на членов организации ИГИЛ, а также сторонников Аль-Каиды. Источники в египетской службе безопасности раскрыли, что книги Абу Аль-Аля Аль-Маудуди, основателя Исламской группировки в Индии и автора идеи такфира и «Аль-Хакимия» – самые распространённые среди вооруженных ячеек, арестованных за последние годы в Египте, в частности, с момента падения правления братьев-мусульман 30 июня 2013 года[344].

- Аль-Маудуди считается одним из важнейших теоретиков идеи создания «Исламского государства», а также один из символов движения реформистского политического ислама которые включают движение «салафизма» и «джихадизм». Аль-Маудуди придумавший идеи «божественного управления», «такфир (искупления) обществ и государств» , «глобального джихада» и идею созданию государства на основе исламского шариата, заявляя о своем категорическом неприятии « Гражданского, светского и национального государства».

Наиболее важные моменты, на которых основывается мысль Аль-Маудуди:

- Уникальность ислама

- Божественная АльХакимия (правление)

- Такфир (Искупление)

- «Аль-Танзиль Ваннас»

---

344 Амру Ан-Накиб, Наиболее распрастранённые книги Абу Аль-Аля Аль-Маудуди среди вооруженных такфиритских органазации в Египте. Веб сайт «24», 11 февраля 2018 г., по ссылке: https://24.ae/article/419646/

- Глобальный джихад

- Халифат

- Противоречивые дуальности

- Подход к перевороту

- Вера и послушание

- Инцест и ритуалы

- Интернационализм и мировое господство

- Категорический отказ от гражданского, светского и национального государства

Его самые важные сочинения:

«Посланий и Книг Аль-Маудуди насчитывается до 140 работ. Самые известные из них:

- «Джихад в Исламе».[345]

- Джихад ради Бога (переведено на арабский язык).

- Ислам перед лицом вызова современности (переведено на арабский язык).

- В суде разума: единобожие, послание, загробная жизнь.

- Теория политического ислама (в переводе на арабский).

- Мусульмане и текущий политическая борьба - три части. Исламский призыв и его потребности.

---

345 Рагиб Ас-Ср Джани, Абу Аль-Аля Альл-Маудуди... Великан ислмаского Да›ва́т, Веб сайт «История ислама», 19 июня 2014 г., по ссылке: https://bit.ly/2H0z8iM

- Вызов Исламской группировок.

- Исламское правительство (переведено на арабский язык).

- Некоторые вопросы об исламской нации в нынешнем веке.

- Метод Исламского переворота (перевод на арабский язык)

Мухамед Рашид бин Али Рида (1935-1865г.)[346]

- Он родился в деревне Каламун в Ливане и умер в Египте.

- Мухамед Рашид Рида считается исламским мыслителем из пионеров исламских реформ, появившихся в начале четырнадцатого века по хиджре. Кроме того, он был журналистом и писателем. Он является одним из учеников шейха Мухаммада Абду. Он основал в 1898 году в Египте журнал «Аль-Манар», подобно журналу «Аль-Урва Аль-Вуска», основанному имамом Мухаммедом Абдо. [347]

- Он был членом первого сирийского правительства, созданного Фейсалом ибн Хусейном после первой мировой войны. Когда французы захватили Сирию и это правительство пало, он вернулся в Египет, где переиздал журнал «Аль-Манар» после того, как он был закрыт[348].

- Рашид Рида находился под влиянием призыва Джамалуддина аль-

---

346 Больше информации можете посмотреть в: Джасем Аш-Шумари, Элита интелегентов и политиков (1) Мухаммад Рашид Рида: исламский мыслитель, дорожащий своей религией, Центр стртигических исследований «Аль-Рафидейн», 25 октября 2019 г., по ссылке: https://rasamcenter.com/estimate-position/5023#/

347 Велд Салем, Поломники и мегранты, Улемы Шангетти – Мавритания- в арбаских странах и Турции, Факультет литератоуы университета Наукшота, Мавритания, Научное издательство «Аль-Китаб» в Бейруте, 01 января 2011г.

348 Мухаммад Рашид Рида, Современные муджа́ддиды, Инциклопедия шейха Сурура Зейна Аль-Абиди-наД по ссылке: https://bit.ly/30Wt8yA

Афгани и реформ Мухаммед Абдо.

- Он примкнул к салафитской идеологии после того, как он был суфием. Он отличался в интеллектуальном плане от своего учителя Мухаммеда Абдо[349], поскольку Мухаммед Рашид проявил интерес к проведению политической реформы, так как был убежден в том, что Османское государство нуждается в такого рода реформе. Однако Мохаммед Рашид решил посоветоваться с Мухаммедом Абдо, прежде чем заняться политической реформой, но Мухаммед Абдо посоветовал ему не вмешиваться в политику. Он сказал ему: «В этой эпохе нет имама у мусульман, кроме Корана. А вмешательство в османскую политику - это фитна (арабское слово означающее хаос, смуту, религиозная вражда), вреда которой опасаются, а пользы в ней никакой. Люди в Египте хотят слышать от властей и государства только то, что им хочется. В Египте нет политики, а мусульмане развиваются только путём образования, поэтому не смешивай политику с твоей целью, так как политика портит все, во что она входит».[350]

- Мухаммед Рашид уважал совет Мухаммеда Абдо, но он обнаружил, что столкнулся с проблемой политических действий из-за развития политических событий в Османских странах и влияния некоторых действий, предпринятых некоторыми деятелями Османского госу- дарства.

- Одним из предложений, сделанных Мухаммадом Рашидом Ридой, было временное создание режима халифата на определённых

---

349 Больше информации можете смотреть в: Хусам Аль-Хадад, Рашид Рида и создание вахабейской идиологии, 23 сентября 2020г., Веб портал «Исламские движения», по ссылке: https://www.islamist-movements.com/35235

350 Мухаммад Рашид Рида, Начала двинацатого года, книга журнала «Аль-Манар», Веб сайт «Совер- менной комплексная библиотека», по ссылке: https://al-maktaba.org/book/6947/2102

территориях, на которых будет соблюдаться точная программа подготовки улемов, после чего, будет отбираться из них халиф, в случае соответствия всем условиям.[351]

- Рашид Рида сыграл важную роль в исламской политике своими многочисленными статьями, Которые были опубликован в его журнале «Аль-Манар». Он также участвовал в двух исламских конференциях, первая из которых проходила в Мекке в 1926 году и вторая в Иерусалиме в 1931 году, он также сыграл важную роль в Политической борьбе Сирии. Со времён революции «Молодой Турции» до его смерти, он играл важную роль в партии децентрализации до 1914 года и на переговорах, которые проходили во время войны с англичанами в качестве председателя сирийскую конференции 1920 г. и членом сирийско-палестинской делегации в Женеве в 1921 г. и в Политкомитете в Каире во время сирийской революции через два года в 1925 и 1926 г.

Обстоятельства, способствовавшие возникновению его интеллектуальных ориентаций:

- Он жил во время эпицентра бурных исторических событий с крупнейшими судьбоносными изменениями. Произошедшие события знаменовали распад Исламского мира «в эпоху, отличавшуюся напряжением между попытками спасение Османского халифата до его падения и его возрождением в начале первых двадцати лет двадцатого века».[352]

---

351 Идрис Аль-Канбури, Аль-Багдади и мечта Рашида Риды, Веб сайт «Магрес», 18 октября 2014 г., по ссылке: https://www.maghress.com/alraiy/1396

352 Тот же источник.

- Политика тюркизации которой придерживалась « Организация Союза и прогресса» возмутила Рашида Риду и он начал публиковать на страницах газеты «Аль-Манар» статьи об изоляции в Османской империей арабов от работы, отмена уроков арабского языка в школах и отправка турецких учителей в Школы арабских стран и процесс в судах арабских государств на турецком языке.

Его сочинения:

- Мухамед Рашид Рида написал сотни статей и исследований, у него есть почти тридцать книг. В которые выходят Толкование Священного Корана и откровение Мухамеди.

Степень влияния его идей на группировку «Братья-Мусульмане»:

- Аль-Банна посетил некоторые уроки Рашида и опубликовал некоторые из его статей в журнале «Аль-Манар»[353],Рида стал во главе религиозно-политического течения в момент возникновения Исламско-свесткой борьбы, так как считается духовным измерением исламских движений. Газета «Аль-Манар» была местом встречи деятелей исламских движений в той эпохе и самые важные решения движения были приняты. Хасан Аль-Банна поддерживал связь с Рашидом Ридой после основания «Братьев-мусульман».

- Вопрос о Халифате привлекал большое внимание в мыслях Мухамеда Рашида Рида, даже когда он основал Журнал «Аль-Манар» и написан в нем с целью «познакомить нацию с условиями Исламского Халифата и обязанностями Налагающимися на халифа по отношению к своей пастве».

---

353 Хусам Аль-Хадад, Рашид Рида между двумя этапами… продолжение или разрыв?, Веб портал «Исламские движения», 23 сентября 2020, по ссылке: https://www.islamist-movements.com/3474

- На протяжении периода с 1898 по 1924 году Мухамед Рашид Рида написал десятки статей, чтобы опровергнуть претензии османов на обладание титула Халифы Мусульман.

- «Для Мохаммеда Рашида Риды главным приоритетом с 1924 года стало создание массового учреждения, которое установит правила нового исламского халифата и создание основы нового мусульманского государства на земле.

Это для того, чтобы положить конец материальной и утилитарной гегемонии Запада над человечеством. Эта идея развивалась Хасаном Аль-Банной, который основал в 1928 году, через 4 года после краха Халифата, группировку «Братья-мусульмане» в египетской Исмаилии. Наверное, важно прочитать первые строчки из введения, написанного Хасаном Аль-Банной и переведенного на французский язык, под названием «Речь учителей...» содержащего основополагающие принципы группировки «Братья - мусульмане»», в котором говориться: «Спустя 4 года после падения халифата, появился тот, кто изо всех сил требовал заново восстановить халифат. Этот человек - Хасан аль-Банна ибн Абдель Рахман аль-Банна, которому было двадцать два года. Через этот возраст проходили миллионы таких молодых людей, которые были заняты только своими удовольствиями и желаниями ».[354]

---

354 Йан Хамил, Халифат и песедо исламские реформы «Рашида Риды». Портал аль-Бауаба, 27 октября 2018 г., по ссылке: https://www.albawabhnews.com/3341568